KB050829

잇츠 마이 라이프 **15** 완결

초판 1쇄 인쇄일 2022년 12월 9일 | **초판 1쇄 발행일** 2022년 12월 15일

지은이 초촌 | **펴낸이** 곽동현 | **담당편집 팀장** 이범수
편집부 정요한 조혜진

펴낸곳 (주)조은세상 | **출판등록** 제2002-23호
주소 서울특별시 동작구 동작대로1길 27 5층
TEL 02)587-2966 | FAX 02)587-2922
E-mail bukdu@comics21c.co.kr

초촌ⓒ2022
ISBN 979-11-391-1289-4 | ISBN 979-11-391-0352-6(set)
값 9,000원

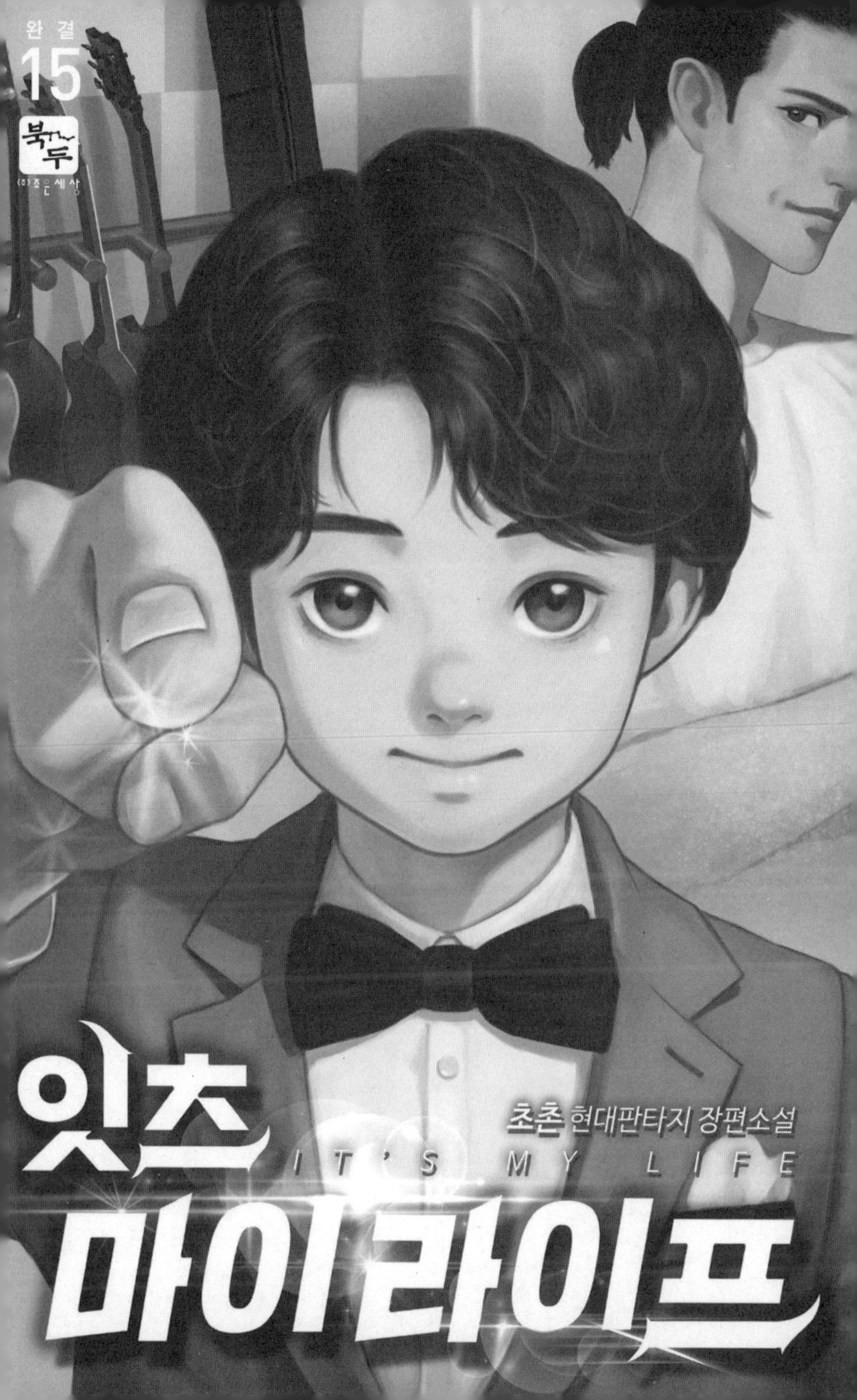
완결
15
북두
(주)조은세상
초촌 현대판타지 장편소설
잇츠
IT'S MY LIFE
마이라이프

초촌 현대판타지 장편소설

MODOERN FANTASY STORY

CONTENTS

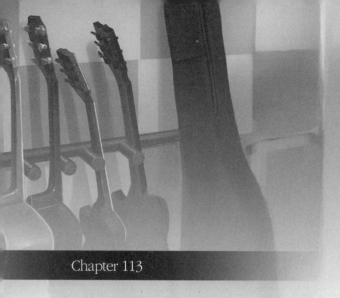

클린턴의 스캔들로 세상이 온통 떠들썩해지고 있을 때 나에게로 반가운 손님이 한 명 찾아왔다.

리키 마튼이었다.

이제는 완연한 스타가 된 남자.

그가 부지불식간에 찾아와 나를 안았다.

"보고 싶었어요. 페이트."

"오오, 잘 지냈어요?"

"페이트 덕분에 행복한 나날을 보내고 있어요."

얼마나 반가워하는지 스케줄 다 취소하고 오로지 날 보기 위해 한국으로 넘어왔다고 한다.

"저 봤어요? 월드컵 주제가도 불렀어요. 사람들이 이제 제 이름을 연호해요."

"봤어요. 아주 훌륭해요."

La Copa De La Vida(The Cup of Life)가 1998 FIFA 월드컵 프랑스의 공식 주제가로 선정되며 리키 마튼의 이름을 모르는 유럽인은 없을 정도가 됐다.

아닌 게 아니라 월드컵 버프를 제대로 받은 La Copa De La Vida는 유럽 싱글 차트를 점령했고 월드컵을 시청한 나라는 대부분이 따라 불렀을 정도로 엄청난 히트를 쳤다. 여세를 몰아 바로 발매한 4번째 정규 앨범 Vuelve는 스페인어 앨범임에도 불구하고 월드 와이드 앨범 판매량이 800만 장이 넘어설 만큼 바람을 일으키는 중이다.

모든 게 잘되고 있을 때. 세상이 온통 그를 찾을 때.

리키 마튼은 나에게 왔다.

나의 인정을 받고 싶고 나의 칭찬을 바랐던 것.

중요한 일정까지 포기하면서 나를 만나러 온 건 오직 그 때문이었다.

그 마음을 알기에 그 마음이 충만해질 때까지 인정해 주었다. 축하해 주고 자랑스럽다 말해 주었다.

힐링을 받은 것처럼 환하게 웃는 그를 보고 있는데 문득 그의 전성기가 아직 오지 않았음을 깨달았다.

유럽을 휩쓸고 있다고는 하나 정작 중요한 북미 시장은 크게 반응이 없었다. 40위권에 오갈 정도로 그저 그런 평가.

선물을 주고 싶었다.

어차피 리키 마튼에게 돌아갈 노래였지만 내가 주는 것도 나쁘지 않겠다.

"영감이 떠올랐는데 같이 갈래요?"

"영감이요?"

"리키를 위한 곡이 나올 것 같네요."

"아아……."

3층으로 데리고 가 피아노 앞에 앉았다.

인트로부터 시작되는 흥겨운 리듬에 리키 마튼은 자기도 모르게 몸이 들썩들썩.

Livin' la Vida Loca였다.

북미 시장에 리키 마튼이란 이름을 각인시킨 싱글.

리키 마튼 일생에서도 유일하게 빌보드 핫 100 1위를 차지한 곡.

듣자마자 자지러졌다. 그동안 쌓였던 욕구 불만이 한꺼번에 터져 나간 것처럼 리키 마튼은 흥분해 소리쳤다.

이것이라고!

그러나 아직 끝난 게 아니다. 두 번째 곡이 시작되었다.

She's All I Ever Had.

느린 템포의 곡이나 이 역시 빌보드 핫 100에서 2위까지 오른 곡.

당연히 반론은 없었다. 리키 마튼은 무조건 OK를 외치며 자기가 부르겠다 하였다. 넙죽넙죽 잘 받아 가는 리키 마튼이

귀여웠지만 내색하지 않고 앞으로 더 큰 영광을 얻으라 말해 줬다. 대신 겸손함을 잊지 말라고.

칭찬받고 싶어 왔다가 곡까지 얻은 리키 마튼은 너무나 만족해하며 돌아갔고 그가 떠나면서부터 나의 일상도 제자리를 찾아갔다.

하지만 그건 단지 한 달간의 휴식일 뿐이었다.

미국에서 곧 상·하원의원 선거가 벌어진다.

이런 좋은 이벤트에 내가 빠져서는 안 되겠지.

미국행 비행기에 슝.

나의 도착 소식에 공화당은 환호했고 민주당은 움찔 숨죽였다.

언론이 득달같이 달려와 미국 상·하원의원 선거 개입을 물어 댐에도 나는 조용히 세계 지도를 꺼내 브라질만 가리켰다. 끝내 아무 말도 없이.

그러나 단지 이것만으로도 언론은 브라질이 곧 IMF 관리 체제에 들어가는 것을 알아내 발표했다. 440억 달러 규모의 지원을 받게 됐다고.

표적이 바로 한쪽으로 쏠렸다. 어떤 아가씨와의 성추문 스캔들로 정신없던 클린턴 행정부를 언론이 들쑤시기 시작했고 그건 곧 민주당의 악재였으니 내 얼굴은 만평 만화에도 실리게 되었다.

【말 한마디 꺼내지도 않고 민주당을 침몰시키는 페이트】

【공화당은 페이트 옆에서 기웃기웃, 웃는다】

이 만평 만화를 또 수많은 언론에 인용해 현재의 상황을 설명해 댔다.

아마도 이때부터였던 것 같다.

미국 내 페이트란 이름이 가진 영향력의 실체가 드러난 건.

아는 사람은 다 알면서 쉬쉬했던 나란 사람의 힘이 공개적으로 드러나자 누군가는 더더욱 조심하든가 혹은 더욱더 노골적으로 나와의 연을 맺길 원했다.

그러나 언제 세상이 원하는 바대로 흘러가던가?

민주당을 까면서도 나는 공화당에 대한 고삐도 늦추지 않았다.

1,000억 달러 손배소 소송 중인으로 참여하여 증언했고 그동안 음모에 공격당하며 깊은 상심에 빠졌음을 고백했다. 터전 자체를 다른 나라로 옮길까 수없이 고민했다고.

증언을 들은 배심원들은 놀라 비명을 질러 댔고 나는 그에 편승하여 지금이라도 늪에서 빠져나온 휘트니의 선택을 존중한다고도 말했다.

힌트였다.

휘트니가 일찍 말했다면 애초 이런 일이 없었다는 걸 사람들의 머릿속에 다시 상기시킨 것이다.

때맞춰 영국의 다이애라가 휘트니를 공개적으로 저격했다. 몰상식하고도 이기적이고 파렴치한 여자라고. 자기를 위한

13

조언임을 알았으면서도 페이트의 고통을 외면했다고. 앞으로 휘트니의 음악은 절대 듣지 않겠다며 선언까지 해 버렸다.

여론이 들불처럼 일어나 휘트니와 연방 법원을 휩쓸었고 덩달아 판사들도 급격히 휘둘렸다.

재판장에 들어서도, 집에 가서도, 거리를 쏘다녀도 온통 페이트 옹호뿐이다.

그들도 사람인 이상 영향을 받지 않을 수가 없었다.

더구나 이 건은 공화당에서조차 선을 그으며 일체의 관여도 하지 않았다. 고로 정치적인 부담도 없었다. 민주당은 말할 것도 없고.

엎치락뒤치락하던 재판의 향방이 내 증언 한 방으로 벌목당하는 나무처럼 기울어져 버렸다.

그러든 말든 나는 텍사스에 50억 달러 상당의 투자를 계획 중이라는 말을 남겨 또 한 번 여론을 들쑤셨다.

뭐가 뭔지. 병 주고 약 주고.

다들 어벙벙할 때 DG 인베스트는 기다렸다는 듯 텍사스 레인저스 인수를 위한 협상에 들어간다는 소식과 함께 텍사스와 뉴텍사스에 걸친 퍼미언 분지를 사들이는 작업에 들어가고 있다는 보도를 내보냈다.

이건 또 무슨 일인지.

언론은 눈이 돌아가 DG 인베스트가 정유 사업에도 뛰어드는 게 아니냐는 이상한 추측성 기사를 내보냈다.

그리고 상·하원의원 선거가 시작되었다.

결과는 공화당의 압승.

근 7, 8년 만의 완벽한 승리라 축배를 들고 있을 때 DG 인베스트는 텍사스 레인저스와 퍼미언 분지를 매입하는 계약에 들어갔고 닷새가 안 돼 조지 부시 주지사가 나와 함께 사진 찍은 모습이 톱으로 나갔다.

이로써 공화당 내 조지의 주가는 이루 말할 수 없이 뛰었고 아버지 부시의 정치 인맥이 힘을 발하자 단숨에 차기 대권 후보로서 입지를 굳히게 되었다.

그렇게 미국이란 나라를 한바탕 휘젓고 돌아왔더니 한국도 얼마 지나지 않아 또 난리가 났다.

내 주변에서 일이 터진 건 아니고 저 멀리 태국에서 한태국 놈이 사고를 쳤다.

1998 방콕 아시안 게임 얘기였다.

더운 남쪽 나라답게 12월에 열린 대회.

유도 100kg 이상급으로 출전한 놈이 전 라운드 한판승을 거두고 금메달을 목에 걸 때까지는 좋았으나 글쎄 그놈이 소감 인터뷰에서 내 이름을 언급한 것이다.

≪하하하하하, 별거 아니었습니다. 다들 약골이라서요. 다음요? 당연히 올림픽을 향해야죠. 아, 세계 대회도 있군요. 모두 다 휩쓸어 국가와 민족에 이바지하는 사람이 되겠습니다. 주변에 할 얘기가 없냐고요? 물론 있죠. 어이, 장대운이 보고 있나? 이 형님이 드디어 아시아 캡짱이 됐다. 하하하하,

이제는 너랑 붙어도 내가 이길 것 같지 않냐? 기다리라고. 아
주 묵사발을 내 줄 테니. 하하하하하하.≫

하여튼.

금메달 땄으면 감사해하고 겸손해하고 주변 코치나 부모
님께 영광이나 돌릴 것이지 내 이름은 왜 꺼내냐고.

이 인터뷰 하나에 네티즌 수사대의 원조 격인 PC 통신 수
사대가 꿈틀댔고 곧 한태국과 내가 국민학교 때부터 고등학
교까지 같은 학교를 나온 아삼륙이란 걸 발견하게 되었다.

내도록 짝꿍에 내가 또 평소 한태국네 체육관에서 운동하는
것까지 조사하여 뿌려 버렸고 특종 냄새를 맡은 기자들은 좋다
고 체육관으로 돌입, 여기에서 더 기가 막힌 건 관장님이었다.

≪대운이요? 괴물이죠. 100kg가 넘는 우리 태국이가 80kg
짜리 대운이를 여태 한 번도 못 이겼어요. 어릴 때요? 그때는
더 가관이었죠. 우리 태국이 몇 명이 덤벼도 대운이는 못 이
겼으니까요. 사실 말이 나와서 하는 말인데 우리나라 종합 격
투기의 원조는 대운이에요. 태국이가 하는 기술들, 여기에서
가르치는 기술들, 다 대운이에게서 나온 거예요. 일반인 수준
요? 에이, 비교가 돼요? 스무 명이 붙어도 절대 못 잡아요. 여
러분들은 다 속고 있는 겁니다. 그 녀석 엄청 강해요. 하하하
하하하하.≫

일이 터졌다.

군이 부인할 일은 아니었으나 왠지 모르게 치부가 드러난 느낌이라.

물론 찾아온 기자들에게는 같이 운동 좀 했다고 에둘러 말은 했다.

근데 이게 그렇게 기사가 날 일이었나?

뉴스에서조차 도저히 이해할 수 없다는 표정을 지어 대는데 울컥 올라오기도 하고. 내가 그렇게 샌님으로 보였나?

"하하하하하하, 뭘 그렇게 억울해하나. 어차피 감출 일도 아니었잖아."

"그렇긴…… 하죠."

"이해 안 가는 게 당연하지 않겠냐? 수능 만점에, 서울대 전체 수석에, 3대 고시까지 수석을 차지한 재원이 격투기까지 능하다는데 얼마나 놀라겠어? 이게 바로 문무겸전 아니냐. 좋게 받아들여."

"예……."

괜히 내 사무실로 찾아온 이학주였다.

별 용건도 없으면서 놀림 반 궁금함 반으로 즐거워한다.

"근데 한태국 선수와 진짜 한판 붙을 거야?"

"붙긴요. 걔랑 저랑 가는 길이 다른데. 다만 지금 마음이라면 시원하게 때려눕히고 싶긴 해요."

"그래?"

"근데 만만치가 않아서."

"만만찮아?"

"가뜩이나 기골이 남다른 놈이잖아요. 100kg가 넘어가면서 완연에 이르렀는지 한 방 한 방이 살벌해졌어요. 잘못 스치면 끝. 그런 놈을 상대하려면 두 배나 더 많이 움직여야 해서요. 피곤하죠."

"한태국 선수가 그렇게 강해?"

"강하죠."

입학하자마자 선배 열 명을 그 자리에서 때려눕힌 일을 말해 주었다. 지금은 더 강해졌다고.

이학주도 입이 떡.

"그런 사람이 너를 여태 못 이겼다는 거야?"

"저도 이 악물고 하니까요."

"우와~ 우리 장 총괄이 엄청난 사람이었네."

"그냥 건강을 위한 거예요."

"건강 수준이 아니잖아."

"태국이 덕도 있긴 해요. 그놈이 승부욕을 부리는 바람에 저도 덩달아 더 세진 거죠. 지지 않기 위해. 원래라면 이 정도로 강해지진 못했을 거예요."

"허어, 같이 다니는 백 실장도 봤겠네."

"함께 운동해요."

"그래? 백 실장도 강해?"

"기본적으로 살인 기술에서 출발하는지라."

"헐~."

고개를 절레절레.

그러다 무슨 생각이 들었는지 허리를 앞으로 당겼다.

"나도 해도 돼?"

"고문님이요?"

배불뚝이.

"응."

"오세요. 지금보단 훨씬 강해질 거예요."

"안 늦었어?"

"기준을 어디에 두냐에 달렸죠."

"그런가?"

"그래도 배워 놓으면 엇비슷한 사람 중에서 제일 세질 거예요."

"오케이. 그 정도면 충분해. 알았어. 당장에 체육관 끊어야겠어."

"1년 권 끊으세요. 30% 할인해 주거든요."

"30%나?"

"그럼요. 빨리 등록하셔야 할 거예요. 언론에 나간 후 문의가 엄청 늘었대요. 이쪽을 갈망하는 사람들이 은근 많다네요."

"알았어. 알았어. 내가 빨리할게."

때아닌 종합격투기 열풍이 불었다.

유도, 레슬링, 태권도, 복싱, 합기도, 택견 등등 수많은 무술이 혼재했어도 스포츠로 접근하기에 실전성에 대한 의문은 늘 돌았다. 더 강해지고픈 갈증을 채워 주지 못한 불만마저 수면 위로 드러나면서 큰 이슈가 되었다.

외국에서나 열리는 무제한 종합 격투기를 배울 수 있다는 소식은 청춘들의 가슴에 불길을 일으켰고 밀려드는 관원에 관장님은 건물을 새로 한 채 크게 지어야겠다는 결심을 하게 됐다고 한다.

그래서 감사 겸 조형만 실장을 불러 해결해 주려 했는데.

우리 조 실장님이 한 건 해냈다.

이왕 지을 거면 스포츠 센터를 건립하는 게 어떻겠냐고? 수영장, 헬스장, 테니스, 스쿼시, 요가 등등 다 할 수 있는 새끈한 거로다 말이다.

눈이 휘둥.

관장님은 깜짝 놀라 그런 돈 없다고 하였으나 조 실장은 나를 가리키며 씨익 웃었다.

"친구 좋다는 게 뭐겠습니꺼? 찬스 쓰시죠. 우리 총괄님 재산이 얼만데 그까짓 거 못 지어 드리겠습니꺼."

"아아……."

"총괄님. 200억 정도면 대한민국 최고의 스포츠 센터를 건립할 수 있을 것 같은데 어떻게 들어가 볼까예?"

이쯤 되니 나도 자세가 달라져야 했다.

21세기를 보아 온 내가 겨우 조형만의 기세에 밀린다는 건 있을 수 없는 일이니까. 해외의 해괴한 놀이동산도 보고 워터파크를 보고 또 이용해 본 사람인데 말이다.

안 그래도 롯네그룹이 사라지며 서울시민이 이용할 놀이

동산이 사라진 게 시간이 갈수록 후회되고 있는 판에.

정신이 번쩍.

달리 할 것도 없었는데 대한민국을 후려칠 놀이동산이나 만들어 볼까? 거하게 워터파크도 하나 옆에 건설하고. 신나게 놀아 보고.

머릿속에서 설계가 추르륵.

"서울에다 부지 좀 확보해 보세요."

"어느 정도로 말입니까?"

"20만 평 정도요?"

가능할까 했더니.

"헉! 그렇게나 많이요? 돈이 어마어마하게 깨질 텐데요."

돈 문제부터 얘기한다.

그 외엔 자신 있다는 것.

"민족은행이 움직일 거예요."

"아아~ 그렇다면 충분합니다."

"짓는 김에 스포츠 전문 시설로 관장님 건물도 하나 세워 주시고요."

"입력 완료했습니다. 시행합니까?"

"홍 대표님이랑 계획 잡아서 가져오세요. 결재해 드릴게요."

"알겠습니다. 그럼 저는 이만."

느낌이 좋았다.

사회 환원 차원에서도 좋고.

그나저나 얼마나 많은 예산이 투입될까?

감은 잘 안 오지만. 어떻게든 되겠지.

다음 날로 홍주명이 조형만과 들어왔다.

"놀이동산을 세우시겠다고요?"

"예."

"갑자기 말입니까?"

"늘 안타까웠어요. 우리 서울시민이 놀 장소가 하나 없다는 게."

"으음…… 확실히 과천이나 용인은 멀긴 하겠죠. 어린이대공원이나 드림랜드는 너무 영세하고."

"워터파크도 같이 지었으면 좋겠어요."

"워터파크는 또 뭔가요?"

"파도풀도 있고 초대형 미끄럼틀도 있고 온천도 나오고 실내외로 사시사철 즐길 수 있게 만든 수영장이죠."

"그냥 수영장이 아니었습니까?"

"그냥 수영장 가려면 한강 수영장에나 가면 되겠죠. 여름한 철만. 재미가 없잖아요."

"거 용인에 있는 그거랑 비슷한 개념이겠군요. 물론 더 좋아야겠고요. 으음, 얼추 봐도 엄청난 예산이 들어갈 거로 보이는데요. 투자할 만한 가치가 있습니까?"

"갚는 거예요."

"누구에게 말입니까?"

"시민들에게요. 돈은 앞으로 계속 벌릴 테니 우린 지금이 아니면 할 수 없는 걸 해야죠."

"그러시다면 혹시 그리는 이미지가 있습니까?"

"비전을 짜 드릴게요. 아무래도 말보단 그림이 더 와닿겠죠?"

"거기까지 생각하셨다면 저흰 부지와 건설사 수배하는 게 빠르겠군요."

"예. 근데 땅은 구할 수 있나요?"

"서울시 부지를 원하셨으니 서울시에 의뢰하면 됩니다. 지대가 많이 떨어졌다고는 하나 20만 평 이상이면 못해도 조 단위의 사업입니다. 먹거리, 일자리가 부족한 시청은 물론 구청까지 줄 서서 덤빌 겁니다. 우린 지하철 같은 교통편과 행정상의 편의만 보면 되겠죠. 더구나 서울시민을 위한 시설이잖습니까? 명분도 우리에게 있고요."

"그렇게 쉬운 건가요?"

"제일 어려운 돈을 쓰잖습니까. 나머진 행정이 알아서 해야죠."

"우와~."

명쾌, 명쾌, 또 명쾌.

역시 홍주명. 그의 말이 전부 옳았다.

언제나 돈이 문제 아닌가. 돈이 없어 문제지 그 귀한 돈을 트럭으로 싸 가지고 온다는데 다른 문제가 웬 말일까. 설사 일이 생기더라도 우리가 신경 쓸 부분은 없었다. 지들이 알아서 해야지. 속이 다 시원했다.

"그럼 알겠어요. 맡길게요. 저는 민족은행장님 만나러 가야겠네요."

"아직 합의된 게 아니었습니까?"

"할 거예요."

"알겠습니다. 그럼 저희도 움직이겠습니다."

"고마워요."

◇ ◆ ◇

함흥목을 만나러 갔다.

마침 손님을 만나고 있다 하여 기다리는데 은행장실에서 호통이 울리고 누군가가 식은땀을 흘리며 쫓겨났다.

비서는 이런 일에 익숙한지 '들어가셔도 됩니다' 알렸고 함흥목은 언제 분기탱천했냐는 듯 평온한 모습으로 나를 맞았다.

"왔냐?"

"예."

"무슨 일로 왔어?"

돈 빌리러 왔냐는 투다. 정답.

"돈 때문에 왔어요."

"돈?"

허리를 편다.

"돈 좀 있어요?"

"돈이야 이 대한민국에서 내가 제일 많지. 왜?"

"투자 좀 권유하고 싶어서요."

"투자? 어디? 어디 또 쓸 만한 데가 있더냐?"

"놀이동산 하나 지으려고요."

"놀이동산?"

뭔 개소리냐는 표정.

"서울시민들이 즐길 만한 장소가 없더라고요. 그나마 갈 만한 곳은 멀고 있는 것도 영세하니 딱히 마음이 가지 않고."

"즐길 만한 장소 만들겠다고? 그걸 왜 우리가 해야 하는데?"

"돈도 되고 이미지 마케팅에도 도움 되고 여러 지자체에서 환영도 받고……."

"잠깐잠깐잠깐."

"예."

"너 설마 사회 환원이나 공익 같은 건 아니지?"

"맞아요."

"……."

날 쳐다본다. 뭐 이런 어이없는 놈이 다 있느냐고.

하여간 사채업자들은…….

"왜 그렇게 쳐다봐요?"

"너…… 은행장 업무에 관여하려는 거냐?"

으르렁.

"아니요. 민족은행에 도움이 되니까 하려는 거죠."

"우리 은행에 도움 된다고?"

"1년 내내 수십만씩 몰릴 장소가 될 텐데 도움이 안 될까요?"

"수십만?"

"영~ 못 알아들으시네. 설명해 드려요?"

"해 봐라."

얼마만 한 부지에 또 얼마만 하게 세울 거고 그걸 본 사람들이 또 얼마만 하게 모일는지.

"이제 더 이상 내 물건이 좋소, 내 물건 가격이 더 싸요 같은 거로는 충분치 않은 세상이 올 거예요."

"……."

"우리가 봐야 할 건 이제 물건이 아니라 물건 자체가 가진 가치, 즉 철학과 대의를 살펴야 해요. 민족은행이 세워진 이유를 아시잖아요."

"조국 수호지."

"그 베이스가 어디에서 나왔겠어요? 우리 민족에 대한 사랑이잖아요. 우리는 너희를 사랑한다. 너희를 위해 모든 편의를 제공할 생각이 있다. 너희가 부자 되길 원하고 너희가 즐겁게 살길 원한다. 그것을 위해 우리는 할 수 있는 모든 걸 할 생각이다. 봐라. 우리 예금 금리가 어떤지. 봐라. 우리 대출 금리가 어떤지. 봐라. 우리 놀이동산이 어떤지."

"……."

"기대 이상의 퀄리티로 만족시켜 주면 할리데이비슨 같은 충성도도 누릴 수 있을 거예요."

2020년에도 그랬다. 매출로는 오성전자가 세계 1등을 차지할 순 있을지언정 고객 충성도 부분에서는 경쟁사 애플에 붙이는 게 민망할 정도로 조악했다.

이유는 단 한 가지였다.

오성전자는 늘 물건을 팔았고 애플이나 할리데이비슨 같은 회사는 철학을 팔았으니까. 자기 철학에 물건을 끼워 팔았으니까. 고객을 그들의 철학에 편승하게 했으니까.

그래서 매출 자체로는 그리 차이 나지 않음에도 애플과 오성전자의 시가총액은 10배 이상 벌어졌다.

즉 세계 최고가 되려면 고객과 함께 공유하는 무언가가 있어야 한다는 얘기였다. 그에 걸맞은 품질은 기본이고.

"조국 수호로 한창 이슈몰이 중이잖아요. 강대한 이미지가 쌓이고 있어요. 외국의 침략을 막아 낸 민족은행. 그것이 유형화됐을 때를 떠올려 보세요. 그때가 비로소 민족은행이 이 나라에 뿌리내리게 되겠죠. 물론 그러기 위해선 절대로 해선 안 될 일도 있고."

"그건 안다. 비리, 뇌물, 획책……."

"반면, 해야 할 것들도 있겠죠."

"그것이 겨우 놀이동산이라는 거냐?"

"야구단이나 배구단, 농구단 같은 스포츠단 창립도 있을 테고요. 독립 유공자와 국가 유공자 지원 사업도 있을 수 있고 반출된 문화재도 다시 들여와야죠. 어려운 학생들 지킬 재단도 운영해야 하고 집 없는 사람을 위한 임대 아파트 건설도 좋겠죠."

"……할 일이 많구나."

"덕을 쌓는 길이죠."

"이 함흥목이한테 그 일을 주겠다고?"

"업적이잖아요."

"허어⋯⋯."

한숨을 내쉬는 함홍목이었다.

초반 놀이동산을 꺼냈을 때만 해도 잘못 허튼소리라면 호통을 칠 기세였는데. 이 일이 놀이동산에서 끝날 일이 아니라는 걸 깨달았는지 진지하게 바뀌었다.

민족은행의 설립 취지는 민족의 번영.

그리고 민족의 격을 높이는 방법에는 분명 내가 말한 것들이 끼어 있었다.

나도 더는 설득하지 않았다.

더 들어간다는 건 오히려 방해만 될 뿐.

조용히 앉아 차나 마시며 기다렸다.

얼마나 기다렸을까?

더 이상 차가 차로서 기능을 하지 못할 때쯤 그의 입이 열렸다.

"원칙적으로 네 말에 동감한다. 우리도 본질을 잊으면 다른 놈들처럼 되겠지. 오히려 더 무서운 괴물이 될 수도 있고."

"⋯⋯."

"그런데 은행 업무만 하면 안 되겠냐? 꼭 다 해야겠어?"

"천천히 하시라는 얘기에요. 언젠가 할 일을 나열한 것뿐이죠. 겸사겸사 멀티로."

"허으음⋯⋯. 솔직히 말하마. 너무 버겁다. 그 짐을 내가 질 수 있을지 의심이 가."

"첫발부터 겁내지 마세요. 태산이 높다 하되 하늘 아래 뫼인데요."

"흐음."

"언제는 이런 대은행을 운영할지 알고 있었나요?"

"……."

"하니까 하시잖아요. 모름지기 사람은 자리가 만드는 거죠. 하시면 다 돼요."

"정말 그렇게 생각하나?"

"안 그럼 이 얘길 왜 할까요?"

"커흐음."

조금은 납득한 표정이 나왔다.

다 된 밥이나 또 다른 면에선 가장 중요한 순간이라.

생각할 시간을 갖게 화제를 돌렸다.

"그나저나 요새 은행들은 어때요?"

"은행? 뭐 그놈들이 다 그놈들이지."

살짝 생기가 돈다. 전문 분야라 그런지.

"소문이 파다하던데요. 잘 잡수시고 계시다고요."

"그러냐? 맞다. 돼지겠다는 놈들 잡으다 호로록은 하고 있다."

"죄다 잔챙이밖에 없던데 양이 차세요?"

"아니다. 서울은행이랑 주택은행도 가시권이다. 안 그래도 먹을 준비하고 기다리는 중이고, 아 참, 조흥은행도 레이더망에 걸렸다. 그것들도 아주 요상하게 운영하더라고. 돼질라고."

"호오, 그거 다 먹으면 진짜 초거대 은행이 되겠네요. 자금은 충분하시죠?"

"써도 써도 넘친다. 그렇게 뿌렸는데도 아직 30조도 못 썼어."

110조 남았다는 것.

"경기도에 말해 부지 좀 내놓으라고 하세요. 태릉선수촌
비슷하게 지어 보게."

"놀이동산에다가 스포츠단도 밀어붙이려는 거냐?"

"이참에 대한 체육회 회장에도 출마해 보시죠."

"예끼, 이놈아. 내가 그런 놈들 장단에 놀아나야겠더냐? 나
민족은행장이다."

"에이, 누가 감히 민족은행장을 상대로 장난을 쳐요? 이민
갈 생각이 아니라면."

"……."

"……."

"……."

"……."

"……."

"……."

"……알았다. 가 보자. 나 참, 이 함홍목이 인생에서 놀이동
산이라니. 어처구니가 없어서."

"곧 민족 할아버지가 될 텐데요?"

"민족 할아버지?"

"켄터키 치킨 할아버지처럼 캐릭터화해서 입구마다 전시
해 놓으려고요."

"뭐라고?!"

"두고 보세요. 아주 환영받는 할아버지가 될 거예요. 하하

하하하하."

"이, 이놈이."

어쩌랴.

이미 정해진 운명인 걸.

민족은행이, 오필승 그룹이 움직인다는 소식은 금세 퍼져 서울시와 지자체들을 들끓게 했다.

적어도 10조 원이 움직이는 사업이었다.

너도나도 달려와 모시기에 급급하였고 최대한의 편의를 봐주겠다며 가진 공공택지를 꺼냈고 쓰다듬어 달라고 배를 발랑 드러냈다.

가격이야 뭐, 슬슬 긁어 주면 알아서 해 오겠지만, 문제는 교통이었다.

놀이동산은 그 가진 특성상 가장 중요한 부분이 접근성이었다. 우리가 원한 건 지하철이었고 언제든 누구든 오고 싶으면 올 수 있게 하는 것이었다.

즉 지하철 계획 없이 온 지자체는 탈락.

이 소식이 언론을 타고 전국에 뿌려졌다.

-민족은행이 K-파크를 만든다.

웅성웅성.

그사이 해가 바뀌고 1999년이라는 밀레니엄의 시절이 돌입했다.

오필승의 1999년 첫 문을 연 건 시무식도 놀이동산 사업도 아니었다.

오필승 타운의 개방.

지난 몇 년간 조형만의 손에서 복작대던 일이 드디어 완성을 보고 우리에게 열렸다.

"후아~ 엄청난데요."

"총괄님, 우리가 다 여기에 모여 산다는 거예요?"

"그러네요. 어마어마한데요."

2만 5천 평의 부지…… 당초 1만 5천 평이던 부지가 조형만의 욕심으로 1만 평이나 늘어나며 엄청난 자금이 소요됐다. 돈이야 넘쳐 돌아서 큰 문제는 없었다지만 웬만한 건설사라면 짓다가 부도났을지도 모르겠다.

수익이 없는 순전한 지출이었으니까.

그런데 이게 또 실제로 보고 나니 그동안의 우려가 전부 씻겨 나가는 느낌이 들었다.

정말로 잘 만든 마을이라.

말만 번지르르한 홈타운이 아닌 진짜배기 홈타운이, 미국 드라마에서나 만나 볼 만한 그런 풍경이 깔끔하게 정돈된 모습으로 매봉산 아래 펼쳐져 있었다.

정은희가 신나서 벽을 만져 댔다.

"이것 보세요. 이 두께 좀 보세요. 이 정도면 얼마나 되는 거죠?"

"최소 기준을 50cm로 삼았습니다. 대부분이 70cm입니다."

따라붙은 조형만이 머리를 긁적이며 대답했다.

"다른 집들의 두 배는 되는 것 같은데요. 이렇게 지으신 이유가 있으세요?"

"총괄님 특별 지시사항입니다. 집을 오래 쓸라믄 벽부터 두꺼워야 한다고 하셔서예. 또 아무리 집이 커도 거실만큼은 35평 아파트 거실 수준으로 나와야 안락함을 느낄 수 있다고 하셨고예."

"그런 지시가 있었어요? 그럼 전부 다 단층집인 것도 지시예요?"

"처음엔 지도 2층, 3층을 생각했는데. 총괄님께서 우리나라 문화는 단층집이 맞다고 하셨습니다. 가만히 생각해 보니 맞는 말 아입니꺼. 노인네들도 있는데 계단 올라 다니는 건 아닌 것 같고. 그래서 'ㄱ'이나 'ㄴ' 자 형태로 만들었심더. 공간 활용을 위해."

"우와~ 그런 배려가 있었네요. 'ㄱ' 자로 만드니까 안쪽 공간이 저절로 마당이 됐어요."

"디딤돌 깔아 놔서 비 와도 걱정없심더. 길 따라 차양막까지 칠까 하다가 오버인 것 같아서 이대로 뒀심더. 우째 괜찮습니꺼?"

"아주 좋죠. 이 정도일 줄은 몰랐어요. 다들 안 그러세요?"

"그럼 내 평생 이런 집에서 살아 볼 줄은 몰랐어. 조 실장, 고마워."

"맞아요. 조 실장님 덕분에 좋은 집에서 살아 보네요. 감사

33

해요."

인사를 받고 뿌듯해진 조형만은 어깨가 으쓱 되어 가장 안쪽, 깊은 심부로 우릴 안내했다.

"여기가 바로 총괄님이 살 곳입니다."

"여기예요?"

"예."

"어! 다른 집이랑 똑같네."

옆에서 정은희가 끼어들었다.

"맞심더. 다 똑같이 지으라고 지시하셨습니다."

"왜요? 더 특별하게 지어야 하는 거 아니에요? 총괄님이 살 집인데."

"지도 그렇게 물었는데예. 좀 더 으리으리하게 지어야 하는 게 아닌지 하고. 헌데 그럴 필요 없다고 하셨습니다. 다 똑같이 살 낀데 구별하는 건 좋지 않다고예."

"아아……."

"대신 마을 가운데에 마을회관이나 좀 으리으리하게 지어 달라 캤습니다. 거기서 잔치도 하고 어르신들 놀이도 하고 그러게 말임더."

"아아, 그래서 마을회관만 크고 번쩍번쩍한 거네요."

웅성웅성. 다들 신나서 자기 것이 될 집을 이리 만지고 저리 만지며 행복해했다.

나도 마음에 들었다.

한옥 툇마루를 그대로 옮겨 온 것 같은 느낌도 좋았고 묵직하면서도 탁탁 칠 때마다 반동으로 돌아오는 견고함도 기뻤다.

할머니들을 모시고 안으로 들어갔다.

"어떠세요?"

"여가 우리 집이가?"

"……."

"이제부터는 여기에서 살 거예요. 여긴 할머니 방들. 제 방 은 저쪽에 있어요."

"아아……."

"……."

두 할머니가 입을 벌리며 이곳저곳을 살펴보다 나를 바라 본다.

"이런 집에서 우리가 살아도 되는 기가?"

"예, 할머니. 집이에요."

"아아……."

"형님……."

"우짜믄 좋노. 동상, 우리 앞으로 여기 산단다."

"형님, 너무 좋죠?"

"동상도 좋나?"

"저도 좋죠."

"맞다. 나도 좋다."

눈시울을 붉히시더니 결국 한참을 울어 버리는 할머니들 이었다.

할머니들이 우시니 나도 눈물이 나왔다.

하지만 이런 감격과는 달리 우리 집은 그리 바뀐 게 없었다. 객관적으로 말해 집만 바뀐 것. 세간살이는 그대로였으니.

뭘 못 버리는 할머니들 특성상 몇 번 권유하다 포기했고 여기 들어오는 짐들은 여전히 옛날 것들이었다.

그래도 상관없다며 좋아하시는데 더 뭘 바랄까.

참고로 반포 아파트는 팔지 않았다. 오필승 그룹의 덩치가 커질수록 집이 필요한 직원들은 늘어났고 대기 중이던 순서대로 우리가 살던 곳이 돌아갔다.

특히나 내가 살던 집은 서로 오겠다고 난리였다고. 기운을 받겠다나 뭐라나.

이렇게 지어 놓고 보니 2만 5천 평도 부족해 보였다.

길이랑 시설물들이 들어서고 나자 50채 정도밖에 안 되는 마을.

조형만이 차차 부지를 확보해 늘려 간다는 계획을 가지고 있긴 한데 글쎄, 얼마나 늘릴 수 있을까?

오필승 타운 개방에 이어 상암동에 30만 평 부지로 출발한 오필승 씨티도 개방했다.

한민호 교수에게 약속한 대로 10만 평 규모의 자율 주행 전용 도로도 만들고 오필승 각 계열사가 들어갈 건물도 만들고 기술 개발 연구소도 만들고 그동안 좁은 여의도를 떠돌았던 설움을 모두 씻어 버렸다.

인프라 부분에서만큼은 아직 맛집 같은 것들에서 여러모로 불편한 점이 많았지만 그걸 능가하는 시설과 규모에 직원들은 만족했고 또 인프라는 어차피 시간문제 아니겠나?

새롭게 생긴 도시답게 지금도 발전 중이었으니.

"후아~ 정말 대단합니다. 이런 곳에서 일할 수 있게 되다니. 제가 보는 게 현실이 맞죠?"

"감개무량하죠."

지상 50층 오필승 센터 꼭대기 층에서 지상을 내려다보며 오랜만에 도종민과 마주 앉았다.

"맞습니다. 처음 조용길 이사님 작업실에서 둥지를 튼 게 엊그제 같은데 세상 부러울 것 없는 도시를 만들어 버렸네요. 세계 어느 곳을 돌아봐도 이걸 해낸 기업은 없을 겁니다."

"자랑스럽죠. 이제 우리 오필승엔 마을도 있고 도시도 있으니까요."

"다 총괄님 덕분입니다."

"아니에요. 저 혼자라면 절대 못 왔어요. 실장님부터 전 직원이 똘똘 뭉쳐 해낸 일이에요. 그건 확실합니다."

"저희도 주춧돌 정도는 쌓은 게 맞죠?"

"주춧돌만이 아니죠. 기둥도 세우고 지붕도 올리고 살림도 차렸죠. 제가 한 건 기실 20% 수준일 거예요."

"아닙니다. 저희 몫으로는 10%만 남겨 주십시오. 10%만도 전 직원이 납득할 겁니다."

"평행선이가요?"

"평행선입니다. 언제나 환영할 만한 평행선이죠. 아 참, 오늘 아침 기분 좋은 소식이 올라왔습니다."

"기분 좋은 소식이요?"

"황정한이라고 기억하시나요?"

"알죠."

1997년 9월에 합류한 MP3의 아버지.

도종민이 작은 박스를 내놓았다. 열어 보니 가로 3cm, 세로 7cm 정도의 작은 기기가 있었다. 이어폰과 함께.

보자마자 도종민 말대로 기분이 좋아졌다.

"성공했군요."

"음질, 제품의 디자인과 내구성 모두 통과했습니다."

"당장 미국으로 보내야겠네요."

"한국에서 생산 안 하시고요?"

"한국은 아직 인프라가 부족해요."

"음…… 그렇군요. 황정한 연구원에게는 미국행 비행기 티켓이 필요하군요."

"어떻게 하겠대요?"

"회사를 차리고 싶다고 했답니다."

"차려 주세요."

"알겠습니다."

"잠깐만요. 정 대표님에게 전화 좀 해 볼게요."

"예."

대화를 멈추고 전화기를 잡았다.

"예, 저예요. 식사는 하셨어요?"

[물론입니다. 이 늦은 밤에 어쩐 일이십니까?]

"좋은 물건이 개발돼서요. 곧 사람이 갈 거예요."

[개발이라면 특허 건이군요.]

"회사도 차릴 거예요."

[어느 쪽입니까?]

"휴대용 MP3 플레이어예요."

[오오, 그게 드디어 나왔군요.]

"개발자가 직접 갈 텐데 독립하기를 원해요. 제반 사항을 챙겨 주세요. 미국에서 시작할 거예요."

[알겠습니다.]

"또 한 가지, 애플 주식은 어느 정도 확보했죠?"

[5.5%입니다.]

"당분간 멈추시고 폭락장이 오면 그때 쥐도 새도 모르게 매입해 주세요. 전부 다."

[폭락장이 옵니까?]

"IT 계열에서 특히나 치명적인 계절이 올 거예요."

[계절이라면 금방 끝날 일이 아니겠군요. 기간은 얼마나 보시나요?]

"꽤 길어요. 제 판단에 한 2년은 걸릴 것 같네요."

[2년이라니. 거의 망가지겠는데요. 기회인가요?]

"맞아요. 아마존 같은 회사도 그때 최대한 매입해 주세요."

[아 참, 안 그래도 아마존에서 연락이 왔습니다.]

"아마존이요?"

[우리 브린쇼퍼를 구매하겠다는 의사 타진이 왔습니다.]

"알아봤나 보네요."

[예측하셨습니까?]

"사실 아마존을 타깃으로 만든 거예요. 브린쇼퍼는 아마존 같은 회사에 찰떡이니까요."

[2천만 달러를 제시하더군요.]

"매출의 10%입니다."

[매출에서요?]

"전 세계 동일입니다."

[브린쇼퍼가 그 정도라는 얘기군요.]

"아마존은 브린쇼퍼가 있어야 도약할 수 있어요. 절대 놓쳐선 안 될 기술이니까요."

[주식 매입부터 총괄님은 아마존의 미래가 밝다 보시는군요.]

"브린쇼퍼를 탑재하는 순간 날아다닐 거예요. 느낌이 그래요. 아! 그리고 야후는 전량 정리할 거예요."

[예?! 아아~ 이것도 IT 붕괴 때문입니까?]

"야후 쪽에 먼저 타진해 보시고 소화가 안 된다면 시중에 푸세요."

[그렇군요.]

"시기는 제가 IT 버블에 대해 인터뷰한 기사가 나갈 때로 잡으시고요."

[그 말씀을 하신다는 겁니까? 그러면…….]

"그래도 가져갈 거예요. 야후는 지금 그럴 때니까."

[알겠습니다. 안 그래도 검색 엔진을 두 개씩이나 가질 필요가

있을까 했는데 구글 펑계를 대면 되겠군요. 신호만 주시면 빨리
정리해서 일을 진행시키겠습니다. 개발자는 언제 오나요?]

"내일이나 모레쯤 출발할 거예요."

[기다리고 있겠습니다.]

"예, 잘 도와주세요. 끊을게요."

전화기를 놓자마자 도종민은 차를 앞으로 권해 주었다.

천천히 향을 음미하며 목을 축였다.

담담한 음성이 차향과 함께 나에게 전해졌다.

"MP3 하나에 몇 가지 일이 동시에 진행되는군요."

"욕심 많은 저 때문에 정 대표님이 항상 바쁘시죠."

"왠지 제 속이 시원해지는 건 어떤 이유에서일까요?"

"그래요? 얄미웠나요?"

"똑같이 시작했는데 어느새 격이 달라졌지 뭡니까. 헌데
그만큼 고생하고 있다 하니 비교하던 마음이 사그라지는 것
같습니다."

"진짜 고생 많이 하세요. 제가 할 일을 특히나 각국 정상부
터 외교단까지 상대해야 할 자리라서 보통 심력이 들어가는
게 아니죠."

"본래 시기와 질투란 좋은 것만 보는 데서 나오는 거겠죠.
제가 좀 퍼트려서 개고생하고 있음을 널리 알리겠습니다."

싱긋 웃는다.

똑똑똑. 정은희가 고개를 빼꼼.

인터폰으로 해도 될 텐데 정은희는 늘 이랬다.

"김 대표님 들어오셨습니다."

김연이었다.

오필승 씨티로 옮기며 오필승 엔터테인먼트 대표로 승격.

들어오는 김연을 도종민이 반겼다.

서로 얼굴이 훤하다며 웃어 댔고 툭툭 치며 좋아들 했다.

내 앞에서 자세를 갖추며 무슨 분부가 있냐는 김연에게 CD 한 장을 꺼내 주었다.

케이스에 페이트 10집 : Viva la Vida라고 적혀 있었다.

"어!"

"오오, 드디어 10집이 나왔군요."

반색하는 도종민과는 달리 김연은 안색이 어두워졌다.

실망스런 음색.

"……오고야 말았습니다."

"더 미뤄졌으면 좋았을까요?"

"1년, 아니 몇 년을 미뤄도 좋았을 겁니다."

"감사해요."

"총괄님……."

"올해 아메리칸 뮤직 어워드는 다소 이른 11일에 시작하죠?"

"……예."

"셀린 디온의 독주가 예상되던데 다녀올 동안 부탁드릴게요."

"총괄님……."

"마지막을 불살라 보자고요. 달리 선택지는 없습니다."

"알겠습니다."

비장하게 일어서는 김연의 어깨를 도종민이 토닥여 줬다. 김연도 그런 도종민에 고개를 끄덕였고. 나도 슬슬 일어났다.

올해 시작은 참으로 다사다난했다.

각종 시상식은 물론 졸업도 해야 했으니.

"……."

만감이 교차했다.

학업, 앨범 두 가지가 한꺼번에 마무리되는 시점이라.

시원섭섭. 슈라인 오디토리엄을 향해 LA행 비행기에 오를 때도 그 마음이 도통 가시지 않았다. 도종민과 김연 앞에서 내색은 안 했지만 사람 마음이 또 그렇지 않나. 비록 표절 인생이라고는 해도 내 이름으로 나올 마지막 앨범과 나의 학창 시절의 끝일진대.

사실 며칠째 잠을 못 자긴 했다.

LA로 가는 내내 똑같았다. 꼬리에 꼬리를 무는 상념에 머리는 쉼이 없었고 비행기에서도 잠을 이루지 못했다. 컨디션은 최악으로 떨어지고.

그래도 팬 서비스는 확실하게 해야겠지?

언제나같이 피날레를 장식하는 순서로 입장했다. 천천히 아주 진득이 팬들의 기대를 충족시켜 줬고 제26회 아메리칸 뮤직 어워드를 장악한 셀린 디온에게 축하도 해 줬다.

그때쯤 한계가 왔다.

인터뷰까지 겨우 마치고 호텔에 들어서기가 무섭게 탈진.

응급실에 실려 간 내 소식이 미국 전역을 때렸다.

깜짝 놀란 민들레들이 병원 앞에 진을 쳤고 언론은 온갖 추측성 기사로 내가 쓰러진 원인을 찾으려 애썼다.

그런 와중 아메리칸 뮤직 어워드 인터뷰 건에서 소송에 대한 좋지 않은 질문이 쏟아졌다는 얘기가 나왔다. 그걸 들은 민들레들은 예민해졌고 공격적으로 변했다.

페이트가 쓰러진 건 전부 지난 몇 년 내내 아무 죄의식 없이 괴롭힌 언론 탓이라 몰아세우며 다시 시위가 거세졌다.

그들은 판사 집에도 몰려가 자기가 가지고 있던 증거를 전달했고 해당 기자와 언론사들에 오물을 투척했다. 미국에서 꺼지라고.

이걸 또 기회로 본…… 작년 상·하원의원 선거에서 압승한 이래 잠시 소강상태를 걷고 있던 정치계가 움직였다.

옳다구나 싶은 공화당은 민들레에 편승해 언론과 민주당을 규탄했고 사법부에는 일벌백계의 심정으로 결단을 내리라 촉구했다. 국정 운영은 뒷전으로 둔…… 여자나 탐하고 아시아 금융 위기를 야기하여 미국의 위상과 신용도를 추락시킨 클린턴을 탄핵해야 한다고 외쳤다.

그러든 말든 나는 백지장같이 파리한 얼굴로 날 찾아와 준 팬들에 손을 흔들어 주었고 그 장면이 또다시 이슈가 되며 민들레의 전투력을 폭주시켰다.

민주당은 그야말로 크악!이었다.

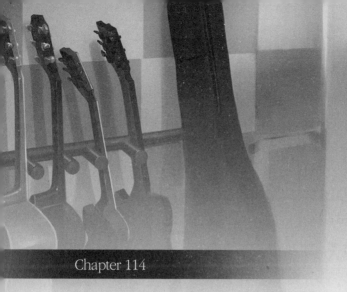

"이제 시작해 볼까요?"

미국을 허리케인급 정쟁의 소용돌이로 몰아 버린 나는 몸이 회복되자마자 아픈 걸 핑계로 한국으로 돌아왔다.

한 번 앓아서인지 이후부턴 이상하게 잠도 잘 자고 입맛도 돌았다.

할머니들의 강권에 며칠 더 쉬다가 오늘 김연이 모아 놓은 아티스트들과 함께 10집 작업에 돌입.

다들 이번 작업이 마지막이라는 걸 아는지 분위기는 비장했고 나도 역시 그랬다.

탁탁탁 드럼의 신호와 함께 첫 번째 트랙이 시작되었다.

첫 곡은 Coldplay의 Viva La Vida였다.

2008년 6월 11일 발매한 콜드플레이 4번째 정규 앨범 Viva la Vida or Death and All His Friends에 수록된 곡으로 콜드플레이 역사상 가장 많은 사랑을 받은 곡이다.

Viva La Vida에 대해서는 두말할 필요가 없었다.

'명곡은 유행을 타지 않는다'는 말을 몸소 실천한 곡으로 제목부터 스페인어로 '인생 만세'라. 강렬하면서도 웅장한 전주 속에 꿈과 가치와 희망의 외침을 노래한다. 들을 때마다 소름 돋는 일품가사로 나의 최애곡 리스트 중 당당히 Top 3에 오른 곡이었으니.

페이트 앨범의 마지막 타이틀을 장식하기에 이만한 곡이 없었다. 낙점.

다만 한 가지…… 원곡이 세계적인 기타리스트 '조 새트리아니'의 앨범인 Is There Love In Space에 수록된 연주곡 If I Could Fly와 표절 시비가 붙는데 이도 2004년도 발매라 나에게는 해당 사항이 없었다.

나에게서 도리어 더 완벽해진 Viva La Vida를 나는 나의 처음과 끝을 함께한 조용길에게 헌정했다.

조용길표 Viva La Vida. 궁금하지 않은가?

두 번째 곡은 Carly Rae Jepsen의 Call Me Maybe였다.

2011년 9월에 발매된 캐나다의 팝 가수 칼리 레이 젭슨의 싱글.

틴팝 장르의 곡으로 처음 발매됐을 당시에만 해도 별 반응이 없었는데 당대 최고의 스타 저스틴 비버와 셀레나 고메즈 커플에 의해 알려지면서 입소문을 타게 된 곡이다.

전 세계 판매 1,800만 장으로 역대 세계 싱글 판매량 15위에 들 만큼 엄청난 성공을 거둔 곡.

첫 번째 트랙인 Viva La Vida가 너무 웅장한 바람에 두 번째로 넣게 되었는데 가볍고 산뜻하고 날씨 좋은 날 외출할 때 기분 전환용으로는 딱이었다.

실제로 듣다 보면 예민이 풀리긴 하니까.

나는 이 곡을 98년 1집 '선생님 사랑해요'를 내고 한창 활동 중인 한슴밴드에게 주었다. 세 자매의 합이라면 칼리 레이 젭슨보다 더 풋풋할 테니까.

으흐음, 너무 좋다.

세 번째 곡은 Kesha의 TiK ToK이었다.

2009년 7월 발매된 앨범 Animal의 수록곡으로 케샤를 세계 정상의 반열로 이끈 명곡이었다. 전 세계 1,500만 장으로 역대 싱글 음반 판매량 19위를 차지할 만큼 상업적으로도 큰 성공을 거둔 곡.

케샤가 파티에서 놀다가 집에 돌아가던 경험에서 영감을 얻었다고 하는데. 가사도 또한 파티를 그만두고 싶지 않다는 내용이라 살짝 수정해 페이트 앨범을 그만두고 싶지 않다는 뉘앙스를 풍겼다.

이 곡은 주인이 정해져 있었다.

낙점하자마자 별 고민 없이 선택.

1995년에 데뷔하고 1996년 '유쾌한 씨의 껌 씹는 방법'으로 활동 중 1997년 봄 MBC 생방송 음악 프로그램에서 방송 카메라에다 손가락 뽀큐를 날리고 침을 뱉어 방송 정지에 해체 수순을 밟고 있는 삐삔밴드의 보컬 이윤성을 불러올렸다.

보컬 색으로는 이 이상이 있을까 싶은 그녀에게 TiK ToK을 얹어 놓으니 케샤는 생각나지도 않았다.

다시 봐도 세계 최강 음색.

네 번째 곡은 Robin Thicke의 Blurred Lines (feat. T.I. and Pharrell)이었다.

2013년 3월 발매된 앨범 Blurred Lines의 리드 싱글로 그해 빌보드 연말 차트 2위, UK 연말 차트 1위에 올랐으며 그다음 해인 2014년에도 빌보드 연말 차트, 차트인에 성공하는 등 역대 싱글 음반 판매량 20위권에 오를 만큼 상업적으로도 엄청난 성공을 거둔 곡이었다.

경쾌하고도 가볍고 위트가 넘치는 듯한 리듬감과 세련된 멜로디에 로빈 시크의 매력까지 더한 곡이라 선택하는 데까진 문제가 없었으나 가사 부분이 다소 외설적이라 나중에 논란이 될 소지가 커 이어질 듯 말 듯 간지럽고도 떨리는 로맨스물로 수정한 것 빼곤 원본을 보존했다.

나는 이 곡을 1997년 '다시 만나 줘'로 데뷔한 언타운의 정연중과 또 같은 언타운의 윤미랜, 1995년 Kid From Korea로 데뷔한 타이건 JK에게 주었다.

Robin Thicke, T.I. and Pharrell의 조합과는 또 다른 매력

으로서 Blurred Lines가 탄생했다.

다섯 번째 곡은 Adele의 Rolling in the Deep이었다.

2010년에 발표된 스튜디오 앨범 '21'의 수록곡으로 굳이 말로 설명하는 게 디스인 명곡이라.

수많은 커버를 양산하였고 아델이라는 이름을 전 세계적으로 각인시켰으니 그녀의 출세곡이라고 불러도 과언이 아닌 곡이다.

역대 싱글 음반 판매량에서도 20위권에 위치할 만큼 상업적으로도 큰 성공을 거두었고 노래 좀 한다는 이들은 모두 다 불러 보았을 만큼 보컬 실력의 척도가 되기도 했다.

그래서 더 고민이 됐다.

누가 감히 아델의 이 블루지하면서도 짙고 어두운 소울 알앤비를 처리할 수 있을까?

내가 가진 인력풀에서는 이걸 제대로 소화할 만한 존재는 한 명밖에 없었다.

나윤설.

프랑스 유학 중인 그녀를 다시 불러올렸다.

"이 곡은 모든 것이 완성될 찰나 전부, 송두리째 망가뜨려 버린 상대에 대한 분노를 노골적으로 드러내고 있어요. 헤어진 순간부터 둘만의 비밀을 공공연하게 떠들고 다니는 최악을 상대로 말이죠."

"아아……."

미간이 좁혀진다.

"화나죠?"

"맞아요. 화나네요. 어떻게 사람이 그럴 수 있죠? 사랑과 사람에 대한 예의가 조금이라도 있다면…… 아아, 그게 아예 없는 사람이었군요."

"맞아요. 차라리 지금이라도 알아서 다행이라는 거죠. 하지만 분노는 감출 길이 없어요. 감정의 고조가 느껴져야 해요. 뿌린 대로 거두게 될 거라고 퍼부어야 해요. 배신당한…… 복수의 의지를 활활 태워야 해요. 나를 가스라이팅하려 했던 모든 의도를 부수겠다는 전의로써요."

"알겠어요. 그렇게 할게요. 반드시 일어나 더 큰 성공을 하고 말 거예요."

완전히 이입된 나윤설은 버림받은 여자가 품은 복수의 칼날을 더욱더 세밀하게 갈아 목소리에 녹여 냈다.

이별했을 때의 절망과 탄식, 비탄을 지나 감정이 점점 더 고조될수록 타오르는 나윤설식 분노는 원곡의 아델보다는 범위가 좁았지만, 훨씬 더 집약적이고 예리하고 날카로운 선으로서 완성되었다. 순간적으로 난도질되는 누군가가 보일 만큼 아주 선명하게.

Wonderful! 나윤설을 데려온 건 정말 최고의 한 수였다.

"좋아요. 이렇게 가면 돼요. 급소를 더 강하게 찔러 주세요."

"옙."

여섯 번째 곡은 Luis Fonsi의 Despacito (feat. Daddy Yankee)였다.

레게톤 라틴팝으로 2017년 1월에 발매한 푸에르토리코의 가수 루이스 폰시의 싱글.

미소가 절로 나왔다.

Despacito였다. Despacito. 더 무슨 말이 필요할까.

동영상 조회수 70억을 넘긴 초대박 작품.

재밌는 건 Call Me Maybe처럼 Despacito의 성공에도 저스틴 비버가 한몫하였다는 것인데.

Despacito는 영어가 아닌 스페인어로 된 곡이라. 그럼에도 10억 뷰 이상의 인기를 누렸다지만, 라틴어권에서만의 인기였고 70억 뷰를 넘겼을 때도 언어 때문에 안티가 꽤 많았다. 이 곡이 어째서 이렇게 많은 인기를 누리는지 모르겠다고.

어쨌든 저스틴 비버와 리믹스 버전을 내며 대폭발을 일으켰고 역대 싱글 음반 판매량 6위에 랭크될 만큼 엄청난 성공을 거두었다.

나는 이 곡을 Macarena로 전 세계 공연을 돌며 특히나 라틴 문화권에 친숙하고 익숙하고 경험이 많은 수와 준에게 줬다. 현재 수와 준의 스페인어 실력은 말하는 게 입 아플 정도.

다만 레게톤의 왕이라 불리는 래퍼 Daddy Yankee의 몫이 불분명하다는 게 문제였는데.

보통 이럴 때는 내가 들어가곤 했지만 나는 레게톤이 아니라 기각.

찾다 찾다 룰랄의 누군가를 쓰려 고민까지 했으나 실력에 한계가 있어 포기, 결국 고심하다 못해 중앙대학교 힙합동아리 Da C-Side에서 새로운 인물을 찾아내 섭외했다.

앞으로 한국 레게의 자존심이 될 그릇. 스컨이었다.

아직 어리숙한 면이 있었으나 가진 음색과 재능이 어디로 가는 게 아니니까.

역시나 대디 양키보다 훨씬 더 분위기가 좋았다.

일곱 번째 곡은 Sam Smith의 I'm Not The Only One였다.

2014년 1월에 발매된 앨범 In The Lonely Hour의 수록곡으로 페이트 앨범에 실린 다른 곡들처럼 압도적인 인기를 끌지 못했지만 내가 좋아해서 넣었다.

배신의 슬픔도 이런 식으로 감미롭게 표현할 수도 있구나.

외롭고 공허한 밤, 혼자 먼 곳을 응시하는 고독이 느껴지는 곡.

책갈피에 넣어 두었다가 몇 년 뒤 꺼내 봐도 여전히 좋은 곡이라 외면할 방법이 없어 어쩔 수 없이 넣었다.

이 곡도 가수 찾는 게 힘들었다.

누구에게 줄지 고민…… 도저히 안 돼 무릎 꿇었다. 그렇잖나. 90년대가 비록 한국 가요계의 부흥기라 하나 누가 샘 스미스의 감성을 따라올 수 있을까?

할 수 없이 오디션을 봤다.

엄청난 인원이 몰렸다. 신승후, 김건몬, 윤산, 김헌철을 시작으로 박진연, '소원'을 부른 김현선, 윤종선, 이승한, 조장혁, 뱅클, 이현운 등등 이름만 들어도 알 만한 이들이 참가하였고 무명에 가려져 있던 가수들까지 합치면 2백 명이 넘게 오필승을 찾았다.

유아독존 페이트의 마지막 앨범에 들어갈 남자 가수를 뽑는 자리였으니까.

단순하게 말해 뽑혀도 영예로울 텐데 글로벌 가수가 될 기회를 잡는 것이니 풍운이 이는 건 당연했다.

그 끝자락에서 나는 겨우 가까운 한 명을 찾을 수 있었다.

신해천의 도움으로 문차인드 데뷔 준비 중인 남자.

나중에 김나박이 사대장 중 하나로 군림할 남자가 내로라하는 가수들 틈에 끼어 있었다.

보석같이 반짝이는 녀석을 찾자마자 나는 당장 오필승으로 옮기라 하였다. 일찍이 그 가능성을 알아본 SML이 아이돌 그룹 신환 멤버로 넣으려 하다가 실패, 다른 회사로 옮긴 녀석이긴 한데 김연이라는 이름은 이 가요계에서 무소불위였다. 도착하자마자 그 기획사는 여태 준비하던 게 있으니 문차인드까지만 해 주면 개별은 오필승 소속으로 하기로 인정하겠다는 계약서를 써 줬다.

갑자기 이 무슨 행운일까 싶어 내 앞까지 온 녀석에게 이런 얘기를 해 줬다.

"가수 하고 싶어요?"

"옙!"

"어떤 가수가 되고 싶어요?"

"오랫동안 기억되는 가수가 되고 싶습니다."

기억되긴 한다. 좋은 쪽, 나쁜 쪽으로 둘 다.

"약속 하나 해 줄래요?"

"예, 말씀하십시오."

"앞으로 유흥업소 출입 금지."

"예?"

"누가 꼬시든 누가 억지로 끌고 가든 거기 가는 순간 끝이에요. 대표님 계약서 가지고 오세요."

"준비하고 있었습니다."

클롬 이후 30억짜리 배상 계약서는 항상 구비돼 있었다.

"정상적인 술자리는 인정돼요. 하지만 그 이상으로 잘못이 들어가면 손해 배상 소송이 들어갈 거예요. 계약하겠어요?"

"……근데 왜?"

"이런 계약서를 주냐고요?"

"예."

"클롬은 오토바이로 걸렸고 신해천은 대마초가 있었죠. 김건몬도 유흥업소를 즐겼고요. 이들이 이런 계약을 하게 된 이유가 뭘까요? 이후 오토바이든 담배든 유흥업소든 일절 접근도 안 하는 이유가?"

"……! 그럼 제가……?!"

"구설수가 있네요. 한 번의 호기심으로 평생을 짊어지고 갈 창피스러운 낙인이 찍힌다고 쓰여 있어요. 그걸 방지하는 차원이에요. 하시겠어요? 안 하시겠다면 I'm Not The Only One은 다른 사람에게 갈 거예요."

"……!!!"

인생이 걸린 자리를 두고 고작 유흥업소 때문에 포기하는 놈은 사회생활할 자격이 없었다.

녀석은 도장을 찍었고 절대로 안 가겠다 약속했다.

간단한 문제였다. 유흥업소 출입만 안 하면 될 일이 아닌가.

그것만 안 하면 페이트의 곡을 가질 수 있는 기회인데 그깟게 중요할까.

결국 I'm Not The Only One은 녀석에게 돌아갔다.

다른 이들과는 달리 트레이닝 기간이 좀 필요했지만 김나박이의 재능이 멀리 있는 건 아니었으니 금세 적응해 궤도에 올랐다.

역시나 so good!

여덟 번째 곡은 Ed Sheeran의 Thinking Out Loud였다.

2014년 9월 발매된 X의 세 번째 싱글로 에드 시런이라는 이름을 알린 결정적인 곡이었다. Shape of You에는 못 미치지만.

사실은 Shape of You를 쓰려 했는데 TLC의 대히트곡인 No Scrubs를 표절했다는 의혹…… 이도 사실은 로열티 배분 합의 전 곡을 발표해 버리는 바람에 논란이 된 것이지만 어쨌든 TLC가 No Scrubs를 1999년 2월, 바로 다음 달에 발표하는지라 이것저것 귀찮아져 결혼식 축가로 오랫동안 사랑받는 Thinking Out Loud를 선택하였다.

이도 나쁘지는 않았다.

빌보드 핫 100에서 58주나 랭크됐고 UK차트에서는 무려 187주나 올라 있었으니 자기 몫은 충분히 하는 곡이다.

나는 이 곡을 1996년 포진선 1집 '후회 없는 사랑'으로 데뷔, 현재 Paradise로 활동 중인 임재웅에게 맡겼다. 애드 시런 만큼의 딴딴한 목소리는 아니지만, 결혼식 축가로 타깃이 맞춰진 만큼 부드러움과 감미로움은 한층 더 진해졌다.

만족할 만한 Thinking Out Loud가 완성되었다.

아홉 번째 곡은 Maroon 5의 Sugar였다.

2014년 9월 발매된 마룬 5의 다섯 번째 앨범 V의 수록곡으로 2015년 3월 싱글로 발매되며 엄청난 인기를 끌었다. 가히 마룬 5의 전성기를 이끈 곡.

Sugar의 성적은 굳이 언급하지 않겠다. 마룬 5이니까.

아델의 노래같이 10년이 지난 후 다시 들어도 좋은 곡은 무언가 평가를 얹는다는 게 모욕 아니겠나?

그래서 내가 불렀다.

애덤 리바인의 음색과는 살짝 달랐지만, 뭐 어쩌나. 9집에 실은 Payphone도 내가 불렀는데.

대망의 열 번째 곡도 Maroon 5의 곡으로 Moves Like Jagger (ft. Christina Aguilera)였다.

마지막 곡을 두고 나는 참으로 많은 인고의 시간을 보내야 했다.

도대체 무엇을 끝으로 삼아야 할까?

무엇이 페이트 앨범의 마지막으로 합당할까?

장르는 무엇으로 해야 하지? 누구의 음악으로 가져와야 할까?

수백 곡에 달하는 명곡이 후보 라인에 서서 나를 선택하라 외쳤지만. 이때 나는 나에게 솔직해지기로 했다.

Moves Like Jagger. 재거처럼 움직여라.

어떤 곡도 Moves Like Jagger처럼 나를 끌어당기지 못했다. 더구나 페이트 앨범의 최종장으로 롤링스톤스의 믹 재거는 너무나 완벽한 대상이 아니겠나?

역시나 내가 불렀고 크리스티나 아길레라 파트는 '이유 같지 않은 이유'의 박미견이 맡아 줬다.

끝. 이렇게 길고 길었던 페이트 10집 : Viva la Vida 작업이 끝났다.

"후우……."

괜히 힘이 빠졌다.

보통 끝맺음을 하면 시원섭섭하다는 감정이 들기 마련인데 어쩐지 시원함보다는 이별의 느낌이 더 컸다.

오랜 세월 나와 함께해 준 정든 이와의 헤어짐 같은.

번아웃의 감각도 왔다. 끝났고 아무것도 안 해도 됨에도 지극히 아무것도 안 하고 싶은 무기력함.

하지만 나는 쉬어선 안 된다.

모름지기 마무리란 정리까지 포함된 것이니 모두를 데리고 남한산성으로 갔다.

"어!"

거기엔 음원과 콘티 들고 미국 간다고 제일 먼저 나선 지군 레코드 사장이 있었다. 이제는 많이도 늙어 버린 사장.

그뿐 아니었다.

오필승의 간부들부터 나와 연을 맺었던 가수들 전부가 대기하고 있었다.

조용길이 내 손을 잡고 이끌었다.

"모두 너를 위해 왔어."

백 단위가 가뿐히 넘어가는 인원이었다.

페이트 10집에 참여했던 인물들 외 김현신, 우신실, 신영원, 별국화, 장혜린, 봄여름가을겨운, 시인과 촌로, 인순희, 김완서, 장필숙, 이문셈, 최성순, 신촌블룬, 빛과 소금물, 민애경, 김정주, 나훈하, 변진석, 신승후, 이태오, 박남전, 시나원, 유영섭, 윤산, 김헌철, 신해천, 정석언, 김민길, 양희음, 이은민, 윤종심, 천성인, 손무헌, 신천 등등등 엄청난 이들이 한데 모여 박수 치고 있었다.

고생했다고.

이게 무슨 일인지…….

커다란 3단 케이크도 등장했다.

조용길이 가만히 안아 주었다.

"…….".

왠지 모르게 모두가 말을 아꼈고 엄숙한 모습으로 나를 맞았다. 모두가 하나 된 장면처럼 장엄하기까지 한데…….

나는 이런 마무리를 바라지 않았다.

다소 기운이 빠졌긴 하나 언제나 그렇듯 앨범의 완성은 축제여야 옳다. 그것이 시작이든 끝이든.

"상갓집 분위기는 상주가 정한다더니."

"으응?"

딱 그 꼴이다.

아니, 나부터일 것이다. 내가 처지니 다른 이들도 감히 함부로 움직이지 못하는 것이 아니겠나?

소리쳤다.

"다들 힘내세요. 앨범 끝난 게 뭐 대수라고 그리들 조심히서 계세요? 저는 제 장례식도 왁자지껄 웃음이 터져 나오길 바라는 사람입니다. 고작 앨범 하나 끝맺었을 뿐인데 이런 분위기는 아니죠. 오늘은 축하해야 할 자리입니다. 편하게들, 즐겁게들, 마음껏 먹고 마시세요. 제가 영영 가요계를 떠나는 것도 아니지 않나요?"

"그런가? 우리가 너무 끝만 생각했나?"

"그렇죠. 바로 이 자리에 있잖아요."

"그래! 그렇다면 나도 오늘은 좀 마셔야겠다. 왜들 우중충하게 서 있어? 우리 대운이가 언제 기죽는 거 봤어? 수틀리면 미국이랑도 한판 붙는 애야. 고작 앨범 하나 안 내는 것뿐이잖아."

조용길이 적극적으로 거들었다.

김연도 소리쳤다.

"맞습니다. 우리 오필승이 언제 축 처진 적 있었습니까? 오필승은 언제나 승리합니다. 일 하나 접었다고 해서 끝나는 게 아닙니다!"

"옳지. 갑시다. 다들 자기 자리 찾아서 앉으세요. 모처럼 모였는데 잔치를 벌입시다. 제가 누구냐고요? 아아, 제가 바로 오필승 그룹의 시작과 함께해 온 고문 변호사 이학주란 사

61

람이올시다. 사법 연수원 7기로…….”

“어서 앉으세요. 곧 음식이 나옵니다. 오늘은 오필승 그룹도 샷다 내립니다. 그동안 큰 고생을 하신 우리 총괄님을 위해 건배를 하시지요.”

나불대려는 이학주를 도종민이 막았고 정은희는 마치 안주인처럼 음식을 나르며 손님 대접을 진두지휘했다.

수십의 탕과 백숙이 올라오며 자리를 풍성히 만들었고 맥주잔에 가득 술을 채웠다.

나도 넙죽 허리를 굽혔다.

“감사합니다. 이리 축하해 주러 오셔서.”

“휘이익!”

“축하드립니다!”

“앨범의 완성을 축하합니다!”

분위기가 끓어오르는지 다들 한마디씩 하며 즐기기 시작했다.

나도 외쳤다.

“오늘 무사히 걸어 나가시는 분들은 미워할 겁니다. 무슨 뜻인지 아시죠?”

“““““네~~!!!”””””

대답 한번 우렁차다. 잔을 높이 추켜올렸다.

“건배!”

“““““건배~~!!!”””””

쭉쭉 올라가는 건배 잔처럼 올해는 마무리되는 일이 많았다.

페이트 앨범이 끝났다.

며칠 있으면 내 기나긴 학창 시절도 끝난다.

고로 남한산성에서 신나게 퍼마신 후유증이 채 가시기도 전에 이런 자리가 또 마련되었다.

조기 졸업 요건을 충족시킨 나는 95학번 졸업식에 같이 참여하여 학사모를 썼고 내 사진부터 우리 할머니들 사진도 찍고 오필승 소속 사람들이 죄다 모여 축하하고 사진 찍고 요란을 떨어 댔다. 졸업식장엔 이런 현수막도 걸려 있었다.

≪수능 만점, 서울대 전체 수석, 3대 고시 수석에 조기 졸업까지. 장대운, 너야말로 진정한 승리자다!≫

동기들이었다.

열댓 명이 와서 나의 졸업을 축하해 줬고 그중에서도 날 미팅에 데려가려던 녀석이 가장 기뻐했다. 기다리라고. 자기도 올해 사법 시험에 붙을 거라고.

뭐래. 싹 다 데리고 호텔 가온으로 갔다.

홍주명의 지휘 아래 모든 게 세팅된 곳에서 졸업 축하 파티를 열었고 국민학교 6년, 중학교 3년, 고등학교 3년, 대학교 3년 참으로 오랜 시간 노력했던 것에 대한 유종의 미를 거뒀다.

진짜 다 끝.

하지만 쉬진 못한다.

다음 날로 난 포진선 임재웅과 함께 미국행 비행기에 올랐다.

도착한 LA 공항엔 정홍식 외 마사토 다케히로와 지군레코드 사장이 같이 있었다.

"어서 오십시오. 일단 호텔로 갈까요?"

"좋아요. 짐부터 풀고 헤쳐 모여요."

헤쳐 모일 것도 없었다. 어차피 로열 스위트룸은 우리 차지였고 각자 방 하나씩 차지해 캐리어 가방만 던져 놓으면 끝. 이 모든 게 낯선 임재웅만 어색하다.

포문은 마사토 다케히로가 열었다.

"발매일을 그래미 어워드에 맞추신다고요?"

"그게 좋을 것 같아서요. 일은 잘 진행되나요?"

"문제없습니다. 아니, 총력을 다해 생산 중입니다. 역대급 판매량이 예상되니까요. 아 참, 지군레코드 사장님을 통해 전달하신 내용도 준비를 다 끝냈습니다. 몇 쌍 정도면 될까요?"

"열 쌍이면 6분은 채우지 않을까요?"

"충분하죠. 오로지 그것만 넣을 게 아니니까요."

제41회 그래미 어워드는 2월 24일에 열린다.

시간에 여유가 있음에도 졸업식이 끝나자마자 이 머나먼 나성까지 날아온 이유는 오직 하나였다.

뮤직비디오.

페이트 10집에는 결혼식에 관한 이야기를 담은 곡이 두 곡이나 포진돼 있다.

Sugar와 Thinking Out Loud.

이 두 곡을 그저 그런 스토리로 행복해하는 남녀 한 쌍을 그리는 것보단 마지막답게 내가 직접 결혼식장에 찾아가 축가를 불러 주는 게 어떻냐고 제안하였다.

Sugar는 내가 부르고 Thinking Out Loud는 임재웅이 부르고. 임재웅이 여기까지 동행한 이유도 여기에 있었다.

사실 Sugar의 원곡 뮤직비디오가 이런 컨셉이었다.

이걸 아는 사람이 현재 나밖에 없다는 게 함정인데 내용을 듣자마자 마사토 다케히로는 어떻게 이런 천재적인 발상을 할 수 있느냐며 반은 아부, 반은 진심 격인 칭찬을 해 주었다.

일은 쉬웠다.

자유와 낭만의 도시 LA답게 열 쌍의 커플을 찾는 건 너무나도 가벼웠고 단 하루 연습할 시간을 할애한 뒤 남은 시간 내내 돌아다니며 깜짝 축하쇼를 벌여 줬다.

내가 찾아간 결혼식장이 어땠냐고?

아무렴, 페이트가 직접 찾아와 축가를 불러 주는데.

비슷한 느낌이라도 알고 싶다면 Sugar 뮤직비디오를 찾아보길 추천한다.

물론 당연히 부작용도 있었다.

내가 찾아가지 못한 커플들, 내가 찾아올지도 모른다며 기대하는 커플들, 그리고 내 깜짝 쇼가 찍힌 사진을 보도한 언론들.

이들이 내가 또 언제 찾아올지 모른다며 잔뜩 더듬이를 세운 것 외엔 모두가 행복하였다.

그렇게 2월 24일이 밝았다.

이미 예고된 대로 페이트 10집 : Viva la Vida가 발매됐고 하루 전부터 레코드가게 앞은 줄 서는 사람들로 북적, 매장이 열리자마자 쏟아져 들어오는 손님에 비명을 질러 댔다.

비단 LA만이 아닌 미국 전역에 Viva la Vida가 울려 퍼졌다.

Viva la Vida만큼은 뮤직비디오도 동시에 흘러나왔다.

역대급 가장 짧은 기간 촬영에 가장 간단한 구성의 뮤직비디오라.

고성의 가장 꼭대기 왕좌에 앉은 내가 그저 먼 곳을 응시하는 내용이 전부이긴 한데 뒷받침되는 영상은 상상 이상이었다. 도시가 나오고 산천이 나오고 바다, 사막, 지구상 존재하는 모든 곳이 내 시선 속에 맺힌다.

그렇게 조용히 눈을 감으며 뮤직비디오는 끝난다.

은은히 그러나 아주 강렬하게, 낙인찍힌 것 같은 깊은 여운에 민들레는 제정신을 차리지 못했고 내가 나타날 슈라인 오디토리엄으로 몰려들었다.

페이트를 봐야 한다. 페이트를 만나야 한다.

이제껏 본 적 없는 거대한 인파가 몰렸다.

당황한 NARAS는 급히 경호 인력을 늘렸으나 이만한 인파를 감당하기는 무리였다. 더 기가 막힌 건 초대된 스타들이 지나감에도 별 호응이 없다는 것이었다.

그들은 오직 페이트만 원했고 페이트만을 연호했다.

세 배 이상 인원이 모였음에도 훨씬 더 조용한…… 역대급으로 기묘한 시상식.

그것도 내가 곧 나타남으로써 완전히 뒤바뀌었다.

비명이 터지며 크게 출렁였다.

안전 라인은 그 의미가 무색해질 만큼 위태로워졌고 경호 인력은 곧 벌어질 사태를 예상하며 아연실색, 식은땀을 흘렸다.

그 순간. 내가 손을 들었다.

그러자 금방이라도 제방을 넘을 듯한 파도가 잠잠해지며 잔잔한 밤바다처럼 유순해졌다.

이게 무슨 조화인지 모르겠다는 경호 인력을 넘어 민들레 사이로 들어갔다. 오직 나를 위해, 나만 보기 위해 찾아온 이들을 안아 줬고 그 손을 잡아 줬다. 내 손은 그들의 키스로 물들어 갔고 내 옷도 마찬가지로 붉고 진한 핑크빛이 되어 갔다.

그래도 괜찮다.

나는 한 사람, 한 사람 눈 마주치길 원했고 그 눈을 바라봐 주었다. 흐르는 눈물을 닦아 주었다. 나 때문에 시상식이 1시간 이상 지체됐음에도 멈추지 않고 그들을 위로하는 데 전력을 쏟았다.

NARAS 측에서 부탁이라고 이제는 제발 입장해 달라고 이대로는 시상식을 시작하지 못한다고 사정사정을 하고서야 민들레도 나를 놔주었고 이제 그만 가도 좋다는 말을 해 줬다.

하지만 나는 끝까지 가고 싶지 않다는 표정을 지었다.

너희들과 함께하고 싶다고.

이해 가지 않을 수도 있겠지만, 당시의 나는 그랬고 그 마음을 알고 여기저기에서 대성통곡이 터졌다. 울음은 삽시간에 번져 갔고 슈라인 오디토리엄 앞마당은 이내 통곡의 장이 되어 울려 퍼졌다. 이 장면이 여과 없이 송출됐다.

"자, 마지막인 Album of the Year의 수상을 진행하겠습니다. 1998년을 빛낸 올해의 앨범은 과연 누가 될까요? 축하드립니다. 타이타닉 OST입니다."

올해 그래미 어워드는 타이타닉 OST가 휩쓸었다.

My heart will go on은 세계 최고의 히트곡이 되었고 셀린 디온은 다시없을 최고의 전성기를 보냈다.

하지만 주인공은 아니었다.

얼굴만 빼고 손과 의복 전부에 립스틱 자국이 묻은 나는 그 모습 그대로 시상과 수상을 했고 많은 이들을 놀라게 하였다.

사람들은 이 장면을 이렇게 말했다.

수많은 인파 속으로 들어감에도 키스 마크 외 머리카락 한 올도 다치지 않은 기적.

-페이트에게 함부로 구는 건 민들레라도 용서 못 한다.

어떤 민들레의 선언이 자막으로 나가며 이 모습이 더욱 부각됐고 나는 어느새 미국이 가진 상식과는 다른 세상에서 사는 이가 되었다.

어느 독실한 성경 연구가는 이 장면을 이렇게 평가하기도 했다.

-하나님 안에 거하는 겁니다. 마귀를 이기기 위해 무언가를 하는 것이 아닌 하나님 안에 거함으로써 아예 마귀와 아무런 관계가 없는 이가 된 겁니다. 무슨 말인지 모르십니까? 페이트는 마귀가 영향을 미치는 세계와는 전혀 상관없는 차원에서 산다는 거예요. 오오오~ 정말 감격스럽습니다. 수십 년 성경을 연구하는 삶에 이렇게도 영적 전쟁의 핵심을 명확하게 보여 준 사례는 처음입니다. 그는 정말······.

그래서인지.

수천에 달하는 민들레의 키스 세례를 받으며 홀로 유유히 서 있는 나를 현대판 구세주라 표현하는 이들도 생겼다.

그것이 심화되어 어느새 영적 논란으로 번지게 됐지만.

모르겠다.

그 순간 민들레의 마음이 절절히 느껴졌고 그들을 위해 최선을 다하려 한 것뿐 더 이상은 없었다.

민들레도 지들끼리 싸우는 영적 논란에는 끼어들지 않았다. 그를 사랑했고 그가 그 마음을 알아줘 기쁠 뿐이라 답하는 게 전부.

묘한 울림이었다.

참으로 묘한 울림이라.

이런 게 보편적 사랑이라는 건지.

똑똑히 느꼈다.

민들레에 휩싸인 순간, 순간적으로 내가 '이 사람들'이 되고 이 사람들이 '나'가 되는 경험을.

입 밖으로 꺼내진 않았지만 일체함이란 이런 걸 말하는 게 아닌지 '나'란 존재가 이렇게도 확장될 수도 있구나 이때 처음 알았다.

가만히 하늘을 바라보았다.

"도대체 나에게 무엇을 바라시는 겁니까?"

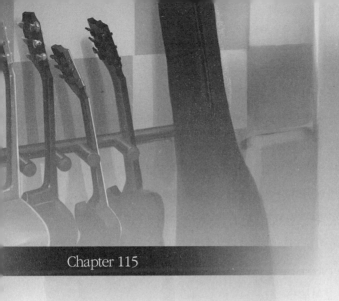

10집의 판매량은 가히 폭발적이었다.

이렇게 팔려도 될까 싶을 만큼 연속 매진 행진을 계속했는데 미국 전역에 휘발유 뿌린 낙엽처럼 활활 피어올랐다.

발매한 지 한 달도 안 돼 1,000만 장을 돌파하는 무서움이라.

음반 제작 규모로서는 세계에서도 톱에 오른 소니 뮤직도 다른 음반 생산을 전부 중단시킨 거로 모자라 경쟁 관계의 제작사에 도움을 받아서야 겨우 수량을 맞출 정도였다.

입이 찢어진 마사토 다케히로는 밤잠을 자지 않고 여러 공장을 돌았고 유통을 점검했다. 그 웃음소리가 한동안 머릿속에 맴돌 정도로 그는 광기에 차서 '제발 내년에는 컴필레이션 앨범을 발매하면 안 되겠냐는 헛소리를 지껄이기도 했다.

어딜 감히!

그런 와중 빌 클린턴의 하야 소식이 다시 미국 전역을 때렸다.

나도 깜짝 놀랐다.

작년 상·하원의원 선거에서 과반수 승리를 달성한 공화당에서 클린턴의 탄핵을 추진 중이라는 얘기는 들었다.

하원에서 심리하여 탄핵 소추안을 제출하였다는 것까지 알았는데 이게 어느새 상원의원에까지 가 재판 중이었나 보다.

하야한 연유를 말하기에 앞서 일단 미국 대통령 탄핵 절차를 좀 살펴보자.

1. 하원의 특별위원회 등에서 탄핵에 필요한 증거와 사실관계를 확인한다.

2. 하원에서 탄핵 소추안을 제출한다.

3. 하원의 과반(총 435석 중 218석 이상) 찬성으로 의결된다.

4. 상원에서 탄핵 재판을 진행한다.

5. 하원은 검사의 역할로 참석, 상원은 배심원 역할로 입장, 대법원장은 그 이름대로 판사로서 각자 법률이 정한 바대로 재판을 진행한다.

6. 상원의 3분의 2(100석 중 67석) 이상의 찬성으로 탄핵이 가결된다.

7. 탄핵 가결 즉시 대통령직 박탈, 부통령이 대통령직을 넘겨받는다.

미국 연방 헌법에는 대통령, 부통령과 공무원은 반역·뇌물 수수 또는 그 밖의 중범죄 및 비행으로 인한 탄핵과 유죄 확정으로 면직된다고 규정하고 있었다.

물론 어떤 행위가 '중대한 범죄'와 '비행'에 해당하는지에 대해서는 명확한 개념이 성립돼 있지 않긴 하지만 이것을 또 달리 말하면 귀에 걸면 귀걸이, 코에 걸면 코걸이가 된다는 뜻도 되었다.

성추문 스캔들이야 널리 알려진 사실이고 비위나 배임 같은 것들은 털면 털수록 후두둑 나오는 것들이라.

다만 여기에서 문제가 되는 건 여론과 민심의 향방인데.

이도 클린턴과 민주당을 배척했다.

즉 작년 11월 상·하원의원 선거에서 참패한 민주당은 또 클린턴은 공화당이 탄핵하기로 마음먹은 순간 도망갈 길이 없었다.

상원에서 재판 중이라는 건 탄핵이 임박했다는 얘기였고 클린턴으로서도 선택의 길은 없었다.

그나마 대통령직이라도 유지시키려면 방법은 오직 하나.

탄핵되기 전 하야를 선택한다.

스스로 그만둔 것이기에 임기는 다 채우지 못할지언정 미국의 역대 대통령으로서 이름은 남길 수 있었다.

"안타깝네요."

"안타깝다니요. 우리나라를 망하게 할 뻔한 놈이었는데요."

정홍식은 강경했다. 의외로.

나도 인정했다.

"그렇긴 하네요. 망해서 IMF 지원받는 국가들과 그 국가가 모국인 이들은 이를 갈겠어요."

"모든 증거가 클린턴을 향하고 있습니다. 하야한 이상 그 증거들을 인정한 것이나 다름없고요. 그런 놈을 불쌍하게 보셔선 안 됩니다."

"그럼요. 당연히 제가 안타깝다고 한 건 그가 불쌍해서거나 하야해서가 아니에요."

"예?"

"상황이 그렇다는 거예요. 대통령직에서마저 이름을 지울 수 있었는데 말이죠."

"아아……."

"그러나 방심은 안 되겠죠? 일은 아직 끝나지 않았어요. 대규모 소송을 예고해 주세요. 남의 눈에 피눈물을 흘리게 하면 어떤 꼴을 당하게 되는지 사례로서 영원히 남게 해 주세요."

"아! 아아아~."

이제야 좀 알아듣겠다는 정홍식을 두고 창밖, 뉴욕시 전경을 바라보았다.

"총력을 다해 가진 자료를 배포하세요. 아시아 금융 위기로 돈 벌고 웃었던 놈들의 지갑을 이번엔 우리가 후려치는 거예요."

"알겠습니다. 당연히 그래야지요."

"오늘 기자 회견은 어떻게 됐나요?"

"1시간 남았습니다."

"그렇군요. 슬슬 움직일 시간이에요."

소송전에 대한 기자 회견은 아니었다.

소송은 피해를 입은 나라에서 알아서 하면 될 일이고 우린 우리대로 21세기를 여는 DG 인베스트의 투자 전략을 발표하는 시간을 가지기로 했다.

차를 마시며 정신을 가다듬은 나는 차량으로 이동, 수십 명이 모인 어느 장소로 갔다. 이쪽은 준비가 끝나 있었다.

다들 기대하는 눈빛으로 나를 바라본다.

가뜩이나 클린턴이 하야하며 새로운 정국으로 돌아서는 판에 내가 또 무슨 폭탄을 터트릴지 그 기대를 채워 달라는 표정들이었다. 어미 새에게 입을 벌리는 새끼들처럼.

폭탄이긴 했다. 믿거나 말거나라서 문제이지.

"오늘 이 자리에 여러분을 모신 건 두 가지를 말씀드리기 위해서입니다."

"……."

"……."

"……."

조용.

"첫째, 한시적이긴 한데 앞으로 DG 인베스트는 IT 관련 업종에 대해서는 일체의 투자를 중지할 계획입니다."

"예?"

"기존에 들어간 투자금도 사안에 따라 회수할 생각이며 조금 더 면밀하고도 신중한 입장에서 시장을 관찰하려 합니다."

누가 손을 든다. 오케이.

"그 말씀은 IT 관련 업종이 불안하다는 말씀이십니까? 그것이 혹시 IT 버블이 의심된다는 뜻으로 받아들여도 됩니까?"

"여러분도 알다시피 일찍이 많은 경제학자가 경고하고 있습니다. 저도 그 경고가 옳다고 봤고요. 위기에 대비하여 실천하려는 겁니다."

"이해할 수 없군요. 모든 지표가 좋은 방향으로 가고 있습니다. 수많은 역군이 기술 발전을 위해 달리고 있습니다. 어째서 이 유망한 업종을 배척하려는 거죠?"

"그게 문제라는 겁니다."

"예?"

"1995년부터 본격적인 인터넷의 성장과 함께 IT 벤처 기업들에 대한 시장의 관심이 엄청나게 높아졌습니다. 그 결과가 증시에 반영됐고요. 언론은 앞서서 온통 장밋빛 전망으로 뉴스를 뒤덮었고 주가 폭등을 부추겼죠. 인터넷 산업이 곧 모든 산업을 지배하게 될 것이라는 등 심지어 전혀 다른 업종임에도 '.com'이라는 이름을 달면 폭등을 누리게 말이죠. 이게 정상이라고 보십니까?"

"그건……."

"DG 인베스트는 투자 회사입니다. 이런 도박판에는 끼어들 수 없다는 결론을 내렸고 양심에 따라 모두에게 고하려고 합니다. 폭탄 돌리기가 이미 시작됐을 수도 있다는 것을요."

2000년에 들어서고 몇 달이 지나지 않아 7,000을 돌파하였던 나스닥 지수가 2, 3년에 걸쳐 1,700대까지 폭락하게 된다. 자금으로 치면 무려 5조 달러가 증발한 것. 독일은 아예 시장 자체가 폐쇄된다.

내가 이 시점 이 얘길 하는 이유는 내가 가진 당위성과 정당성 때문이었다.

나는 이 위기를 벗어날 수 있으나 다른 사람은 못 한다는 것.

나는 알고 있으나 다른 사람은 모른다는 것.

훗날 나만 혼자 벗어났다는 논란이 나올 것에 대한 면피였다. 그렇게 잘 알았으면 어째서 우리에게 사고를 미리 알리지 않았냐는 원성으로부터 자유롭기 위해.

또한 앞으로도 이런 일이 몇 번 더 일어날 예정이었으니 내 말에 대한 권위를 주기 위한 사전 작업이기도 했다.

"……."

지금쯤이면 정홍식이 탄 비행기가 LA로 향하고 있을 것이다.

야후에게로.

계약대로 우선 인수에 대한 의지를 확인하기 위해.

사실 이 시점 우리에게 야후 창립자가 DG 인베스트의 지분을 인수하고 말고는 크게 중요치 않았다. 내가 찬물을 한 컵 뿌린다 한들 미쳐 버린 불길에는 소용없듯 어차피 내년 초까지는 무리 없이 오를 장이고 기간을 봐 가며 살살 뿌리면 더 좋은 값으로 팔 수도 있었다.

이 인터뷰도 원래는 한국에서 하려 했다.

조용한 가운데 깜짝 펀치처럼 카운터를 날리려 했는데.

저 클린턴이 하야했다지 않나.

완전 좋은 기회.

아무리 페이트가 던진 발언이라도 미국 대통령의 하야 이슈보다는 작다. 묻힐 가능성이 높다는 것.

이는 추후 언론에 크나큰 부담으로 작용할 것이다.

이 중요한 사실을 묵살했으니. 그때가 되면 내가 기자 회견까지 하며 경고한 사실을 공공연하게 밝힐 테니까.

그것만 생각하면 웃음이 튀어나올 것 같았으나 1도 내색하지 않는 내공은 아주 오래전부터 갖추고 있는 나였다.

"첫 번째 경고는 이쯤에서 마치기로 하지요."

"그럼 두 번째 발표도 경고라는 말씀이십니까?"

"애석하게도 그런 것 같습니다."

"아아⋯⋯."

웅성웅성. 기자 하나가 손들어 물었다.

"그것이 무엇입니까?"

"아주 가까운 시일 내에 우리 DG 인베스트가 이사를 하게 될 것 같습니다."

"이사요?"

"이사라면⋯⋯ 설마 다른 나라로 가신다는 겁니까?!"

단번에 소란스러워졌다.

나도 잠깐 당황스러웠다. 이사한다고 말했을 뿐인데 나라를 옮긴다는 얘기가 나오다니. 나는 이사가 어째서 경고냐는 질문에 대한 답을 준비했는데.

물론 이해는 했다. 이 자리에 DG 인베스트의 위력을 모르는 자는 없을 테니. DG 인베스트가 터전을 옮긴다는 건 미국에 커다란 피해를 강요할 것이다.

이것저것 설명할 필요 없이 나는 뒤를 가리켰다.

내가 맨해튼의 중심가도 아닌 브롱크스의 변두리에 기자회견장을 잡은 이유가 저 뒤에 있었다.

고만고만한 빌딩 숲 사이로 유독 튀어나온 빌딩 두 채.

"저건……."

"세계 무역 센터?"

"세계 무역 센터가 왜?"

기자들의 고개가 다시 나에게로 돌아왔다.

무슨 뜻인지 얘기해달라고.

"증거가 있거나 논리가 명확하거나 무슨 낌새가 보여서 그런 건 아닙니다. 그저 제 감입니다."

"감이라뇨?"

"요 근래 들어 저 건물이 너무 위태해 보입니다."

"위태요?!"

"모르겠어요. 제 감이 자꾸만 저 건물에서 멀어지라 하고 있네요. 이게 바로 DG 인베스트가 가까운 시일 내에 다른 곳으로 이전하려는 이유입니다."

"아아, 세계 무역 센터에서 멀어지기 위해서라면 미국에서 떠난다는 얘기는 아니군요."

"맞습니다. 다만 제 감이 크게 경고하고 있네요. 하루빨리

저 빌딩에서 멀어지라고요."

다들 고개를 갸웃갸웃.

제아무리 앞일을 예견하기로 유명한 페이트라지만 이것만큼은 도저히 이해 못 하겠다는 표정들이었다.

맞다.

나도 이것만큼은 이해시킬 자신이 없어 이런 식으로 말하는 것이다. 나중에 일이 벌어지고 나서 어떻게 알았냐고 물을 때 답할 자신이 없어서. 기자 회견장에 기자들 외 이 장면을 따로 찍는 카메라맨들이 많은 이유도 그 때문이었다.

기자 하나가 미간을 찌푸리며 물었다.

"감일 뿐이라면 너무 무책임한 발언 아닙니까?"

"그래서 적극적으로 경고 못 하고 있죠. 휘트니 건처럼 개인적이라면 무조건 권하고 싶은데 이게 또 여러 사람의 이권이 달린 일이라서요. 할 수 없이 선택의 기회를 드리는 겁니다. DG 인베스트는 떠나니 함께할 사람은 함께하라고요. 물론 제 본심은 무조건 떠나라입니다."

"확신하시는군요."

"여태 틀린 적이 없었으니까요. 하지만 이것만큼은 틀리고 싶긴 하네요."

웅성웅성. 시끄러워졌다.

그러든 말든 DG 인베스트가 센트럴 파크 근처로 둥지를 옮긴다는 소식이 널리 알려졌다. 더구나 NYAC(New York Athletic Club)의 맨해튼 본사 건물 한 층을 매입하겠다는 의사를 밝혀 논의 중이라는 기사도 실렸다.

올해부터는 이례적으로 나의 미국 체류 기간이 길어졌고 곧 불씨로써 논란을 가중시켰다.

물론 이도 예상대로 역시 클린턴의 하야와 새로운 대통령 선출을 위한 선거 소식 때문에 얼마 못 가고 묻혔다.

그리고 정홍식이 LA에서 돌아왔다.

"욕심이 많더군요. 전량 매입을 원해 그리해 줬습니다."

"그걸 다요? 돈은 어디서 구하고요?"

"미리 준비하고 있던 모양이었습니다. 따로 펀드를 구성하고 몇몇 은행에서도 붙었고요. 때를 봐서 우리 지분을 인수할 생각이었던 거죠. 우리 의사랑 상관없이."

"훗, 팔고 말고는 전적으로 우리 소관일 텐데. 어쨌든 아다리가 맞았네요."

"예."

"내 말을 안 믿었고요."

"야후니까요. 현 세계 최고의 검색 엔진. 전과 달리 자부심이 상당합니다. 감히 우리 몰래 우리 지분을 인수할 계획을 잡을 만큼요."

정홍식은 화를 냈으나 나는 이 말을 듣는 순간 왠지 모르게 이런 느낌을 탁 받았다.

야후가 망한 건 검색의 신뢰성에 매진한 것이 아닌 광고 수주에 열을 올리면서였다.

그런 차에 35%의 지분을 회수하며 엄청난 대가를 지불했으니 본전 생각이 나지 않겠나?

원역사보다 이른 파탄이 일어나지 않을까?

"IT 버블이 일어나는 즉시 망가지겠네요."

"그 자리를 우리 예쁜 구글이 차지해야겠지요?"

"차근차근 진행해 보죠."

"알겠습니다. 그 외 시기가 오면 애플과 아마존의 주식부터 차근차근 매입하겠습니다. 야후 판 돈으로요."

정홍식은 확실히 야후에 유감이 많았다.

이번 출장길에서 무슨 일을 겪었나? 편들어 주었다.

"야후가 새로운 부를 우리에게 안겨 주네요. 아주 복덩어리였어요."

"구글부터 키워 아주 제대로 망가뜨려 주겠어요. 더 하실 말씀 없으십니까?"

들썩들썩 움직이고 싶어 난리다.

하지만 지금 해야 할 건 비단 야후의 처리만이 아니었다.

"있죠. 식량과 자원에 대해서도 슬슬 들어갈 타이밍 같아요."

"그 분야까지 진출하시려는 겁니까?"

"우리 세계는 식량을 기반으로 무역 경제가 활성화됐어요. 무역 자체가 식량의 수급이 없이는 이뤄질 수 없는 행위라는 거죠. 자급자족이 불가능한 국가는 세계적 위기에서 살아남을 수가 없어요."

"세계적 위기요? 으음……."

"중요한 일입니다."

"알겠습니다. 다만 이 부분은 오필승 그룹과 상의해서 진행하겠습니다."

"좋죠. 그리고 조지의 후원 파티에 가 주세요. 지금 엄청급할 거예요."

"아…… 알겠습니다. 후원금 말씀이죠? 얼마 정도면 될까요?"

"1억 달러."

"예?!"

"놀랍나요?"

"여태 누구에도 후원금을 주지 않으셨습니다. 후원하시겠다는 것만도 놀랄 일인데."

"1억 달러면 너무 과하다는 건가요?"

"아무리 큰 기업이라도 1천만 달러 이상은 부담입니다. 이건 상리를 깨는……."

"그러니 생색이 나겠죠. 전 돈 쓰고 무리에 섞여 있는 건 싫답니다."

"아아~ 제가 또 놓쳤군요. 주려면 가슴 벅차게 주라."

"예."

"후우……. 알겠습니다. 가서 공표하죠."

"주인공이 돼 보세요. 미국 사교계의 큰손으로서. 여긴 로비가 합법화된 나라 아닙니까?"

"명심하겠습니다. 반드시 준 것 이상으로 받아 내겠습니다."

정홍식은 조지의 후원 파티에서 골든벨을 울렸다.

각계각층 연예인부터 유력 정치가가 모인 자리에서 1억 달러를 외쳤고 위대한 개츠비의 화신처럼 드높은 찬사를 받았다.

나도 조지를 따라다니며 러닝메이트로서의 약속을 굳건히
지켰다.

날이면 날마다 대성황.

나 때문에 모이는 건지 조지 때문에 모이는 건지 우리가 가
는 장소마다 엄청난 인파가 몰렸고 그때마다 쭉쭉쭉 상승하
는 지지율에 조지는 입가에 맺힌 미소를 지울 줄을 몰랐다.

그러나 세상에 늘 좋은 건 없듯 이쯤에서 아픈 침 한 방 놔
줘야 했다. 더욱이 상대가 날라리 조지라면.

"이제부터 네 문제를 나열해 줄게."

"갑자기 그게 무슨 소리야? 문제를 나열하다니. 밥 먹다 말고."

"그냥 들어. 날 부통령으로 앉힐 게 아니라면."

"으응?"

"단도직입적으로 말할게. 넌 네가 어리석은 걸 절대로 잊
어선 안 돼."

"뭐라고?!"

미간이 쫙.

"인간 조지는 좋은 사람일 수는 있지만 넌 본래 대통령이 되
어선 안 될 사람이라는 게 내 판단이야. 이 시점 내가 이런 말
을 꺼내는 이유는 오직 한 가지밖에 없어. 뭐야? 듣기 싫어?"

"으음……."

진짜 듣기 싫다는 표정이다.

"여기에서 그만할까?"

"그건 또 무슨 소리야?"

"말 그대로야. 내 도움이 필요 없다면 대통령 선거까지만 같이하겠다는 거지. 난 약속은 이행해."

"갑자기 그런 말을 왜 해? 이 좋은 순간에."

"난 네 아버지가 아니니까."

"……!"

"널 올바른 길로 인도해 줄 이유도 없고 사랑으로써 널 기다리며 조언을 건네줄 의무도 없는 사람이라고. 그런데 문제가 뭐냐면 내가 본 너는 대통령이 되는 순간부터 힘에 취해 정신을 못 차릴 것 같아. 네가 가진 역량을 망각하고 또 당연히 가져야 할 의무는 또 회피하면서 말이야."

"내가 그렇게 망나니로 보여?"

"말 한번 잘했네. 맞아. 미국 망나니 대통령."

"아씨."

"……."

"잠깐만, 그 말은…… 파멸이 보인다는 거야?"

의외의 부분에선 면도날처럼 날카롭다.

영~ 날탱이는 아니라는 것.

"널 가만히 놔둔다면 역대 최고의 지지율에서 시작해 역대 최악의 지지율로 끝나겠지. 상·하원의 지원이 없다면 탄핵을 받을지도 모르고."

"내가 그 정도야?"

"무능하기론 역대 미국 대통령 중 몇 손가락 안에 들 거다."

"허, 쉣!"

짜증 이상의 짜증을 내비치는 조지였으나 현실이 그랬다.

사업가이자 주지사도 해 봤고 구단주도 경험해 봤지만 그뿐.

중요한 국방과 외교에 대해서는 거의 문외한이다.

그렇다고 행정을 잘할까?

무슬림에 대한 개인적인 반감이 없으면서 실제로 이라크를 깰 때도 인구 60%가 무슬림인 알바니아와는 잘 지낸 사람.

알 카에다와 사담 후세인이 10년 넘게 관계를 맺어 오고 있었다는…… 전쟁을 강력히 주장하는 딕 체니의 엉터리 우김을 눈치 못 챌 만큼 어리석기도 하면서 그 터무니없는 정책을 그대로 시행할 만큼 판단력도 떨어졌다. 골치 아픈 건 그냥 회피해 버리는 기질이 대통령직에서도 발휘된 것이다. 자기 일이 아니라며. 그게 어떤 여파를 불러올지도 모른 채.

조지는 무능하고 사람만 좋은 인간이 세계에서 가장 강력한 나라의 지도자로 올라섰을 때 어떤 꼴이 나는지 실례로써 보여 준 케이스였다.

"계속할래? 그만둘까?"

"……계속하자."

"어째 안 거부하네."

"아버지가 말했거든. 이런 얘기를 꺼내면 널 온전히 신뢰하라고."

"으응?"

이건 또 무슨 소리?

"얼마 전에 그랬어. 이제부터 내 주위에 뭘 요구하거나 살살대는 인간들이 넘쳐 날 거라고. 그것들이 다 날 갉아먹을 거라 했어. 하지만 그것들도 때로는 아주 유용하니 놓지 말고 케어해야 한다고."

"케어까지 가셨어? 아버지가 널 과대평가하셨네."

"아니라고! 특히 널 보라고 하셨어. 웬만하면 네 말을 들으라고. 네가 듣기 싫은 말을 할수록 널 신뢰하라고. 넌 나에게 아무것도 바라는 게 없다고."

"그건 잘 보셨네."

"중요한 결정의 순간에 반드시 상의하라고…… 젠장. 대통령이 되어서도 허락을 받아야 한다니."

"아직 겸손을 잃지 않았네. 가능성은 있겠어."

"뭐라고?"

"교만이 목까지 차면 귀에 안 들리거든. 네가 나중에 될 모습이고."

"……어휴~ 모르겠다. 알아서 생각해라."

"그 태도가 널 수렁으로 몰 거란 말이야. 정신 똑바로 차리라고."

"……"

"잘 들어. 부통령으로 딕 체니를 염두에 두고 있지?"

"……!"

"유능한 사람은 맞아. 과격론자라 껄끄럽긴 한데 이도 네가 어떻게 활용하느냐에 따라 달라지지 않겠어?"

"……."

"웬만하면 전쟁만큼은 하지 마라."

"뭐?!"

"만약에 어쩔 수 없이 전쟁해야 한다면 서류만 쳐다보지 말고 군인들과 그 가족들이 어떤 마음인지 살펴라."

"갑자기 그건 또 무슨 소리야?!"

"그냥 들어! 두 번째, 금융을 꼭 감시해야 해."

"……."

"그놈들이 너 몰래 돈 잔치를 벌일 거다. 미국의 국부를 담보로 흥청망청 지들 마음대로 샴페인을 터트릴 거야. 넌 하나하나를 다 살펴 위험을 직시하고 사안이 좋지 않으면 중벌로 처벌해. 이게 어쩌면 전쟁보다 더한 일이 될 수도 있으니까."

"……넌 내가 전쟁을 벌일 거라 보는구나."

"너로 인해 미국은 더 큰 불안에 휩싸이게 되겠지. 스스로 고립을 선택하고 누리던 영광도 잃고."

"내가 그렇게 나쁜 대통령이 되는 거냐?"

"지금으로선 아주 다분해."

"그런데도 넌 나를 밀어주고?"

"다른 놈인들 다를까. 그나마 말이 통하는 네가 낫겠지."

"……."

"……."

"……."

"……."

"······그냥 네가 대통령 할래?"

"뭐?"

"그렇게 잘 알면서 왜 뒤에 있어? 이참에 시민권 취득하고 공화당으로 와라."

"······."

비꼬는 게 아니었다. 그러나 나도 딱히 답할 말이 없었다. 거부감부터 드는 것이 정치 쪽으론 취향이 아닌 것 같은데. 그나저나 내가 직접 정치를 한다고?

"생각해 보지 않았나 봐?"

"응, 맞아. 별로 궁금하지 않았으니까."

"그러니까 아이러니지. 궁금하지 않으면서 전부 알아. 전부 안다는 건 관심이 있다는 건데. 까놓고 얘기해 굳이 단계를 거칠 필요 있어? 누군가에게 조언한다는 건 변수가 많잖아. 안 들어 먹을 수도 있고······. 네가 날 두고 말이 통해서 다행이라는 말을 할 정도면 겪어 봤다는 거잖아."

"······."

"그냥 해 봐."

"내가?"

"못 할 게 뭐 있어? 역량이 딸리냐 인지도가 낮냐 인맥이 부족하냐. 돈이 없냐. 왜 널 상자 속에 가둬? 말마따나 최악인 나도 대통령 하겠다는데."

"······!"

젠장, 신나게 지적질하다가 반사받은 기분이었다.

너나 잘하세요.

"……"

하지만 조지는 틀리지 않았다.

내가 안 한 게 맞다. 그동안 질척이고 추악하고 비열하고 안하무인에 땟국물 가득한 악취 나는 진창에 발을 들여놓기 싫어서 의도적으로 피했으니까.

인정한다. 나는 알면서 외면했다.

"맞아. 내가 안 한 거 맞아."

"정치는 피할 수 없어. 어느 라인을 따라가든 끝에 다다르면 무조건 만날 수밖에 없는 게 정치야. 너라면 이미 골백번도 더 마주쳤어야 했고."

"그것도 맞아."

"이게 피한다고 될 일이야?"

"아니지."

"그럼 결정 났네. 너도 덤벼."

"뭘 덤벼. 니 꺼나 잘해."

"난 잘할 거야. 아버지에게 물어보고 너한테도 물어보고 말이지. 그러면 되는 거 아냐?"

"맞아. 내가 원하는 게 그거야. 중대한 결정에서만큼은 아버지와 꼭 상의하라는 것."

"너한테도 상의할게. 그러니까 너도 정치 해. 내가 밀어줄게."

"웃기지 마. 내가 무슨 정치를 해. 난 그냥 음악이나 할란다."

"하라니까."

"싫어."

"해."

"싫다고."

"해 봐 좀."

"싫어!"

◇ ◆ ◇

난데없는 정치 논쟁(?)에서 겨우 벗어난 나는 3월 21일 호스트로 우피 골드버그를 세우고 LA 도로시 챈들러 파빌리온에서 장을 연 제71회 아카데미 시상식을 구경하였다.

초대된 건 아니었다. 미국에서 TV로 구경.

내가 지분 참여한 라이언 일병 구하기, 아마겟돈 같은 영화들이 수상하는지가 궁금하여 눈을 둔 것이다.

라이언 일병 구하기가 감독상 등 5개 부문에서 수상하는 걸 지켜봤다.

"내년도 재밌겠네요. 아메리칸 뷰티, 매트릭스, 식스 센스가 있으니."

"그것도 있긴 한데 영화 투자 제안서가 계속 들어오고 있습니다. 어떻게 할까요?"

"많아요?"

"큰손이잖아요. 참여한 족족 성과도 보이고요. 벌써 수십 편이 깔렸습니다."

"음……."

"귀찮으시다면 영화는…… 그만할까요?"

눈치보다 소심해진 메간 리의 말에 웃어 주었다.

"왜 그만둬요? 물 반 고기 반인데."

"그럼 이번에도 찍어 주실래요?"

"가져와 보세요."

"알겠습니다!"

영화 일이 좋은지 냉큼 가져오는 메간 리였다.

"영화 쪽 일이 마음에 들어요?"

"재밌더라고요. 가끔 촬영장에 가 보는 것도 그렇고요. 배우들 보는 것도요."

"재밌는데 돈까지 벌리니 얼마나 좋아요."

"예."

살펴보았다.

분류는 시기별로 메간 리가 해 놨다.

2000년 개봉을 목표로 한 작품과 2001년을 목표로 한 작품, 2002년 작품을 연도별로 묶어 놓아 보기에 편했다.

'어디 보자…… 2000년 개봉작이.'

메멘토, 맨 오브 아너, 무서운 영화, 미션 임파서블 2, 미션 투 마스, 글래디에이터, 브링 잇 온, 빌리 엘리어트, 코요테 어글리, 캐스트 어웨이, 엑스맨 등 참으로 많았다.

다 성공하는 것들.

"2000년 개봉작 중엔 이렇게 투자하세요."

짚어 놓은 것들을 불러 주고 2001년 개봉작으로 페이지를 넘겼다. 여기도 어마어마했다.

"불러 줄게요. 금발이 너무해, 물랑루즈, 반지의 제왕, 분노의 질주, 뷰티풀 마인드, 브리짓 존스의 일기, 진주만이요. 특히 분노의 질주는 시리즈가 나오면 계속 참여한다고 해요."

"그렇게 빨리 불러 주세요?"

"2002년 것도 불러 줄게요."

"아, 예."

"007 어나더데이, 디 아워스, 스타워즈 에피소드 2, 스파이더맨, 레지던트 이블, 28일 후, 마이너리티 리포트, 맨인블랙 2, 어바웃 어 보이, 본 아이덴티티, 마지막으로 반지의 제왕이 후속편으로 나오면 그것도 해 주세요."

"예, 알겠습니다."

이 정도면 일이 끝난 것 같아 자리를 정리하려는데 메간 리가 다시 용건을 꺼냈다.

"MP3가 곧 출시될 예정입니다."

"아! 벌써 그렇게 됐나요?"

"설계부터 디자인까지 이미 끝내 놓고 온 물건이라 공장 세팅하는 데만 시간이 걸렸을 뿐 어려운 일은 아니었습니다."

"황 대표는 어떻게 하겠대요?"

"허락만 해 주시면 바로 움직였으면 좋겠다고 하네요."

"이름이 뭔가요?"

"마이온이라고 붙였다고 합니다."

"어감이 좋네요. 마이온. 자기를 연다는 뜻인가요?"

"예."

"시작하시죠. 올해 한 20억 달러어치만 팔아 봅시다."

"예?"

"세계적으로 수천만 대가 나갈 거란 예감이 드네요."

"아아…… 그렇다면 공장을 미리 증설해 둬야겠군요."

"미리 해 두는 게 좋겠죠."

"알겠습니다. 이도 준비하겠습니다. 아 참, 제이진에게서 연락이 왔습니다."

"제이진이요? 왜요?"

"통화하고 싶다고 합니다."

"알았어요. 제가 전화해 보죠."

"예."

메간 리가 나가자마자 전화기를 잡았다.

용건은 간단했다. 만나고 싶다고.

오라 했다.

1시간 걸렸나? 제이진이 CD 몇 장을 들고 찾아왔다.

"들어 봐 달라는 거야?"

"응."

담담한 척하는데.

들어오는 순간부터 왠지 모를 조급함이 느껴졌다.

"무슨 일 있어? 여유를 잃었는데."

"……보여?"

"앨범 잘되잖아. 누가 건드려?"

"누가 뉴욕에서 나를 건드려. 그냥 요즘 거슬리는 놈이 있어서 그렇지."

"누가?"

"그 친구. 저번에 우리 녹음실에 왔던."

에미넴.

"아……."

"걔 한국에 갔지?"

"그렇지."

"닥터 드레까지 쫓아가서 인터스코프 레코드 투자도 받았고."

"맞아."

"우린 왜 투자 안 해 줘?"

"대디는 이미 갖춰져 있었잖아. 거긴 신생이었고. 그래서 용건이 뭐야?"

"나도 좀 자세히 봐줘."

무슨 얘긴지 알겠다.

작년 말 발매된 에미넴 첫 메이저 레이블 데뷔작 The Slim Shady LP가 예상외 성공을 거두자 달아오른 것이다.

자기보다 훨씬 더 높게 날아오른 것이 걸렸던 것.

어쩔 수가 없었다. 앞으로 에미넴의 앨범들은 세계적으로도 2천만 장, 3천만 장이 기본이었다.

앨범 판매량으로 대적하는 건 불가.

제이진이 준 CD의 곡들도 그랬다. 200만에서 300만 장은 무난히 찍을 것들이었으나 제이진 특유의 화려한 말장난이나 유머러스한 가사가 점점 자취를 감추고 있었다. 1집 이후 계속해서 상업적으로 변화하는 모습이 아쉬웠다. 혹평이 나올 것 같은 트랙. 어떤 곡은 이게 제이진의 곡인지 아카펠라 곡인지도 모를 만큼 혼돈이 되고.

결국 제이진에게 필요한 건 에미넴식의 앨범 판매량이 아닌 퀄리티일 것이다.

흥행은 어쩔 수 없다손 치더라도 질에서 있어서만큼은 지고 싶지 않다는 것.

"얘가 자꾸 금단의 문을 열려고 하네."

"뭐?"

"인내하며 지나야 할 길을 치트키로 뛰어넘으려 한다고 네가."

"……?"

"결국 나한테 곡을 써 달라는 거 아냐?"

"……!"

"네 실력의 부족을 나로 메우려는 거 아니냐고?"

"……."

해 줄 수는 있다.

그러나 이게 제대로 된 길인지는 장담 못 하겠다.

그만큼 제이진을 좋아해서인데. 주저되었다.

"너도 도달할 수 있는 길이야. 이렇게 조급해하지 않아도 된다고. 천천히 네 기량을 키우면 된다고."

"……그게 잘 안 돼."

"돼."

"된다고?"

"돈에 찌든 건 너야. 너부터 돌아봐."

"······."

"돈에 녹슬고 돈에 상하고 돈에 망가진 너부터 돌아보라고. 이 곡들 중 어디에 제이진이 있어? 다 네 문제잖아."

당장에라도 The Blueprint 전곡을 전해 줄 수 있었다. 21세기 힙합의 청사진이라 극찬받는 앨범을 말이다.

그뿐인가?

Reasonable Doubt, The Blueprint에 버금가는 명반이란 평가를 받은······ 2017년에야 발매될 4:44도 해 줄 수 있었다.

이런 게 다 무슨 소용일까.

다 자기 것인데.

다 자기 것을 끌어다 쓰는 것인데.

"남들 널뛴다고 너까지 까불지 말고 그럴수록 더 열심히 연습하고 공부해. 그만큼 퍼프 대디에게 배웠으면 상업성이 뭔지 알 때도 됐잖아. 그럼 뭘 준비해야겠어?"

"······."

"이것도 내가 알려 줘야 해?"

"······작품성이야?"

"알고 있네. 절묘하게 섞어 봐. 넌 이미 고정팬이 있잖아. 무엇이 두려운데?"

"······정말 내가 해낼 수 있을까?"

"내가 만난 힙합 중 한국에 와도 된다고 한 애들은 딱 셋밖에 없어. 라킴, 에미넴 그리고?"

"나?"

"그 정도면 근거로써 충분할 것 같은데? 더 해 줘?"

"……!"

"어때?"

"알았어. 다시 시작해 보지."

그제야 뉴욕의 왕다운 표정이 나왔다.

이래야 슈퍼볼 하프타임쇼를 거절한 남자다웠다.

당대의 슈퍼스타.

비욘세를 차지한 승자답게.

제이진은 미소를 되찾았고 자기 음악의 방향성에 확신을 얻었다는 말을 했다. 더는 머뭇대지 않고 일어났고 '걱정 말라고 친구'라며 하이파이브 한 번 해 주고는 돌아갔다.

이 일이 나중에 음악적 방향성 때문에 혼란을 겪고 있던 콜드플레이 크리스 마틴에게 영향을 끼칠 줄은 이때의 나도 제이진도 모르긴 했지만 어쨌든 잘 풀렸다.

Chapter 116

Chapter 116

겹경사가 벌어졌다.

조지가 선거에서 승리하였고 취임식까지 무사히 마쳤다. 더해 연방법원에서 진행되던 1,000억 달러에 대한 소송도 내 손이 들어 올려지며 승리를 가져왔다.

이 일은 즉시 대서특필되며 세계에 알려졌고. 물론 당장 항소에 들어갔다지만 대세는 거스를 수가 없을 것이다.

내가 돈이 없는 사람도 아니고 날 위해 뛰어 줄 사람은 널리고 널렸다. 수임료가 자그마치 10%인 소송 건이 아닌가.

얼마로 확정되든 조 단위로 돌아갈 몫은 언제나 그렇듯 나의 변호인단을 위한 에너지 음료가 되어 부어질 테고 나는 가만히 손만 빨고 있어도 막대한 배상금의 주인공이 될 것이다.

"이제 가 볼까?"

미국행이 대충 정리된 것 같아 근 반년 만에 한국으로 돌아왔더니 이곳도 별일이 다 있었다.

아주 가까운 시기의 사건으로는 김영산이 일본에 가려고 나섰다가 김포공항에서 재미교포로부터 붉은 페인트가 든 달걀을 맞는 수모를 당했다고. 검찰청은 고급옷 로비 사건으로 발칵 뒤집혔고 CIH 바이러스 공격으로 수천억 원대 컴퓨터 관련 피해가 발생했다고도 하고 시끌시끌.

이 중 가장 쇼킹한 사건은 4월에 김영산이 창원에서 오찬 중 김대준을 '독재자'라고 비난하고 나라 살리는 민족은행도 싸잡아 정치 야합의 결과물이라 폄훼했다는 소식이었다.

죽고 싶은 모양이다.

내가 예전, 1997년의 동지로 넘어가는 12월 어느 날 퇴임하면 쥐 죽은 듯이 조용히 살라고 경고한 걸 그새 까먹은 건지.

"붕어인가?"

이해할 수 없는 행동이었다.

아니나 다를까. 그걸 빌미로 몇몇 언론사 기자들이 반년 만에 밟은 나의 귀국 길을 가로막았다.

"초법적 지위를 누리는 민족은행에 대해 어떻게 생각하시는지 한 말씀 부탁드립니다."

"민족은행의 탄생 과정에 김대준 대통령과의 야합이 있었다는데 사실입니까?"

"민족은행이 기존 은행들의 투자 유치를 막고 악의적 M&A를 진행하고 있다는 증언이 나왔는데. 이것이 사실입니까?"

"말씀해 주십시오. 어째서 은행들을 못살게 구는 겁니까? 다른 의도가 있는 겁니까?"

스윽 둘러보니 죄다 들어 본 적 없는 언론사들이었다.

신생인가?

하긴 그러니까 나한테 까불겠지. 주요 언론사들은 절대 이딴 식으로는 내 길을 막지 않는다. 두 번이나 당해 봤으니까. 뿌리가 깊을수록 잃을 게 많다는 건 세상의 이치 아니겠나?

딱 한마디만 해 줬다.

"계속 허위 사실을 유포하시면 그에 대한 응당한 책임을 지게 될 겁니다. 명심하십시오. 날뛰는 건 제 마음이나 돌아갈 대가는 아주 참혹할 거란 걸."

싸늘.

이에 걸맞춰 경호원이 앞을 가리는 기자들을 밀쳤다.

그중 밀리며 진상 부리는 놈이 하나 있었다.

걸음을 멈추고 뚜벅뚜벅 그 앞으로 걸어갔다.

주변이 조용해진다.

"너는 예의가 없구나."

모두에게 들으라는 듯 콕 찍어서 한마디 해 주고는 돌아섰다.

굳이 내가 건들 필요 없었다.

모르긴 몰라도 저놈은 이제 한국에서 살아가기 힘들지 않을까?

왜? 사람 심리가 그랬다.

백석꾼 부자면 만만히 보고 천석꾼 부자면 손가락질한다. 그러나 만석꾼 부자가 되면 그를 위해 일한다.

종로 한복판에서 나를 위해 일할 자 있느냐고 묻는다면 최소 1개 중대급은 모을 자신이 있는 나였다.

이게 재벌급 부자들의 상식이다.

"죄송합니다. 어디에 숨어 있었는지 갑자기 튀어나왔습니다."

"괘념치 마세요. 원래 해충이 그래요."

"그래도 이에 대한 조치는 취하겠습니다."

"……."

대답도 필요 없었다.

김연이 분노했으니 그 언론사들도 그 언론사들을 소유한 사장들도 곱게 살아가지는 못할 것이다.

굳이 어두운 일을 들먹이진 않겠다.

세 들어 있다면 그 건물을 통째로 사서 365일 공사해도 좋고 집이 아파트라면 밤이면 밤마다 위층에서 놀아 줄 수도 있었다.

대한민국 어디를 가든 똑같이, 몇몇쯤 쫓아가 농락하는 건 일도 아니었으니 우아하게 아무런 징조도 없이 다가가 피눈물을 흘리게 해 주는 건 너무나 쉬웠다. 즉 직원들 괴롭히고 땅콩 회항 같은 눈에 띄는 짓거리를 하는 건 하수들이나 하는 짓이라고. 돈이 그만큼 없거나.

그렇잖나?

아파트 사 주며 1년간만 밤 10시부터 뛰어놀라는 걸 조건으로 단다면 안 할 사람이 몇이나 될까? 더구나 조폭같이 생긴 놈을 보낸다면?

잡설이 길었지만, 힘 있는 자들이 힘없는 자들을 괴롭히려 마음먹는 순간 길은 아주 많다는 걸 얘기하는 것이다. 한국도 이럴진대 미국은 더 어떨까? 거긴 분야별 전문가도 넘친다.

"김영산은 어디에 있나요?"

"자택에 있습니다."

"부르세요."

"당장입니까?"

"예."

화가 났다.

누굴 독재자라 떠들며 어설피 까분 것보다 내 발길을 방해한 죄가 더 크다.

어서 집으로 가서 할머니들과 회포를 풀고 싶었는데.

별 시답잖은 일로 미루게 하다니.

오필승 타운 마을회관으로 갔다.

들어간 지 10분이나 지났나?

김영산이 도착했다. 떨떠름한 표정으로.

"앉으세요."

앉는다.

"조용히 사시라고 했더니 기어코 일을 만드시네요."

"……."

"그나저나 여긴 왜 온 거예요?"

"······!"

"묻잖아요. 왜 왔냐고."

"······자네가 오라고 하지 않았나."

"이렇게 말 잘 듣는 분이 왜 경고를 무시했나요? 화장실 갔다 오니 지난날이 잊혀지던가요?"

"그건······."

"조용히만 계시면 다 넘어가 준다고 했잖아요."

"······."

"누구예요? 누가 펌프질했어요?"

"······."

"대답 안 해요?"

"······은행······ 기업, 원로들."

그 앞에 종이와 펜을 두었다.

"이름 적어요."

"이렇게까지 해야겠나?"

"그러게 왜 분란을 만들어요."

"너무한 거 아닌가?"

"말씨름할 생각 없어요. 적기 싫으면 그냥 가세요. 그 얼굴 별로 보고 싶지 않으니."

"······."

망설인다.

저울질하고 있었다. 저쪽이 더 센지 내가 더 센지.

그러다 결국 무릎을 꿇는다.

"내가 잘못했네. 내가 잠시 헛것에 씌었어."

"긴말 안 합니다. 내일 이 일과 관련된 모든 놈들을 밝히며 자폭하세요."

"……!!!"

"뭘 놀라세요? 이렇게 될 거라 생각 안 했어요?"

"……."

"좋아요. 아직 세상이 어떻게 돌아가는지 모르는 것 같으니 기회를 한 번 주죠. 사흘을 줄게요."

"사흘?"

"이벤트가 열릴 거예요. 그걸 보고 판단하세요. 아 참, 아들이에요? 손주예요?"

"무슨…… 소린가?"

"둘 중 하나를 선택하세요."

이 말이 끝나기가 무섭게 무릎으로 기어 오는 김영산이었다.

"안 되네. 그건 절대 안 되네!"

"그러게 왜 입을 잘못 놀리세요. 아버지가 할아버지가 조용히 살았으면 아들도 손주도 행복하게 살았을 거 아니에요?"

"내가 당장 다 돌려놓겠네. 제발…… 다 이 늙은이 잘못이잖나. 걔들은 잘못이 없어."

"아버지가 할아버지가 유력한 정치인에 대통령까지 해 먹었어요. 여태 잘 누려 놓고 과오는 모른 체하겠대요? 싸가지가 없네요. 둘 다 박살 낼까요?"

"아닐세. 아닐세. 다 내 잘못일세."

"어쨌든 결론 났습니다. 선택에는 반드시 결과가 따라오게 마련이죠. 당신은 선택했고 그 결과를 받아야겠죠. 사흘입니다. 그때 결정을 말해 주세요."

"안 되네! 안 되네! 제발 용서해 주게!"

쩌렁쩌렁. 이러다 할머니들 귀에도 들어갈까 염려될 정도로 김영산은 소리쳤다.

급히 그에게 다가가 귓속말로 소곤거려줬다.

"더 소란 피우면 집안 자체를 망가뜨려 줄게요. 대대로 내려온 유산까지 전부. 깡그리. 더 하시겠어요?"

"읍, 읍."

서둘러 자기 입을 막는 그를 비웃어 주며 나왔다.

내가 나간 뒤 1시간 뒤에야 비틀거리며 돌아갔다는 소식이 들렸으나 내 알 바 아니다. 사실 나는 지금도 가슴 한쪽이 부글부글 끓어오르는 중이니까.

나라를 망하게 하고 어디 고개를 들고 다닐까.

그에 편승한 놈들도 다 잡아 족칠 것이다. 그런 놈들이 많아질수록 이 사회의 오염이 빨라질 테니까.

"심호흡하고. 홀홀 털어 내라."

늘 그렇듯 밖에서 묻은 오물은 현관에 들어서는 순간 깨끗이 날려 보내야 한다.

이곳은 나의 고향, 나의 집.

두 할머니가 계시기에 내가 쉴 수 있는 곳.

이 성스러운 곳까지 풍진 세상의 것들을 묻혀 갈 순 없었다. 털어 버렸고 일부러 더 한껏 웃었다. 두 팔 벌려 외쳤다.

"할머니~~."

◇ ◆ ◇

세계가 깜짝 놀랐다.

제43대 미국 대통령이 된 조지 W. 부시가 한국에 날아온 것이다. 인수·인계받느라 정신없을 시기일 텐데도 모든 일정을 다 미루고 말이다.

당연히 여기에 대해서 왈가왈부가 많았는데 어쨌든.

일단 나도 초대받았다.

김대준, 조지, 나 세 사람이 함께하는 비밀 회동에.

그러나 이 일을 언급하기 전, 며칠 전의 일로 돌아가 보고자 한다.

김영산 조진 날.

이벤트를 벌일 것도 없이 김영산은 바로 다음 날로 아들을 제물로 바치며 대국민 석고대죄를 벌였다.

은행, 기업, 원로 정치 세력들의 제안을 받았고 증거 조작과 악의적인 편파 보도로 위대한 희생을 폄훼하려 했다며 일일이 다 명단을 불러 제끼는 바람에 대한민국이 또 한 번 충격에 휘청였다. 중립적이어야 할 검찰과 판사까지 연루되었다는 소식에, 그렇게 발칵 뒤집힌 정부가 대대적인 숙청을 예고하는 가운데. 홀연히 청운무역에서 만나자는 의사를 보내왔다.

그들이 마련한 안가에 들어갔더니 노태운이 앉아 있었다. 예전 아주 호랑이 같던 시절의 그 모습으로.

"왔나?"

"우와~."

"와 그라노? 내 쪼메 멋지나?"

"쫘라 있는데요."

"맞다. 내 아직 안 죽었다. 자슥아."

"확실히 생기가 돋았는데요. 정말 천직인가 봐요."

"긋나?"

"10년은 더 젊어 보이세요."

"맞다. 체질이다. 하하하하하하하."

"하하하하하하하, 정정해 보여서 좋아요."

"정정해야지. 내 요즘 운동도 다시 시작했다. 니 보필 하려 믄 체력이 우선이다 아이가."

"그래 무슨 일로 부르셨어요?"

"중요한 일이 있지."

"중요한 일이요?"

피식 웃는다. 다 알면서 모른 척한다는 눈빛으로.

"말씀을 해 주셔야 알죠."

"알았다. 알았다. 해 주께."

"뭔데요?"

"다른 건 아이고. 니 정치 함 안 해 볼래?"

"예?!"

"정치 말이다. 정치."

"갑자기요?"

"갑자기는 무슨. 니는 국민학생 때도 관여돼 있었다 아이가."

조언하던 시절을 떠올리게 했다. 틀린 얘기는 아닌데.

"그게 그건가요?"

"다를 게 뭐 있노? 얼굴을 드러내는 것밖에 더 있나? 니 얼굴 모르는 사람도 없고."

"그렇긴 한데."

고개를 갸웃. 미국에서 돌아온 지 얼마나 됐다고 연빵으로 정치하라는 얘기를 듣다 보니 느낌이 좀 싱숭생숭했다.

"와? 생각 없나? 정치가 막 드럽고 지지라서 꺼리는 기가?"

"아니요. 그게 아니라 얼마 전에도 그 얘길 한 사람이 있어서요."

"긋나? 누꼬?"

"조지요."

"조지라면…… 부시가?"

"예."

"허어…… 미국 대통령까지 된 금마가 니한테 정치 하라 카드나?"

"이것저것 조언해 주고 있는데 그러지 말고 직접 하라고 하더라고요. 사람 건너뛰면 그만큼 변수가 많지 않겠냐고요."

"허허허허허, 그거 신통한 놈이네."

"아무튼 자꾸 들리니까 희한하긴 하네요."

"어려운 거 없다. 늘 하던 대로 국가와 민족을 위해 일하믄 되는 기라. 그런 건 원래부터 잘하는 거 아이가?"

"그러니까요. 굳이 얼굴 드러내며 할 필요 있을까요? 원래대로 살면 되잖아요."

"생각해 보라는 기다. 청운무역은 니가 정치할 때 가장 큰 위력을 발휘할 끼다. 자리 까는 것도 그에 맞춰져 가고 있고."

"정치로요?"

"그람 청운무역이 뭐 할 낀데? 아니, 니도 지금 정치 안 건들고 움직일 수 있나? 그런 덩치가?"

"아니죠."

"결국 정치인 기라."

"……."

수십 번 돌려봐도 틀린 말은 없었다.

결국 정치. 다 옳은 말이다.

그러나 그렇다 해도 굳이 내가 나서야 하는 건 잘 납득되지 않았다. 가뜩이나 얼굴 팔린 공인 인생에 정치까지 더하면 어느 진영으로 가든 반드시 적이 생길 테고 피곤함은 그에 급부하여 상승할 것이다.

이 좋은 세상, 즐기기도 모자랄 판에 그게 무슨 짓거리인가 싶기도 하고 그려지는 미래도 딱히 아름답지 않았다.

하지만 노태운은 그따위는 전혀 고려치 않은 건지 더 강조했다.

"뭐라꼬 고민하노. 함 해 봐라. 내가 딴 놈들은 안 믿어도

니만큼은 철석같이 믿는다."

"저를요?"

"봐라. 딴 놈들 같으면 얼씨구나 받았을 것도 시큰둥 안 하나. 노자인가? 거 중국에 그 양반이 안 그랬나? 뭐든 하려는 놈은 시키지 말라고. 그놈이 바로 도둑놈이라고. 그래, 맞다. 정치는 니 같은 놈이 하는 기다. 귀찮아하고 하기 싫어하고 편히 지내려는 놈들."

"……."

"다시 생각해도 옳은 말이다. 니 같은 놈들한테 정치를 맡겨야 민족이 평안해진다. 이래도 거절할 끼가? 개쌍놈들한테 맡겼다가 나라꼴이 우째 됐는지 못 봤나?"

"그야……."

"내도 바로 정하란 말은 아이다. 돌아가는 꼴을 보니 한심해서 생각 좀 해 보라는 기다. 언제까지 멍청한 놈들한테 미래를 맡겨 둘꼬."

"……아이고, 알겠어요. 예, 생각해 볼게요."

평행선 같아 대충 대답하고 넘어가려 했다.

지금 이 순간도 여전히 진창에 발을 들이고 싶지 않은 마음이 컸으니 화제를 돌리는 게 최선이었다.

막 입을 열려는데.

"만약에 말이다."

"예."

"니가 정치를 하겠다면 내 원이 하나 있다."

"원이요?"

"니를 정치시키겠다는 것에 내 소원도 걸렸단 말이다."

"의도가 있었다는 얘기네요. 그런 건 감춰야 하는 거 아니에요?"

"감춰서 뭐 할라꼬. 니한테는 속 시원하게 털어놓는 게 훨씬 빠르다. 이건 내가 장담한다."

"그런가요?"

"안 궁금하나?"

"궁금하죠. 대통령으로서 이룰 건 다 이룬 분이라 봤는데. 아쉬움이 남았다잖아요."

그 말이 끝나기가 무섭게 노태운이 침중해졌다. 가만히 차를 한 입 댔고 임정도 대표와도 서로 눈을 마주쳤다.

뭐지? 뭔데 갑자기 심각해지지?

노태운의 눈에 힘이 들어갔다.

"대운아."

"예."

"니 전작권이라고 들어 봤나?"

"전시 작전 통제권이요?"

"알고 있구나."

"알죠."

"지금 그게 누구한테 있는 줄도 알제?"

"주한 미군 사령관이죠."

별생각 없이 답했다.

"별생각이 없구나. 역시나 그랬어."

"……?"

"허어……."

"……??"

허탈한 듯 차를 다시 입에 댄 노태운은 잠시 천장을 응시하다가 내게 시선을 돌렸다.

"니는 모를 낀데, 예전에 내가 그걸 다시 갖고 오는 걸 진중하게 검토했다."

"전작권 환수를요?"

"계획 단계에서 멈춰서 자료도 없을 끼다."

"……."

"왜 그랬는지 아나?"

"……."

"아무래도 미국 그 쉐끼들이 딴짓할 거 같아서 안 그랬나."

"딴짓이요?"

"모르네."

"……?"

"모르겠지. 국민 대다수가 모르는 일이니까."

"뭘……데요?"

"하나 물어볼게. 가령 미국이 우리 땅에서 우리 모르게 전쟁을 일으키거나 하면 어떡하노?"

"예?!"

"엿 같은 조항이 하나 들어가 있다. 미국이 북한에 군사 행

117

동을 할 때 우리의 동의 또는 협의를 생략할 수 있다."

"뭐라고요?!"

깜짝 놀랐다.

우리 땅 우리 민족이 사는 곳에서 전쟁을 일으키는데 우리 모르게 할 수 있다고?

뭐 이런 개 같은…….

다음 나온 노태운의 말에 나는 더욱 기가 막혔다.

"1994년에 말이다. 내 깜빵에 있을 때 이런 일이 있었다 칸다."

미친 것들이…….

1994년 5월, 실제로 전쟁을 일으킬 뻔했다고 한다. 미군 전직 고위 장성들을 국방성에 불러 제2의 한국전쟁에 대해 모의한 적이 있다고.

실천적 계획이었다고 한다. 6월 영변 폭격을 목표로 윌리엄 페리 미 국방장관이 한반도에 병력을 증강하고 증원 병력을 대기시켰으며 추가 전력이 도착하는 순간 일을 벌이려 했다는 얘기가 노태운의 입에서 흘러나왔다.

"그때 주한 미국 대사…… 그 새끼가 누꼬?"

"제임스 레니입니다."

임정도가 답해 줬다.

"맞다. 그 쉐끼가 청와대에 가서 뭐라 캤는지 아나?"

"……"

"미국 시민들을 한국에서 당장 철수시키겠다고 일방적으로 통보한 기다. 영변 폭격 일정에 맞춰서. 그때까지도 한국 정부는 워싱턴에서 북폭 논의가 진행되고 있었는지조차 몰랐다.”

“……!!!”

“이제 상황이 눈에 들어오나?”

“전쟁 직전까지 치닫고 있었는데 우리가 몰랐다고요?!”

“그때 안 기다. 잘살고 있는 미국 시민을 갑자기 철수시키
겠다는 이유가 뭐겠노?”

“이씨…….”

“욕 나오제? 그때 폭격했다믄 어떤 일이 벌어졌겠노?”

생각만 해도 아찔했다.

6.25 한국전쟁 이후 죽도록 노력해 겨우 이만큼 끌어올린
나라였다.

이제 좀 허리를 펴려는데 다시 전화의 불 속으로 우릴 들이
밀려 했다니.

물론 다 좋게 생각해 영변 핵시설만 부수고 끝났을 수도 있
었다. 그것도 백번 양보해 국지전으로 대충 끝내고 포 몇 방
이나 미사일만 좀 날아다녔을 수도 있었다.

그런데, 아무것도 없는 허허벌판 북한과 빌딩 숲 인프라로
꽉꽉 채운 한국이다.

미사일 한 방의 효력만 해도 비교할 수 없었다. 인마살상
은 또 어떻고.

북한이 이 악물고 장사정포 전부를 가동했다믄 우린, 우리
서울은 그 순간 폐허로 변하고 말았을 것이다.

“다행히 카터 새끼가 평양에 들어가서 제네바 회담이 열린

기다. 그 때문에 해소됐긴 한데 이래도 미국을 믿을 수 있겠나? 그런 놈들에게 우리 전작권을 맡겨야 하는 기가?"

"안 되죠. 절대로 그럴 수 없죠."

"맞다! 남이사 어떻게 되든 지들 속만 채우면 땡인 새끼들한테는 절대 주면 안 될 문제인 기라."

"……."

나도 대체적인 역사는 알고 있었다. 국사책 외우듯 그 속사정과 의도, 그로 인한 영향에 대해서는 관심을 가지지 않았을 뿐.

한국이 본격적으로 전작권 환수를 위한 협상을 시작한 시기가 2005년이었다. 이때 야당이 이를 반미 노선으로 규정하고 정부를 맹비난, 재향 군인회나 성우회 같은 퇴역 군인들의 모임부터 보수 언론, 전직 외교관과 경찰 간부들을 총동원해 정부를 공격하는 걸 봤다.

이때 웃겼던 건 미군의 태도였다.

전작권 전환은 자기들도 바라는 바라며 오히려 보수 세력을 설득하려 하였다. 2006년 당시 미국 대사인 버시바우가 야당의 협조를 바란다고 말한 것도 TV에서 봤다.

야당은 이 사안을 다음 대 정부에서 다뤄야 할 문제라며 미뤘고 버시바우는 야당을 가리켜 앞뒤도 맞지 않는 정치적 공세를 한다며 공격했다. 그도 그럴 것이 이번 정권에서 오케이 된다 하더라도 진짜 합의는 다음 정부에서 이뤄질 게 수순이었으니까.

이후에도 저시바우는 이 문제로 몇 번 더 야당과 접촉했지만, 정치적 재미를 본 야당은 한 발짝도 물러서지 않았다.

상당한 물의를 일으킨 일이라 잘 기억했다.

야당 소속 박준이라는 의원이 한 발언도.

-야당은 전작권 환수나 한미 연합사와는 문제가 없다. 다만 현 정부와 문제가 있다.

겨우 이것이었다.

자기는 되고 다른 이가 하면 안 된다. 내로남불.

결국 이들은 다다음 정부 때 전작권 환수에 관한 시한이 표시되지 않은 문서에 사인하고 만다. 그 유명한 국정농단 정부에서.

애플이 계약서 한 번 잘못 썼다가 마이크로소프트에게 어떻게 당했는지 기억한다면 얼마나 통탄할 일인지.

"미국의 도움으로 살아남은 건 맞다. 미국의 은혜를 입었으니 갚는 것도 맞다. 하지만 놀아나는 건 전혀 다른 문제다. 저것들은 지금 우리를 식민지로 여기고 있다."

"……."

"니 평시 작전 통제권이라는 것도 들어 봤제?"

"……예."

"그게 뭐꼬?"

"전쟁이 발발하기 직전까지의 부대 이동, 경계 임무, 초계 활동, 합동 전술 훈련, 군사 대비 태세 강화 등 부대 운용에 관한 권한이죠."

"1994년 12월 1일 자로 한국군에 환수돼 현재 한국군 합참 의장이 갖고 있다. 근데 그거 아나?"

"……?"

"전 세계 어떤 국가도, 미군이 주둔한 국가도 포함, 자기 군 대를 이런 짓거리로 묶어 놓은 곳이 없다는 거."

"……!"

"조금만 생각해 봐도 알 수 있는 거 아이가? 군대란 게 뭔 데? 전쟁을 위한 조직 아이가?"

"……예."

"군에 평시가 의미 있나?"

"……!"

"그게 구분 가능한 기가?"

"……!!!"

"이도 순전히 말장난인 게 평시에도 말이다. 작전 계획 수 립, 지휘 통제 시스템 운용, 위기관리 등 핵심적인 작전권은 '연합 권한 위임(CODA)'이라 캐서 미군이 쥐고 있다. 이 때문 에 한국은 군의 구조 개편이나 국방 개혁 같은 건 꿈도 못 꾸 게 됐고 허울 좋은 평시 작전권도 미군 사령관의 재량에 따라 언제든 전시 작전권으로 전환 가능해진다."

머릿속에 탁 떠오르는 단어가 있었다.

농락.

씨벌.

"유명무실한 거로 생색이나 내고 지들 무기나 사라 카고."

"……."

"더 웃긴 건 뭔지 아나?"

"……?"

"이것들이 반미 감정이 고조될 때마다 이 건을 던지는 기다."

"……??"

"반미 감정의 근원이 어디에서 나오겠노?"

"……혹 주한 미군인가요?"

"맞다. 곪을 대로 곪아 터져서 주한 미군 철수 논의가 나올 때가 되면 전작권으로 국민적 불안감을 조성시키는 기다. 정치는, 언론은, 좋다고 편승해서 자주 주권을 포기하자고 카고."

"……."

"근데 미국에서 내건 전작권 환수 조건이 뭔지 아나?"

"……."

"한반도 및 역내 안보 환경, 전시 작전 통제권 이후 한국군의 핵심 군사 능력."

"……."

"이제는 북한 핵·미사일에 대한 한국군의 필수 대응 능력까지 포함되겠지. 앞으로 이 세 가지 요건에 충족해야 아마도 전작권 전환 시기를 검토할 수 있게 될 끼다."

"……."

"그런데 말이다. 내가 묻고 싶은 게 이 모든 걸 해결하는 게 가능한 일이가?"

"……?"

"일본, 러시아, 중국, 북한에 미국까지 얽혀 있는 이 땅에서 그런 게 과연 충족될 수 있냔 말이다."

"……!"

뒷목이 뻐근해졌다.

위장을 잡아 뜯고 싶을 만큼 고구마가 올라왔다.

졸라 스트레스받는다.

클린턴 개쉐끼가. IMF만도 찢어 죽이고 싶은데 우리 땅에서 전쟁을 일으키려 했다.

내가 그 새끼만큼은 절대로 안락한 생활을 하지 못하게 할 것이다. 절대로.

"이래도 정치 안 할래?"

"……."

"열 받제? 열 안 받나?"

"……."

"이 땅에서 이 엿 같은 그물을 찢어 버릴 수 있는 사람은 니밖에 없다."

"……."

"전작권 하나만도 이런 형국 아이가. 다른 건 우짤 낀데?"

총체적 난국.

"니는 올바른 정치만 하거라. 돈 몇 푼에 나라 팔아먹는 개잡놈의 새끼들은 내한테 맡기고. 다 총으로 쏴 쥑이 뻴 테니까."

"……."

"와 말이 없노."

"……."

"하긴 생각할 시간이 필요하겠제. 알았다. 오늘은 그만하자."

"……."

"피곤할 텐데 돌아가 쉬라. 내는 잡놈의 새뀌들을 우째 잡아야 잘 소문날꼬 고민이나 해야겠다. 가라. 가서 어떻게든 결론 내거라."

만남은 이렇게 끝이 났다.

하지만 절대 끝이 아니었다. 내 가슴 한 곳에 지하 흐르는 용암에서 올라온 불길의 씨앗이 심어졌다.

뜨겁고도 아픈 낙인 같은 점 하나.

그 씨앗을 품고 청와대에 입성했다.

김대준과 조지가 나를 반기고 있었다. 씨벌.

어금니를 깨물고 그들 앞에 앉았다.

나의 심상과는 다르게 조지는 김대준과의 대화가 잘 풀리고 있었던지 무척 쾌활했다.

쾌활하기도 할 것이다……

대통령도 됐겠다. 미국 하면 껌뻑 죽는 나라에 와 있겠다. 모든 게 제 세상 같겠지. 좋겠지. 신나겠지. 나는 엿 같지.

"어서 오세요."

"예, 감사합니다."

김대준의 뒤에서 조지가 피식하며 손가락 두 개로 아는 척한다.

웃어 주었다.

그러든 말든 김대준은 자기 할 일을 하였다.

"이례적인 방문입니다. 미국 대통령의 첫 공식 일정이 한 국인 건. 마침 좋은 제안을 해 주셔서 기쁘게 받아들이고 있 었습니다."

"좋은 제안이요?"

"경제 협력과 안보 협력이죠. 조금 더 끈끈한 관계로 이어 지자는 제안을 하셨습니다."

"좋은 얘기가 오갔군요. 혹시 저도 들을 수 있을까요? 구체 적으로요."

"구체적으로요?"

"기밀이 아니라면."

김대준은 나와의 대화이면서 슬쩍 조지의 눈치를 살피곤 돌아왔다.

"무기에 대한 2급 제한을 열어 주셨습니다. 다운그레이드 되지 않은 현재 미군이 쓰는 물건으로 판매 가능하다고요. 이 는 호주나 캐나다 같은 서방 세계와 비등한 권리입니다. 고무 적인 일이죠."

"……그렇군요."

"경제 협력도 상당한 진척이 있었습니다. 우리 한국과 더 끈끈한 유대를 위한 바탕을 마련할 것 같습니다."

"예."

무기는 확실히 풀어 준 것에 반해 경제는 모호하게 푼 모양이다. 관세를 내려 주겠다느니 어떤 품목에 대한 수입을 늘려 주겠다느니 같은 게 없는 걸 보면.

조지를 보았다.

웃어 주었다.

이런 나를 보고 조지도 웃는다. 김대준도 웃는다.

다들 웃지만. 질질 끌 생각은 없었다.

초청은 미리 받았더라도 청와대에 온 목적은 이전과 달라졌으니.

며칠 전의 나와 현재의 나는 전혀 다른 사람이니까.

"이제부터 친구로 갈 생각인데. 어때?"

"구분을 두자는 거야?"

"허심탄회하길 원한다면."

"나야 좋지. 네가 허심탄회하면."

갑작스런 전개에 김대준이 놀라지만 어쩔 수 없는 일이었다.

양해를 구했다. 다소 이야기가 길어질 수도 있다고.

고개를 끄덕이는 김대준에 조지를 보았다.

"좋아. 이따가 일본도 들를 거야?"

"아니, 한국에만 있다가 갈 거야."

"잘한 결정이네."

"걔들 좀 마음에 안 들거든. 민주당에 찰싹 붙어 가지고 그동안 눈에 거슬렸어."

"찾아오게 할 생각이구나."

"그래야지. 하지만 한국도 사실 그리 비중을 두는 건 아니야. 순전히 널 보러 온 거지. 나 이 정도 했다고. 알지?"

"잘했어."

"아까 건은 한국에 온 김에 생각나서 꺼낸 거야. 더 필요한
게 있으면 말해. 개인적인 것도 좋아."

"필요한 거야 많지. 네가 들어줄 의향이 있냐가 중요한 것
아니야?"

"웬만하면 내 선에서 해결될 거야."

"그럼 어설픈 경제 협력 같은 건 집어치우고 슈퍼 301조나
얼른 치워. 너희 수출입 규모의 1%도 못 미치는 나라에 무슨
못난 장난이야."

"아, 그거! 알았어. 금방 치워 줄게. 그러네. 그걸 생각 못
했네."

순순히 끄덕이며 메모하는 조지를 보는 김대준의 눈에 경
악이 들어찼다.

친하다고 들었지만, 이 정도일 줄이야.

"무기 수출 풀어 준 김에 미사일 협정도 3,000km까지 늘려
줘. 고체 연료도 사용하게 해 주고."

"엉? 그렇게나? 어디에 쓰려고?"

"한국 안 중요해?"

"중요하지."

"한국이 강해지면 누가 편해?"

"그야……"

"탄두 무제한에 3,000km까지 가 보자. 고체 연료도 같이

가야 해."

"그건 슈퍼 301조랑은 차원이 달라. 군과 협의해 봐야 해."

"우리도 위성을 쏴야 할 거 아니야. 한국의 무선 통신 가입자가 벌써 2,000만 명이라고. 앞으로 GPS를 활용한 길 찾기 지도도 만들어야 하고 할 게 많아. 언제까지 니네 위성 빌려 써야 하나?"

"그거야……."

"싫어?"

"싫은 건 아닌데. 이건 내가 독단적으로 결정할 수 있는 문제가 아니라서."

"마음만 먹으면 어렵지도 않지. 이미 800km 찍었잖아."

"그러니까 더 늘려서 뭐 하려고? 800km면 북한 전역이 사정권이잖아."

"뭐야? 그 말은 한국이 더 강해지는 걸 막겠다는 거야?"

"그거 아니고."

"그리고 누가 미사일 기지를 휴전선 가까이 가져다 놓냐. 저 남쪽에서 쏴도 영변까지는 가야지."

"……."

"혹시 일본 믿고 한국을 조이는 거면 실망이고. 잊지 마. 동아시아에서 즉각 태세에 반응할 수 있는 동맹국은 한국뿐이야. 한국은 불침항모로서 미국에 아주 많은 걸 제공하고 있다고. 이걸 부인하면……."

"알았어. 알았어. 적극 검토할게. 그러면 되잖아."

오케이도 아니고 적극 검토란다. 어처구니없게.

"너 아버지가 얘기 안 해 준 모양이구나."

"뭘?"

"네 아버지가 정치적 손해를 감수하면서까지 한국의 영해를 공인한 이유가 뭐라고 생각해?"

"설마 그것도 네가 관여된 거야?"

조지뿐만 아니라 김대준도 놀란다.

인정해 줬다.

"그럼 미국이 가만히 있는 한국을 위해 움직였다고 생각한 거야? 그게 더 이상한 거 아냐?"

"그게…… 그럴 수가 없겠구나."

고개를 끄덕끄덕.

"더 자세한 건 물어보면 되겠지. 네 아버지가 왜 그런 선택을 하게 됐는지."

"알았어."

"좋게 생각하라고."

"응."

"마지막으로 들어줄 게 있어."

"또 있어?"

피곤해한다.

애는 일이 조금 어렵다 싶으면 이런 식이다. 이러니 딕 체니가 날뛰지.

"응, 있어."

"뭔데?"

"전시 작전 통제권."

"뭐?!"

"그거 언제 넘겨줄 거야?"

"……."

이것만큼은 입을 꾹 다문다. 섣불리 할 수 없다는 듯이.

그런 조지를 보는데 화가 나는 것보단 이래서 미국이 세계를 제패했구나. 이유를 알 것 같은 느낌이 들었다.

개차반, 자기 외 다른 건 신경 쓰지 않는 망나니마저도 조국의 이익을 위해서는 조심하니까.

나도 조심히 들어갔다. 김대준의 목울대가 조심히 넘어갔다.

"뭘 그렇게 정색해? 지금 달래?"

"아…… 지금 달란 게 아니구나."

"언제까지 미국이 한국의 군사 주권을 가지고 있을 수는 없을 노릇 아니냐?"

"그건 그렇지. 한국은 엄연히 자주 국가인데."

"그러니까. 이런 상황이 정상적이지는 않잖아."

"그야 너희가 처한 상황이……."

"북한 얘기는 꺼내지 마라. 지금 세계 누구도 한국이 북한에 진다는 건 상상 못 해. 미국이 그렇게 판단한다면 더더욱 그런 미국에는 전작권을 못 맡기지. 안 그래?"

"그야……."

"언제쯤 줄 거야?"

"이건 대답 못 하겠어. 미사일 사거리 지침과는 비교도 할 수 없는 사안이라."

"그럼 계속 우리 군사 주권을 너희가 쥐고 있겠다는 거야?"

"협의를 해 봐야지."

"결국 너도 그렇다는 거네."

이렇게 가면 안 된다.

미국이 뭔데 우리 군사권을 쥐고 흔들겠다는 건가.

탱크 하나 없고 전투기 하나 없을 때야 아무것도 없으니 맡길 수밖에 없었지만, 지금은 1950년대와는 상황이 전혀 달랐다.

그러자 조지는 억울하다는 듯 불쑥 속의 말을 꺼냈다.

"북한이 핵 보유에 들어간 마당에 한국의 전작권 환수는 너무 이른 거 아니야? 그렇잖아. 한국이 무슨 수로 핵을 방어해?"

부글부글.

"만약에 우리가 핵을 가진다면?"

"그건 안 돼!"

"왜 안 돼?"

"세계적으로 핵 확산을 줄이려고 노력하는 판에 한국에서 핵을 만들겠다고?"

"북한에 핵 위협이 있잖아."

"우리가 지켜 주잖아. 핵우산 몰라? 핵우산!"

짜증이 올라왔다.

상황에 따라 말이 바뀌는 미국을 전부 지켜본 나였다. 그런 나에게 이깟 핵우산을 믿으라고? 미국을 믿으라고?

차라리 지나가는 똥개를 믿겠다.

"개가 웃겠다. 조지."

"뭐?!"

"그런 이유라면 너희는 왜 핵을 안 없애는데?"

"그거야 러시아도 있……."

말을 하면서도 말이 안 되는 걸 깨달았는지 조지의 얼굴이
붉어졌다. 수천 km 떨어진 러시아의 위협에도 생난리를 쳐 대
며 우리 지구를 몇 번이나 부술 전력 증강을 이루어 낸 주제에
바로 머리맡에서 고개를 내민 핵을 두고 가만히 있으라고?

따지고 들었다.

"그리고 이 건은 핵을 달라는 게 아니잖아. 유사시 능동적
으로 움직일 수 있게 전작권을 달라는 거 아니야? 여기에서
핵우산이 왜 나와? 그래, 핵우산 좋다고. 핵우산 해 줘. 그게
전작권이랑 무슨 상관인데?"

"……."

"……."

"……."

"……."

"……."

침묵이 길어질수록 반대급부로 안달 나는 건 김대준이었다.

한국과 미국.

떼어 놓으래야 떼어 놓을 수 없는 동맹 간 화합과 유기적인
결합을 위한 자리인 줄 알고 기꺼이 자리를 마련했건만 이야

기의 방향성이 너무나도 크게 번졌다.

자칫 이 일로 인해 동맹 간 큰 소요가 일어날 수도 있었으니 안절부절.

그러나 고스톱 쳐서 딴 대통령 자리가 아닌지 인내심 하나만큼은 여태 본 누구보다 강했다.

주먹을 꽉 쥐면서도 절대 끼어들지 않았다.

"우리는 한반도의 평화를 지키기 위해 최선을 다하는 중……."

"그래서 전작권을 안 주겠다고?"

"그건 한국이 자주적으로 국방을 다할 수 있을 때……."

"지랄."

"뭐?!"

"지랄이라고."

지금이야 쩌리지만 20년 후엔 세계 국방력 6위에 달할 만큼 강대해지는 한국이었다.

그때도 미국은 전작권 환수에 대한 언급을 꺼리며 협상 테이블에 앉지 않으려 했다.

버웰 벨 전 한미 연합 사령관이라는 놈의 발언도 같았다.

-미국이 한국의 성급한 결정에 따른 전작권 전환 강행 때문에 파병에 제한을 두면 오랜 동맹에 균열이 올 것이다.

기가 막혔다.

전작권 찾아가겠다는데 파병 제한이 왜 나오고 동맹 균열이 왜 생기는 걸까?

이게 한미 연합 사령관으로 앉아 있던 놈이 할 말인가?

이 정도 수준의 생각이라면 백악관은 또 어떨까?

결론은 확실했다.

-영원무궁토록 한국을 놓아주지 않겠다.

결국 노태운의 말이 맞았다.

노태운의 판단이 맞았다.

이놈들은 한국을 보지 않고 한국에서 나올 이익만 바라보기 바쁘다.

"너, 너 말이 너무 심한 거 아니야?!"

"씨벌, 지랄을 해요."

"방금 욕했어?!"

"그래, 너 같은 새끼가 옆집 남자한테 마누라를 맡길 놈이야. 이 쓰레기 같은 놈아."

"뭐라고?!"

"넌 네 방 침실에 옆집 남자가 들어와도 헤헤 웃을 놈이라고. 등신 새끼야."

"……."

노려본다.

"뭘 노려봐. 이웃이잖아. 이웃에게 그 정도는 해 줄 수 있는 거 아냐? 서로 믿고 사는 세상 아니야?"

"……."

"지금 당장 네 마누라, 네 딸, 네 손녀를 옆집 남자에게 맡길 수 있다면 나도 더 이상 전작권 환수에 대해 말을 꺼내지 않겠어. 나도 쿨하게 인정하지 뭐. 헌데 말이야. 나는 절대 그런 짓 못 해. 강도한테 총 맞아 뒈지는 한이 있어도 내 집은 내가 지켜. 너 같은 놈이랑은 다르게."

"……."

"더 할 거야?"

"넌…… 뭐가 그렇게 불만인데?"

"이게 불만이라고 생각해? 내 집을 내가 지키려는 게 불만이라고?"

"우리가 지켜 줬잖아! 우리 덕에 이만큼 성장했잖아!"

"인정한다고. 인정하는 삶을 살고 있잖아. 근데 언제까지 우리 마누라를 니가 데리고 있을 건데? 미국은 일부일처제 아니야?"

"그 얘기가 아니잖아."

"그 얘기 맞아."

"아니야."

"무엇이 두려운데? 무엇이 아까워서 우리 마누라를 우리 집에 안 돌려보내 주는데?"

"지금은 줘도 못 해."

"누가 지금 달래?"

"그럼 뭐가 문젠데?"

"너희야말로 뭐가 문제인데? 설사 우리에게 전작권을 준다고 해도 유엔군 사령부가 전쟁 개시권, 정전 협정 체제 유지 관리권, 종전권, 평화 협정 체결권 같은 핵심 사항을 다 쥐고 있잖아."

"……."

"유엔군을 해체하지 않는 한 전작권 환수의 목적인 전쟁 개시와 평화를 결정할 수 있는 권한이 미국에 있는 거 아니냐고?!"

"그게 왜 미국에게 있어?! 유엔군에 있지."

"이게 또 눈 가리고 아웅이네. 그 유엔군을 미국이 장악했잖아. 자식아! 내가 전부 달라는 것도 아니고 겨우 반쪽짜리 전작권을 달라는 건데 이것도 안 된다니 이게 무슨 개수작이야!"

"너흰 휴전국이잖아. 아직 전쟁이 끝난 게 아니야. 관리받는 게 좋아."

"세계 어느 국가가 지금 우리처럼 하는데? 우리가 전쟁하겠대? 우리가 우리 운명을 우리 손으로 결정하겠다는 거잖아."

"우리는 한반도 평화를 위해 최선을 다할 뿐이야. 이제 그만하자. 나 힘들다."

"이 씨……."

"내가 부탁할게. 그만하자. 진짜 힘들다."

"……."

"이렇게 부탁해도 안 되겠어?"

"……."

"제발……."

간절한 표정이었다.

조금이라도 더 엿같이 굴면 자폭할 생각도 가지고 있었는데…… 내 안의 불씨가 그리 명령하고 있었다. 수틀리면 아구창부터 돌리라고.

하지만 내 앞의 조지는 너무 버거워했다. 괴로워했다.

"후우…… 알았어. 네가 그렇게 원하니 나도 그만할게."

"하아…… 고마워. 이 일은 내가 두고두고 고민해 볼게. 그러니까 나한테 너무 그러지 마."

"알았어. 나도 이게 너에게서 비롯된 문제가 아니란 건 알아. 미안해. 너무 다그쳤지?"

"아니야. 나도 조금은 되돌아볼 계기가 됐어. 우리…… 괜찮지?"

"응."

안심하는 모습에 내 속도 일부쯤은 녹아내렸다.

최악의 경우 나는 공화당이 자기들 스스로 조지를 버리는 수도 있다고 생각하고 있었다.

부시 집안이 당의 이익보다 백악관을 더 원했듯 공화당 내에서도 그리 생각하는 이가 없진 않을 테니까.

중간에 끼어들어 따돌리면 조지 혼자 무엇을 해낼 수 있을까?

영~ 어려우면 트럼프라도 키우면 되잖나.

하지만 나는 여기에서 끝낼 수는 없었다. 이런 건을 다시 꺼낼 기회는 앞으로 없을 것 같았다.

"그럼 마지막으로 한 가지만 들어줘."

"뭔……데?"

살짝 두려워한다. 내가 또 무슨 말을 꺼낼지 몰라서.

"안심해. 너에게도 공화당에도 도움이 되는 건이야."

"정말?"

"응."

"뭔데?"

"클린턴이 한반도에서 전쟁을 일으키려 했어."

"뭐?!"

"뭐라고요?!"

이번엔 김대준도 참지 못하고 끼어들었다.

손을 들어 조용시켰고 잠잠한 가운데 1994년에 일어났던 사안에 대해 풀어 줬다.

도저히 믿을 수 없다는 표정들이 나왔다.

근데 내가 이들의 마음을 알아줘야 할까?

"제임스 레니 당시 주한 미국 대사가 이곳 청와대로 찾아와 미국 시민을 전부 철수시키겠다고 했어. 일방적으로. 백악관 가면 자료가 넘칠 거야. 클린턴이 갑자기 하야했으니까 자료를 다 폐기 못 했겠지. 그 새끼랑 윌리엄 페리라는 당시 국방장관 놈을 조지면 더 확실한 전말이 나올 거야."

"허어…… 그 은밀하게 떠돌던 영변 핵시설 공습론이 진정 사실이란 말이오?"

"김영산을 불러다 물어보세요. 제 말이 틀렸나. 쉬쉬하지 않았다면 미국이 우리 땅에 무슨 짓을 하려 했는지 만천하가

139

다 알았을 겁니다."

다시 조지를 보았다.

조지는 그제야 내가 왜 전작권 환수에 예민하게 굴었는지 깨달은 표정이 되었다.

굳이 더 설명할 필요가 없다는 것.

원하는 바를 말했다.

"조약부터 개정해. 이 땅에 전쟁을 개시할 때 반드시 한국의 동의를 얻으라는 걸 넣어. 한국의 동의 없이는 절대로 전쟁 불가라고 말이야. 개정 정도는 할 수 있잖아."

"그건……."

"이것마저 안 해 주면 나는 너의 저의를 의심할 거야."

"알았어. 알았어. 내가 알아보고 사실이면 개정할게."

"나는 분명 조커를 줬다."

"그것도 인정. 동맹국의 의사와 관련 없이 동맹국의 영토에서 전쟁을 일으키려 한 건 누가 봐도 납득 못 할 거야."

"확실히 해."

"알았어. 나 너무 피곤하다. 이제 좀 쉬어도 되지?"

"그래, 돌아가."

"알았어. 나는 이만 갈게."

서둘러 도망가는 조지였다.

기가 찼지만 이게 바로 미국이 바라보는 한국의 실상이었다.

미네랄 날아다 주는 SCV.

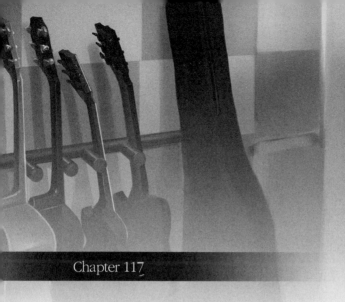

침묵이 흘렀다.

나나 김대준이나 화기애애할 입장은 아니었고 잠시 소강
상태를 가졌다.

얼마나 지났을까?

"정말 충격적이군요."

"예."

"그리고 참으로 놀랍습니다."

"……."

"미국의 대통령을 이렇게나 몰아붙일 수 있다니요. 말만
듣는 것과는 확실히 다르군요."

"……예."

여기에도 할 말이 많았으나 침묵했다.

이유는 순전히 김대준을 믿지 못해서였다.

김대준은 내게 물었다.

"앞으로 어떻게 하실 생각입니까?"

지금 벌인 일에 대한 해법을 묻는 거다.

이도 답은 정해져 있었다.

"아마도…… 아무것도 할 수 있는 게 없을 겁니다."

"그렇군요. 영변 폭격 건도 세상에 나오지 않을 확률이 높다는 거겠죠?"

"어쨌든 미국의 치부니까요."

"전작권 환수도 그렇겠죠?"

"애초부터 주지 않을 걸 알고 있었습니다."

미래를 보고 왔기에 더더욱.

"알고 있다는 걸 주지시켰군요."

"예."

"……."

"……."

"……."

"……."

"……도대체 어디에서부터 꼬인 걸까요?"

"……."

너무 없이 시작했고 너무 기대 살았다. 자초한 것이다.

문제는 이게 단지 몇십 간의 잘못된 선택이 아니라는 것이다.

'한국은, 우리 한국인은 세상 돌아가는 것에 무지했고 300년 수명이 다한 성리학에 200년이나 더 투자하며 껍질을 벗을 기회마저 잃었으니까.'

그 폐해가 지금까지 오는 중이다.

"아시겠지만 식민지를 옳게 놔줄 제국은 없어요."

"아아, 식민지……."

"예, 식민지예요."

"……그렇군요."

"조지는 영변 건을 은폐할 거예요. 그걸 이용해 망가진 민주당에 다른 딜을 걸겠죠."

"……."

"어쩔 수가 없어요. 우리가 선택했으니까요. 남에게 주권을 맡기길 주저하지 않은 잘못이죠."

"……."

"도와주실 일이 있어요."

"도와줄 일이요?"

김대준이 바닥으로 내려가던 시선을 다잡는다.

"아무래도 직접 움직여야겠어요. 저놈들만 바라보다간 또 언제 이상한 일이 벌어질지 모를 테니까요. 보셨다시피 미국도 이권에 따라 카멜레온이 되기를 서슴지 않으니까요."

"크흠…… 그래서 도와줄 일이 또 뭐가 있나요?"

"오필승 씨티 옆 대지를 저희에게 불하해 주세요."

"……?"

"무기 연구소를 차려야겠어요."

"무기 연구소요?"

"먼지에 강해 사막 기동도 무리 없고 추위에 강해 설원 기동도 가능한 그런 무기들을 만들어야겠어요. 로켓도, 인공위성도, 전투기도, 잠수함도 전부 개발해야겠어요. 도와주실 수 있으시겠습니까?"

"허어……."

"병사들 장구류부터 개인화기, 중대화기, 레이더 체계까지 연구해야 하는데 마땅한 장소가 없네요."

"……."

"……."

"……."

"……."

"……허어, 이거 돕지 않을 수가 없군요."

"하나 더."

"……?"

"장군들 좀 쳐 내 주세요. 전작권도 없는 이 좁은 땅에 웬 장군들이 이렇게 많을까요? 병사들 급여도 옳게 책정해 주시고요. 9,900원입니다. 미군 병사들 월급에 비교하면 'Give me Chocolate' 할 판입니다. 기간도 24개월로 줄여 주는 대신 이 이상은 절대로 줄이지 못하게 법제로 막아 주시고요."

"그러면 군의 운용에……."

"밥버러지들 쳐 내 달라는 겁니다. 군대에서 정치하는 놈들 말이에요. 하나회 잊으셨어요?"

"그런 놈들이 또 있습니까?!"

발끈.

"대대장, 연대장, 사단장, 군단장 집 김장하는 날은 부대 전체가 비상이에요. 우르르 몰려가 온갖 알랑방구에 여군은 어째서 술집에 데려가 더듬어 댄답니까? 병사들 가혹 행위는 왜 못 막고요? 어째서 쉬쉬하냐고요?"

"······!"

"말 안 듣는 병사요? 군법에 회부하세요. 빽 믿고 까부는 병사요? 그 빽까지 쳐 내 주세요. 애들 삽질 그만 좀 시키시고요. 참호나 진지 보수도 아니고 날마다 곡괭이에 삽만 들고 작업하러 다녀요. 군대가 노가다하는 곳입니까?"

"······."

"대통령님, 군인도 국민이에요. 잡아 놓은 물고기가 아니라."

"······."

"이 정도 개혁하는 데도 미국이 제동을 걸면 저에게 알려 주시고요. 그놈부터 박살 낼 테니까."

"······."

"모르시겠어요? 대통령이 부지런하지 않으면 먼지와 해충이 늘어난다는 얘기입니다."

암울한 말만 늘어놓았지만.

내 보기에 그럼에도 한국과 한민족은 참으로 능력이 출중

147

하고 대운마저 감도는 것 같았다.

그 증거가 바로 이 자리였다.

소멸되지 않고 여전히 활개 치고 잘 사니까.

금과 은이면 눈이 뒤집히는 명나라 족속들을 곁에 둔 조선은 풍부한 매장량에도 금과 은이 나라에 나지 않음을 강조하며 강토를 지켰고 임진왜란 때는 대영웅들이 나타나 나라를 수호하고 병자호란에는 누르하치의 관심이 오로지 명나라에 있어 살아남았고 일제강점기 때는 다른 나라가 박살 내 주는 바람에 독립했고 한국전쟁은 세계가 도와서 살아남았다.

2000년까지 오는 과정에서도 삐끗 한 발만 잘못 디뎌도 전복될 위기에서도 요상한 행운으로 버텨 냈다. 영변 폭격 건도 그랬다. 카터가 성공하지 않았더라면 어떻게 됐을까?

그렇게 힘없는 나라를 20년 뒤엔 G7이 서로 모셔 가려 애쓴다. 한류를 주목하고 수많은 콘텐츠가 인정받는다.

경제력 8위에 군사력 6위.

군사력 6위라면 사실상 핵 없는 국가 중 톱이라는 얘기다.

그 많은 자랑거리와 업적 중 유독 빼어난 게 있다면 바로 시민 의식이었다.

세계 유례가 없을 만큼 안전하고 깨끗한 나라.

향상심이 뛰어난 나라.

여자 혼자 밤거리를 혼자 돌아다녀도 문제없고 애들끼리 지하철 타도, 커피숍에다 노트북, 지갑 올려놔도 누구 하나 손대지 않는 나라. 교육열은 비교 불가.

위기가 오면 어느샌가 슈퍼맨처럼 누군가가 나타나 자기 것을 기부하는 나라이기도 했다. 정치가 기업이 법이 유착해 온갖 부정부패와 더러운 짓을 일삼아도 유유히 흐르는 강물처럼 돌아가는 나라였다. 이 나라는.

비록 우리끼리는 헬조선이라고 불릴지라도. 물론 이것도 외국에 나가는 순간 그 헬이 천국이었구나 각성하게 되지만.

어쨌든 그래서 낙관적이었다.

당장 죽을 것처럼 떠들어도 나의 뿌리가 흔들리지 않는 건 이런 믿음이 있어서였다.

"후우……."

김대준의 입에서 긴 한숨이 터져 나왔다.

탄식에 가까운 내뱉음이라.

"다 옳은 말이오. 다 내 책임이고요. 좋습니다. 퇴임 후 욕을 안 먹기 위해서라도 재정비를 해야겠어요. 그 필요한 부지도 마련해 주겠어요. 조금 더 앞으로 나아가는 이 나라를 만들어 봅시다."

"좋게 받아들여 주셔서 감사합니다."

"아프긴 한데. 다 피가 되고 살이 되는 얘기가 아닙니까?"

"대범하십니다."

"허허허허, 그런가요?"

"예."

"그나저나 섬뜩하긴 합니다. 군대의 정치화라니. 아니군요. 단지 군대만 보면 안 되겠죠? 우리나라엔 고인 물이 참으로 많으니. 이도 포함하는 게 맞겠죠?"

"전적으로 옳으십니다."

"좋습니다. 이참에 사법 개혁도 들어가 보겠습니다."

"거치적거리는 건 제가 치우겠습니다."

"오호호, 그래요? 등이 든든하군요. 좋습니다. 한번 진행해
보죠."

"감사합니다."

어느덧 회담의 마무리라.

슬슬 정리하고 일상으로 돌아가려 마음먹는데.

김대준은 아니었던지 하나를 더 꺼냈다.

"묻고 싶은 게 있소."

"말씀하십시오."

"전작권 환수는 정말 어렵소?"

"그건 아마도 이번 개정에서 어떻게 하느냐에 따라 크게
달라질 겁니다."

"개정은 할 거라 보오?"

"제가 저의를 의심한다고 했으니 하긴 할 겁니다. 그걸 알
토란같이 만드는 건 우리 몫이 되겠죠."

"으음…… 이번에도 큰 도움을 받겠군요."

"일시만큼은 정확히 기입하십시오. 20년 정도면 미국도 더
는 왈가왈부 안 할 겁니다. 물론 매년 무기를 대량 구매해야
겠지만."

"그건 각오하고 있소. 하지만……."

"예."

"그때 가서 강짜를 놓으면 방법이 없다는 게 문제 아니겠소?"

맞다. 미국과 한국이 여태 올바른 관계로 정립되지 못한 이유가 바로 이 때문이었다.

우리가 영락없는 '을'이라는 것.

"그렇죠. 군사뿐만 아니라 거의 모든 부분에서 미국에 종속된 관계니까요."

"최후의 한 방 같은 건 없겠소? 이것저것 다 안 될 때 꺼낼 패 같은 것."

"그걸 원하신 거군요."

회심의 일격.

"그렇소. 우리도 우리의 요구를 관철시킬 힘이 있어야 하지 않겠소? 그래야 협상이 될 테니."

"전적으로 옳으신 판단입니다."

"방법이 있소?"

"당연히 있습니다."

"있소?!"

"대신 엄청난 정치적 손실을 감당해야 할 겁니다. 정권이 뒤집힐 수도 있겠죠."

"그 정도요? 으음……."

살짝 망설인다.

"세계 유일의 초강대국 미국을 상대하는 일입니다. 상처 없이 이기는 건 불가능합니다."

"미안하오. 내가 잠시 망설였소. 그래, 들어 봅시다."

이 말이 끝나기가 무섭게 나는 서쪽을 가리켰다.

"서쪽이요? 서쪽이라면…… 중국 말이오? 중국에 기대란 말입니까?!"

싫다는 투였다.

나도 싫다.

"중국을 이용하라는 말씀입니다."

"중국을 이용하라?"

"아실는지 모르겠지만, 중국의 세계적 성장은 기정사실입니다. 200년 전 세계 최고의 선진국으로서 그 위상을 펴려 슬슬 기지개 켜고 있지요."

"……"

"지금은 다들 중국의 달콤함에 빠져 간과하고 있다지만, 미국은 곧 깨닫게 될 겁니다. 호랑이 새끼를 키웠구나."

"……!"

"잊으시면 안 됩니다. 중국이란 와신상담을 미덕으로 여기는 족속입니다. 자존심이 없기에 무슨 짓이든 저지를 수 있죠. 옆에 있는 일본도 마찬가지고요. 곧 엄청난 물의를 일으킬 겁니다."

"……."

"그때야 비로소 미국은 아차! 할 겁니다. 하지만 또 놓지는 못할 겁니다. 미국의 인플레이션을 막아 주는 결정적인 역할을 또 중국제 값싼 제품이 할 테니까요. 10억의 시장이 여전히 매력적인 것도 있고요."

"으흠."

"두 국가는 팽팽한 신경전을 벌일 테고 그 여파는 오롯이 주변국에 번질 겁니다."

"그렇군요. 곤란한 상황을 많이 겪겠어요. 우리도."

"그래서 한국은 늘 애매모호한 태도를 취해야 합니다. 그때가 되면 중국도 어떤 요구를 할 테고 미국은 더 안달 나 달려들 테니까요."

"옳소. 옳긴 한데 이 건은 전작권 환수와는 직접적인 연관이 없지 않겠소?"

맞다.

하지만 우리 한국의 중요성이 하늘을 찌르겠지.

"그때 주한 미군 철수 카드를 꺼내는 겁니다."

"주한 미군 철수요?!"

깜짝 놀란다.

"뭘 그렇게 놀라십니까?"

"아니, 그게 가능하오?"

"미사일 기술만 발전하면 주한 미군은 사실상 필요 없지요."

"아……."

"3,000km 사거리와 탄두 크기 무제한이라면 중국 전역이 사정거리 내로 들어옵니다. 사안에 따라 탄두를 줄이면 모스크바까지 날려 보낼 수도 있고요. 여기에 잠수함 SLBM 기술만 성공한다면 한국을 건들 정신 나간 놈들은 사라질 겁니다."

"이럴 수가……. 그럼 아까 그 요구가 다 이걸 노리고 한 겁

153

니까?"

"예."

"허어……."

"그리고 원칙적으로 미국은 절대로 주한 미군을 철수할 수 없어요."

"왜 그런 거요?"

"일본은 멀고 대만은 너무 작잖습니까. 철수하면 어디로 가겠어요? 괌이나 사이판으로 가겠죠. 그 순간 동아시아의 패권은 중국으로 넘어가게 돼요. 그 탐욕스러운 놈들이 그 꼴을 두고 볼 것 같나요? 동북아에서 한국의 위치가 어떤데 말이죠."

"확실히…… 가만히 안 있을 것 같군요."

"온갖 더러운 공작이 다 벌어질 겁니다. 부화뇌동한 야당은 이 나라를 공산당에 넘길 거라 선동할 거고요. 여기에서 문제입니다. 그 선두에 누가 있을까요?"

"언론이군."

답이 빨랐다.

평소 생각이 비슷하다는 얘기다.

"제 사례가 무기가 될 겁니다. 그놈들을 다루려면 법과 명분으로는 부족합니다."

"그렇군요. 온갖 소송으로 묶어야겠어요. 조금이라도 잘못된 사실로 국민을 호도하면 기둥뿌리가 흔들리게 해야겠어요. 그러려면 지금보다 더한 징벌적 배상이 들어가야겠군요."

"증거물은 넘쳐 날 겁니다. 그렇게 언론을 붙잡고 부패 정치인들 손보다 보면 미국은 또 여러 가지 혜택으로 꼬시겠죠.
해괴한 연합을 만들어 핵잠수함 기술을 주느니 마느니 여러
나라와 동맹하는 군사 협력 체제를 만들자고도 할 테고요."

"이때도 애매모호한 태도를 취하라?"

"맞습니다. 어떤 전략도 한국이 빠지면 유명무실해질 테니까
요. 한국은 확정적인 국익 없이는 절대로 움직여선 안 됩니다."

"허어······. 정말 그런 날이 오겠소?"

"옵니다. 반드시."

"그렇다면 얼마나 버텨야 하겠소?"

"최소한 다음 대 대통령까진 여당에서 나와야겠지요. 그 전에
사법부 개혁부터 하시고요. 애들은 지금 거의 카르텔이에요."

"내부도 시급하구먼. 다 자를 수도 없고 어떻게 하면 좋겠소?"

"카르텔을 원하니 파벌을 만들어 줘야죠. 이 나라도 그렇
듯 저 미국도 그렇듯 대형 정당 두 개면 균형을 맞출 겁니다."

"아아······ 무턱대고 조지는 것만이 능사가 아니라는 거군요."

"이익을 좇는다면 이익을 좇게 해 주면 되겠죠. 지들끼리
싸우게."

"옳소."

김대준이 덥석 내 손을 잡았다.

"내 일찍이 배 실장의 말을 듣고 만남을 가진 게 이 순간 신
의 한 수같이 여겨지오. 40년 정치 인생에 이토록 시원하고
가슴 뿌듯한 날이 없었던 것 같소. 고맙소. 정말 고맙소."

"아닙니다. 바라보는 나라가 같으니 다행일 뿐입니다. 저

도 국민이니까요."

"그렇소. 나도 국민이오. 우리 국민끼리 힘 합쳐서 잘 헤쳐 나가 봅시다."

"감사합니다. 마음을 알아주시니 저도 무척 감격스럽습니다."

"하하하하하, 이거 안 되겠소. 주치의는 조심하라지만 오늘 같은 날은 그냥 보낼 수 없을 것 같소. 한잔 마셔야지. 같이 갑시다. 밤새도록 함께하고 싶소. 허락해 주실 수 있겠소?"

"왜 아니 되겠습니까? 지기가 있다면 청와대가 아닌 무인도도 천국인 것을요."

"하하하하하하하, 그렇소? 아하하하하하하하하~."

김대준은 내 손을 붙잡고 한참을 웃어 댔다.

인동초라 불린 아픔과 슬픔을 씻겨 내듯 그렇게 아주 오랫동안.

미국은 조용했다.

언제 터질지 모를 끔찍한 시한폭탄을 들고 갔음에도 뭉그적댔고 구름 한 점 없는 청명한 가을 날씨처럼 깨끗한 척 잘 지냈다. 내부는 다르겠지만.

알고 있었음에도. 섭섭하긴 했다.

국제사회 논리라는 것이 결국 이렇다는 걸 다시 체감하는 순간이니까.

70, 80년대 일본의 승천을 위협으로 인식한 미국이 플라자 합의 이후 약 10년간의 압박으로 일본의 반도체 산업을 박살내 버렸듯, 앞으로 메모리 분야에서 세계를 제패할 우리 오성전자에 기업 비밀을 내놓으라 강짜를 부릴 것처럼 이 세계는 영원한 우방도 영원한 적도 없었다.

결국 깡다구 있게 미국과 자폭할 힘이 없다면 방법은 하나뿐이었다.

애매모호.

중국의 위상이 높아져도 우리의 국력이 강해져도 미국의 태도란 언제나 그렇듯 한국의 이익과는 관계가 없을 것이며 늘 한 곳만을 향해 나아갈 것이다.

그렇기에 우린 더 중립적이고 더 시끄럽게 떠들어야 했다.

미국이 조용하다고 우리마저 조용하면 누가 우리의 아픔을 알아줄까?

"갑시다."

약 한 달간의 기다림이 지나가는 순간 김대준은 칼을 빼 들었다.

10개년 국방 개혁을 모토로 군 개혁에 돌입했고 멍하니 있던 사법부에 느닷없는 몽둥이찜질을 해 댔다. 주제 파악도 못하고 나불대는 언론에는 기본 수십억대가 오가는 소송이 들어갔고 반발하는 정치권은 따귀를 후려쳤다. 그리고 이 모든 조치는 지난 IMF를 겪으며 처절히 느껴 왔던 한국이 가진 고질적인 체질 개선을 위한 고육지책이라 발표했다.

아무것도 통보받지 못한 한미 연합사는 당연히 반발하였다.

존 H. 틸럴리 한미 연합 사령관이 튀어나와 어째서 미국과 협의되지 않은 군 개혁을 시도하냐 항의하였고 당장에 모든 걸 되돌리고 미국과의 협상 테이블이 앉으라 요구했다.

김대준은 오히려 당당하게 '니가 뭔데 남의 나라 군 개혁에 발을 걸치려 하냐?'고 대적했다. 두 차례의 동해안 잠수정 침투와 연평해전을 겪을 동안 미군이 한 게 뭐 있냐고. 우리는 미군을 믿을 수 없다고까지 발언하며 긴장감의 수위를 높였다.

생각지도 못한 반격에 한미 연합사는 당황했고.

사태가 갑자기 미국과의 대치로 전환되자 옳다구나 여긴 야당과 언론은 현 정부가 미국과 척을 지려 하고 우리 안보에 커다란 위협이 됨을 역설하며 호도했다. 드디어 빨갱이 본색을 드러냈다고.

그로 인해 언론은 또다시 수십억대 소송에 들어갔다. 야당은 본보기 차원으로 의원 중 몇을 뇌물과 청탁 협의로 수사 대상에 집어넣었다.

이에 반발한 야당은 정치 탄압이라 하여 현 정부가 다시 군사 독재 시절로 회귀했다고 떠들었고 언론도 소송을 언론 탄압이라며 진실의 입을 막는 짓을 더는 그만하라고 외쳤다.

그러든 말든 군 개혁 1탄으로 김대준은 현역 병사의 징병 기간을 26개월에서 2개월 단축한 24개월로 정하고 이 아래로는 내려갈 수 없게 하는 법안 발의를 하였고 현역도 소급하여 적용하겠다고 발표했다.

단숨에 현역 군인과 앞으로 입대할 청년들의 지지를 얻는 사이 존 H. 틸럴리 한미 연합 사령관이 뜬금없이 경질되어 미국으로 소환(연평해전 건을 빌미로 삼긴 했지만, 사안과 관계없이 클린턴의 사람이니까)됐고 토머스 A. 슈워츠가 새로운 한미 연합 사령관이 되었다.

이런 미국의 조치에 또 다른 무언가 의도가 숨어 있었나 싶었던 야당과 언론은 깜짝 놀라 조용해졌고 이걸 기회로 잡은 김대준은 군 개혁에 박차를 가함과 동시에 검사, 판사의 비리를 터트려 사법부의 정의도 믿을 수 없다는 분위기를 형성했다.

이 때문에 잠시 조용해졌던 야당과 언론이 다시 들고일어났는데. 정부가 삼권분립의 원칙을 깨고 사법부를 길들이려 한다며 국회 밖으로 나와 기를 쓰고 농성했다.

"자기네 아버지가 죽어도 저 정도로는 저항하지 않겠다. 미친 것들."

저기 국회 앞에서 머리띠 두르고 구호를 외치는 국회의원들은 기본적으로 검찰 출신에 언론 출신에 지역 유지에 정치 엘리트까지 출신 성분으로는 견줄 자들이 없었다.

소위 깝 좀 떠는 인간들.

이 혼란스러운 정치판에서도 살아남을 정도니 판단력으로도 대한민국 톱을 찍는 놈들.

나도 문득 궁금해졌다.

무엇이 저들을 저렇게 맹목적으로 만들었을까? 평소 가진 위대한 자존심마저 무너뜨리고 바닥을 보일까?

"……."

결국 이런 게 집단지성 아니겠나?

김연이 들어왔다.

"뉴스를 보고 계셨군요."

"아, 예."

"마침 방송국에서 제안이 하나 들어왔는데요. 검토해 보시겠습니까?"

"제안이요?"

"시사 프로그램에 출연해 달라고 합니다. 공익적 차원에서요."

"저를요?"

"사법, 행정, 외무고시 올 수석에 빛나는 지성이잖아요. 오필승 그룹의 오너이면서."

"……."

그런가?

별생각 없이 나갔다.

방송국에서 전해 온 큐시트도 그렇고 대본도 사회적 차별에 대한 내용을 담고 있기에 단순히 그런 줄로만 알고 참여했다. 아주 이례적인 출연이긴 하나 나도 어느 정도 사회에 기여할 방도를 찾고 있어서 원하는 바가 맞았다.

하지만 생방송 세트에 들어서는 순간 예상과 다름을 느꼈다.

방향성이 전혀 달랐다.

주변을 돌아봐도 그렇고 패널로 들어온 사람들의 면면도 예사롭지 않았다. 날 바라보는 시선도 또한.

'어째서 저놈이?'

'저 자식이 여긴 왜 나와?'

'새카맣게 어린놈이.'

말풍선이 있다면 이런 게 떠 있지 않았을까?

이러면 또 우린 가만히 못 있잖나.

전투력 급상승.

누군가가 아무런 이유도 없이 날 싫어한다면 난 기꺼이 더 싫어할 이유를 만들어 주고 싶은 사람이다.

녹화가 재밌어질 것 같은 예감이라.

하지만 그런 기대는 녹화한 지 5분도 안 돼 무너졌다.

이 프로그램은 사회적 차별을 논하는 게 아닌 사회적 차별을 유발하고 있었다.

순식간에 수많은 문제가 다뤄지고 지나갔다. 아무런 해법도 없이 문제 제기만 양산하고 끝내고…… 빈부 갈등, 지역 갈등, 학연에 의한 차별, 남녀 차별, 결과적인 평등에 사회주의 옹호까지.

뭐라고 신나게 떠들어 대는데 내 시선은 자꾸만 제작진에게로 향했다.

그걸 또 발언할 기회를 달라는 것으로 보았는지 사회자가 내게 마이크를 넘겼다.

"페이트 씨가 할 말이 있는 것 같은데 이쯤에서 발언권을 드리는 게 어떨까요?"

"저는 발언권을 달라고 한 적 없습니다."

바로 거절했다.

끼기 싫었다. 끝날 때까지 일언반구도 하지 않으련다.

하지만 사회자는, 제작진은 이런 나를 놓칠 생각이 없는지 자꾸만 권했다. 재차 거절해도, 싫다는 데도 다른 이들이 더 떠들겠다는 데도 막아서면서까지 나에게 마이크를 쥐여 주었다. 다시 제작진을 바라보았다.

씹새들이 진짜…….

"좋습니다. 그렇게나 제 의견을 듣고 싶으시다니 꺼내 보죠."

"자, 시간 드릴 테니 말씀해 보시죠."

사회자가 뭔가 해낸 듯한 표정을 짓는다.

그러든 말든 카메라를 보았다.

"미리 말씀드리지만, 오늘 전 사회적 차별에 대한 간단한 의견 교환 정도로 알고 왔습니다. 여러 분야 전문가들의 의견을 경청하고 부족한 식견을 채우려는 목적으로요. 하지만 또 이런 일이 벌어지고 말았군요. 도대체가 방송국 놈들은 구제 불능인가요?"

"예? 예?! 그게 무슨…….'

"어째서 토론의 방향을 화합과 발전으로 잡지 않으신 거죠? 어째서 없는 차별과 갈등을 조장하는 겁니까? 여기 모인 사람들은 대체 뭐 하는 사람들입니까? 무슨 목적으로 하나 되어 나아가도 모자랄 판에 사회적 분열을 일으키려는 거죠? 이 프로그램을 만든 저의가 뭡니까? 설마 시청률 따위는 아니겠지요? 그렇다면 제 모든 걸 걸고 이 방송국과 싸울 겁니다."

쿵!

순식간에 조용해졌다.

긴장되긴 할 것이다. 이 대한민국에서 나랑 일대일로 붙을 강심장이 있을까? 특히나 약삭빠른 이 방송 바닥에서.

말도 안 되는 논리로 빈부 갈등을 주장하는 남자를 보았다.

"거기 '모두가 잘사는 사회를 위한 행동 연합'에서 나온 위원님."

"저, 저요?"

"위원님은 방금 그 발언을 책임질 수 있습니까?"

"내가 무슨 책임질 말을 했다고······."

"위원님 논리대로라면 나는 악해도 한국의 부유한 남자이고 아주 선해도 한국의 부유한 남자일 뿐이잖습니까. 빈부 격차만이 남은 아주 빈약한 세계관이니까 말이죠. 거기엔 우리나라, 우리 민족은 없고 우리가 여태껏 이룩한 위대한 문화유산도 없었어요. 도대체 어떻게 생겨 먹어야 그런 편협한 시선에 자신을 가둘 수 있죠? 루저도 아니고."

"뭐, 뭐요?!"

"당장은 시원할 수 있겠죠. 욕 한번 대차게 했으니까요. 그런데 돌아보면 당신에게 남는 게 뭐가 있을까요? 한 번 있는 인생 조금 더 건설적으로 살 순 없나요? 꼭 이렇게 편 갈라야 하나요? 쥐꼬리만 한 이득을 따라 말이죠."

"말조심하십시오. 누가 편을 갈랐다고 말씀하십니까?!"

"비겁한 건 더 싫죠. 무턱대고 부자 혐오하는 건 부자가 될 수 있는, 부자로서 살 수 있는 가능성을 말살하는 행위 아닙니까? 그 자체가 위원님이 가진 한계와 민낯을 드러내는 것이 아닌가요?"

"내 말은 그게 아니라……."

"대한민국 모든 국민이 내일은 더 잘살기 위해 지금 이 순간도 학업에 생업에 최선을 다하고 있어요. 노력한 만큼 정당한 대가를 가져가기 위해 경주하고 있죠. 도대체 무엇이 문제라는 겁니까? 아니, 위원님 주변이 문제라면 주변에 얘기하세요. 엉뚱한 데 나와서 자기 불만 풀지 마시고."

"이 사람이……."

"백범 김구 선생님이 말씀하셨어요. 나는 우리나라가 세계에서 아름다운 나라가 되기를 원한다. 오직 한없이 가지고 싶은 것은 높은 문화의 힘이다. 우린 나라 빼앗기고 집도 절도 없던 때도 이런 위대한 꿈을 꾼 민족입니다. 부끄러운 줄 아셔야지요. 여기가 정치판도 아니고 어디에서 협잡질이에요?!"

당장에 발작할 것 같길래 무시하고 이번엔 사회주의를 옹호한 개념 상실을 보았다.

애는 대학생이었다. 어느 대학인지는 안 밝히겠다.

"거기 대학생."

"저, 저요?"

"아까 발언에 보니 돌아갈 보상에 대해 사장과 직원이 똑같아야 한다는 주장을 하는 것 같은데 맞아요?"

"맞습니다."

"왜 그렇게 생각하죠?"

"직원 없이는 그런 수익을 얻을 수 없기 때문이죠. 모두가 같이 합심해 이익을 보았다면 분배도 응당 같이해야 한다는 게 제 생각입니다."

아주 당당하다.

일면 옳은 것도 있었다. 사장 혼자 일했다면 그만큼 수익을 가져갈 수 없었을 테니까.

내가 고개를 끄덕이자 대학생은 내가 동의해 주는 거로 알고 의기양양했다. 저런 게 대학생이라고.

"참으로 도덕성이 높은 학생이네요."

"맞아요. 전 도덕적인 삶을 살려 노력하고 있습니다."

"그렇다면 그 주장이 사회주의와 맞닿아 있는 것도 아시겠죠?"

"알긴 하지만 나쁘다고는 생각 안 하고 있습니다."

"그 말도 맞아요. 한때 우리 세계를 휩쓴 사회주의를 탐닉한 사람들은 대체로 도덕적인 분들이 많았어요. 그것의 성공과 실효성과는 관계없이 말이죠."

"……예?"

"사회주의가 주창하는 공정함에 매료된 거니까요. 전부 똑같이 같은 몫을 나눠 주자."

"맞습니다. 공정함은 사회가 지켜야 할 큰 가치가 아닌가요?"

"맞아요. 다만 현실은 그렇게 돌아가지 않고 사회주의도 그렇게 도덕적이지 않은 게 문제라는 거죠."

"어째서 그런 겁니까?"

"자유국가에서 '부'와 그걸 얻은 '능력'은 대부분 내가 내리는 '결정'에 달렸죠. 자유로운 결정 말입니다. 그리고 현재의 삶은 그 결정에 의한 결론이라는 얘기고요. 거저 생기는 게 아니라는 겁니다."

"······."

"하지만 사회주의는 독재가 기본 바탕이 됩니다. 사회 어느 한 측면이 아니라 독재 그 자체란 거죠. 사회주의는 이렇게 말합니다. '당신의 노동은 사회에 귀속되어 있다', '당신의 자유는 당신의 소유가 아니다', 당신의 '시간', 당신의 '노동'이 당신 것이 아니라고 합니다. 즉 당신은 당신 일을 소유하지 못하고 그 결론조차 소유할 권한이 없다는 거죠."

"······."

"또 이런 말도 합니다. 자본주의는 이기적이라고. 하지만 보시다시피 정작 이기적인 건 사회주의죠. 당신은 쎄빠지게 노동력을 공급하고 그들은 당신의 노동력을 바탕으로 어떤 기반을 형성합니다. 그러니까 그걸 누리는 게 누구라는 거죠? 저기 호화로운 궁궐에서 지내는 이들은 대체 누굴까요?"

"······."

말을 못 한다.

당연하겠지.

논리만으로 옳다면 세계는 이미 사회주의에 점령돼 있겠지.

"말이 나온 김에 지금 올바른 정의에 들어가 보겠습니다. 사회주의는 내가 한 번도 만나지 못한, 내가 필요하지도 않고 원하지도 않은 누군가를 위해 대신 대가를 치러야 하는 이론이라는 겁니다. 이게 좋은가요?"

이쯤 하면 알아들었을 거라 생각했는데 대학생은 생각보다 더 깊이 심취해 있었다.

붉어진 얼굴로 반박하였다.

"사회주의엔 적어도 기회의 평등은 있잖습니까?! 같이 이룩한 걸 같이 보상받자는 게 그렇게나 잘못된 것입니까?"

"……."

멈췄으면 사이좋게 끝낼 수 있었는데 주제도 모르고…….

"그렇다면 내가 하나 묻죠."

"물어보세요."

"공장을 하나 짓는다고 보시죠. 적당히 공책 공장이라 치고요. 사장은 청운의 꿈을 품고 공책 공장을 짓습니다. 여기에 필요한 땅을 사야 하고 건물을 올려야 하고 그에 걸맞은 기계도 들여놔야 합니다. 큰 대출을 받게 되겠죠? 그것뿐입니까? 전기세, 수도세 같은 고정비에 공장을 유지하기 위한 유지비, 직원을 고용하면 인건비가 전부 지출로 잡혀요."

"……."

"그 공장 망하면 직원들도 같이 리스크를 나누게 되는 겁니까?"

"그건……."

"망하는 순간 직원은 직장과 급여를 잃게 되지만 사장은 수십억 빚더미에 나앉게 되겠죠. 그건 누가 책임지죠?"

"……."

"고위험 고수익은 기본 상식입니다. IMF 사태 때도 극명히 드러났잖아요. 무너진 중소기업 사장들이 어떤 꼴을 당했는지. 자살한 사람은 또 얼마나 많아요."

"……."

"기회의 평등이요?"

"……."

"웃기는 소리죠. 어느 사회이든 평등은 원칙적으로 없어요. 제도 내에서 평등이 있다 가장하는 것뿐이죠. 그런즉 당연히 기회란 것도 불평등합니다. 아버지가 대통령인 사람과 아닌 사람의 출발 선상이 같을 수는 없잖아요. 저도 마찬가지예요. 저는 음악을 하지만 올림픽 역도 금메달리스트는 될 수 없죠. 음악을 하지만 프리미어리그에는 뛸 수 없어요. 그들이 원하지도 않고 지금 출발한들 거의 불가능하겠죠. 물론 야구할 축구할 태권도할 기회는 주어지지만 선택받는 건 전혀 다른 얘기란 말입니다. 으음, 이렇게 말하니까 왠지 자존심이 상하긴 하는데 아무튼 그렇다는 거죠."

쿠쿠쿡, 방청객 사이에서 웃음이 나왔다.

귀가 빨개지는 것 같다.

모른 척 계속 이어 나갔다.

"국가나 사회에서 말하는 평등이란 도전할 수 있는 평등이에요. 나도 부자가 되고 싶다. 나도 박사가 되고 싶다. 나도 영웅이 되고 싶다. 그러나 영웅은 한 명이죠. 선택받는 건 오직 한 명이란 말입니다. 즉 기회부터 결과까지 모두 불평등하다는 거예요."

"제 말이 그런 겁니다."

"다르죠. 그걸 어디에다 붙여요? 본인이 여태 주장한 건 결과까지 같이 누리자는 거 아니에요?"

"그건……."

"자, 여기에서 특정 집단을 위한 우대 정책을 펴 보죠. 소위 사회적 약자라고 지칭되는 이들에 대한 혜택 말입니다. 이게 과연 옳은 걸까요?"

복지 얘기다.

"도와줘야 할 분들은 도와줘야 하는 게 맞지 않나요?"

"대체로 그런 생각들이 많죠. 하지만 원척적으로 말해 저는 반대하는 입장입니다. 그리고 또 찬성하는 입장이기도 합니다."

"예?!"

"이상한가요? 이 모순되는 상황이 바로 인간 사회라는 거예요. 장애인이나 농어촌 특별 전형으로 대학 진학하는 건 찬성이지만 흑인이나 백인, 황인종이라서 단지 우대받는다면 역차별이 아닌가요?"

"……."

"진짜 평등이 있다면 이 '페이트'란 자리를 누구라도 차지할 수 있어야 합니다. 저기 변호사님 자리도 내일은 다른 사람이 앉아도 되고 저도 내일 당장 식당 설거지를 해야 하는 게 진짜 평등이겠죠. 그것이 국회의원이든 기업 총수이든 대통령이든 장군이든 마찬가지로요. 이게 바로 본인이 바란 결과의 평등이라는 겁니다. 이런 사회가 남아날까요? 어제까지 뭐 했는지도 모를 사람에게 수술받고 싶으세요?"

"……하지만 고통받는 자들을 외면해서는 안 될 겁니다."

"고통에 어떻게 절대값이 있나요? 그것도 상대적이 아닙니까?"

"……"

"제가 드리는 말씀의 핵심은 진짜 사회 정의를 위해 나가려면 '사회 정의'를 가장한 왜곡들에서 자유로워져야 한다는 겁니다."

"진짜 사회 정의라니요?"

"사회 정의는 '정의'와 다른 개념입니다. 오히려 반대편에 가깝죠."

"그게 구분 가능합니까?"

"정의란 내가 어떤 행동을 취했을 때 그에 대한 대가를 받는 겁니다. 간단히 말해 인과응보를 말하죠."

"그럼 사회 정의는요?"

"내가 어떤 행동을 취했을 때의 결과가 내가 속한 사회에 따라 달라지는 걸 말합니다. 집단이익에 따라 천차만별이 되는 거죠. 이게 진짜로 사악한 짓입니다."

"……!"

"우리가 누군가를 판단할 때 내가 속한 집단의 사회 정의에 따라 바뀐다? 그걸 다른 말로 표현하면 나도 그렇게 당할

마이라이프 15

수 있다는 얘기가 아닙니까? 나는 의사가 되고 싶은데 나는 변호사가 되고 싶은데 사회 정의는 시장에서 생선 떨이나 따래요. 그걸 위한 사상? 한마디로 미친 거죠."

"아……."

"그 사회 정의가 가장 잘 표현된 이데올로기가 바로 사회주의입니다. 사회의 이익을 위해 그나마 있던 기회마저 박탈해 버리는 사회. 궁궐에 앉은 누군가에 의해서 말이죠. 이걸 원하세요?"

"……."

"그러니까 자기 것이 아니라고 막 던지면 안 된다는 겁니다. 수십 년 열심히 일해 일궈 놓은 재산을 바치라 해서도 안 되고요. 죽을 둥 살 둥 공부해 취득한 변호사 자격증을 집단이익을 위해 박탈해서도 안 된다는 겁니다."

"……."

수그러든 대학생.

반대편에 있는 이들이 그런 대학생을 비웃었다.

그 사람들에게도 일침을 놨다.

"웃지 마세요. 아프다잖아요. 아프다는 사람에게 그렇게 아프냐? 나도 아프다. 여기 안 아픈 사람 없다. 참아라. 그러면 어떡합니까? 아프면 왜 아픈지 보고 병원에 데려가야죠. 가족한테도 이러실 거예요? 부끄러운 줄 아셔야지요."

사회 정의에 대한 폐해는 비단 상대편에만 널려 있지 않았다.

주변에 눈에 띄는 게 전부가 대체로 그런 식이었다.

평소 누가 봐도 균형적이고 이성적인 사람도 어느 편에만 들어가면 그편을 위해, 그편에 버림받지 않기 위해, 온갖 더러운 짓도, 말도 안 되는 언사도 서슴없이 저지른다.

넌 우리 편이잖아. 우리끼리 힘 합쳐야 해. 우린 깐부잖아.

이 말 하나로 모든 게 용서되는 사회.

그러나 난 이게 얼마나 추악하고 무서운 건지 그리고 어떻게 질기게 늘어져 우리 사회를 좀먹는지 봤다.

"……."

원래대로라면 이 정도에서 끝내고 제작진들만 다 조져 버릴 생각이었다. 나쁜 놈들. 분별도 없이 방송을 이용, 사익을 추구하는 놈들. 분열을 조장하는 놈들 말이다.

하지만 말하는 가운데 그 적용의 범위가 넓어졌다.

이는 분명 방송국 놈들만의 문제가 아니었으니.

"한마디만 더 하죠."

"……."

"……."

"……."

"……."

"언젠가 제가 이런 말을 한 적 있습니다. 교육이란 결국 지역, 사회, 국가의 헤게모니라고. 기억나시는 분 있으십니까?"

"기억납니다. 그때 북한이, 우리 정부가, 자기 권력을 위해 국민을 선동해 왔다고 했습니다."

대학생이었다.

눈빛이 초롱초롱했다.

놀라운 변화.

어떻게 이 짧은 순간 돈에 상처 입은 들짐승을 벗어 냈는지 모르겠지만, 상당히 자유로운 빛을 띠고 있었다.

이렇게도 빨리 변할 수도 있나? 뭐 어쨌든.

"그 말이 잘 와닿지 않으시는 것 같아 예시를 들어 드리려 합니다."

"예."

제일 적극적인 대학생.

다른 참가자들과는 확연히 달라졌다.

가진 게 없어서 더 가볍다는 건가?

"1994년에 일어난 기무치 파동에 대해 기억하시는 분 계십니까?"

"기억합니다. 일본이 우리 김치를 자기 것이라고 주장하고 세계 문화유산에 등재하려던 사건이죠. 그때 한창 언론에서 떠들어서 모르는 분이 없을 겁니다."

"그때 어떻게 결론 났죠?"

"다행히 세계가 우리 한국의 손을 들어 주었습니다. 실제로 일본은 김치를 거의 먹지 않으니까요. 우리 밥상에 늘 올라오는 것과 달리."

"잘 아시는군요. 그럼 요새 자꾸 독도로 시비 거는 이유는 뭐라 생각하시죠?"

미국이 한국의 영토를 확정했음에도 일본은 독도에 대한

야욕은 포기하지 않았다.

본래 이름이 다케시마라 하여 국제 사법부에다 호소, 자기네 땅이라 주장하고 있었다. 미국의 영토 확정은 한국이 잘못된 인식을 심어 준 것에 따른 오류라고.

"그거야…… 독도 수역에 해양 자원이 많아서가 아닙니까? 바다는 온갖 자원의 보고니까요."

"아마도 그렇겠죠. 아주 해박하시군요."

"아, 예."

"그럼 중국에서 시행하는 동북공정도 이해하고 계십니까?"

"동북공정이라면…… 동북공정이요?"

전혀 모른다.

이 시기는 그럴 만도 했다. 2002년부터야 본격적으로 시행하고 2010년경에서야 우리나라도 겨우 심각함을 깨달을 정도로 은밀했으니.

"중국 국경과 그 주변에서 전개된 모든 역사를 중국 역사로 편입시키기 위해 추진하는 활동을 말합니다. 특히나 동북쪽 변경 지역의 역사와 현상에 관한 연구 프로젝트를 가리키죠."

"예?"

아직도 감이 멀다.

"고구려, 발해, 고려, 조선의 역사마저 자기네 것이라 주장할 토대를 만들고 있다고요."

"그게 무슨 말도 안 되는……."

"말이 안 되나요?"

"아니, 그렇지 않습니까? 엄연히 우리나라가 있는데 어째서 전혀 성격이 다른 중국이 우리 문화를……."

"할 수 있죠. 위로 북한이 가로막혀 있잖습니까. 북한은 중국이 아니면 살 수 없고 중국이란 나라는 그보다 더한 짓도 서슴지 않고 할 수 있죠. 머잖아 우리 국악, 우리 한복, 우리 김치도 자기 것이라 하고 우리 민족까지 하나의 족속으로서 중국이라 말할 나라입니다. 그 나라가 지금 서양의 자본으로 엄청난 성장을 이루고 있죠. 바로 우리 옆에서."

"……!"

"……!"

"……!"

"……!"

시선을 돌렸다.

"독도를 다케시마라 자기 땅이라 주장하며 시위하는 이들을 찾아가 물어봤어요. 다케시마를 아느냐? 안다. 언제부터 일본 땅이었냐? 원래부터 일본 땅이다. 그렇다면 그 다케시마는 어디에 있느냐? 뭐라 답했을까요?"

"……?"

"……?"

"……?"

"……?"

"아무도 몰라요. 시위하는 청년이나 나이 지긋한 노인이나 다 물어봐도 다케시마가 어딨는지 모릅니다. 그래서 혹시 몰

라 기무치는 먹어 봤느냐? 물어봤죠. 맛을 표현하는데 뭐라
는지 아십니까? 글쎄, 버터 맛을 얘기합니다."

"……!"

"……!"

"……!"

"……!"

"중국은 다를까요? 동북공정은 다를 것 같습니까? 이런 일
이 대체 왜 일어날까 물어봐도 될까요?"

대학생을 보았다.

"그건……."

자기도 충격인지 머뭇머뭇 대답을 못 한다.

귀엽네.

이런 게 국제 사회란다. 하이에나들의 세계.

"우리 민족이 아주 싫어하는 말 중 하나가 이걸 겁니다. 어!
너 생각 없이 사는구나. 들으면 아주 기분 나쁘죠. 아닌가요?"

다들 자기에게 하는 말인가 싶어 조용해진다.

조금 더 양심 있는 자들은 부끄러운지 고개도 숙인다.

"여러분들을 탓하려 꺼낸 얘기가 아닙니다. 여기에 내포된
의미가 뭔지 물어보고 싶어서예요. 제가 대학생분에게 이런
말을 한다면 듣는 분께선 어떤 감정이 들 것 같습니까?"

"기분 나쁩니다."

"왜 나쁘죠?"

"제 인생을 부정당한 것 같아서요."

"맞아요. 열심히 아주 주체적으로 살았고 또 그리 살 예정인데 아무것도 모르는 상대로부터 부정당한 겁니다. 당연히 '니가 뭔데 나를 판단해?'라는 반발이 먼저 올라오죠. 물론 이 순간에도 여전히 자기 생각 없이 누군가가 지정한 흐름에 따라 사는 인간들도 있겠지만, 대부분이 그리 살아선 안 됨을 본능적으로 알고 있습니다. 그래서 허름한 대포집에 가도 자기만의 개똥철학이 난무하고 나 때는 어쨌느니 꼰대 짓이 성행하죠. 근데 이게 나쁘기만 한 걸까요?"

"아아, 아……니라는 거군요."

"그 꼰대 짓 덕분에! 보편적 상리와 맞지 않으면 바로 저항부터 하는 기질 덕분에! 무엇이든 후딱후딱 빨리빨리 하는 습성 덕분에! 내 배는 곯아도 내 새끼만큼은 죽어도 공부시킨다는 집념 덕분에! 우리 민족이 저 중국과 일본과 다른 삶을 살고 있다면 믿으시겠습니까? 그래서 더 세계 속에 우뚝 설 수 있다는 것을요?"

"……!"

"……!"

"……!"

"……!"

입을 떡.

"20년 안에 한국의 것이 세계의 것이 될 날이 올 겁니다. 아니, 이미 왔어야 함에도 우리의 경제력 때문에 빛을 보지 못한 것뿐이죠. 누가 부강하지 않은 나라의 것을 살펴본답니까? 우리도 그렇지 않습니까? 저 집에 뭔가 있고 돈도 많고 유명하고 그러면 권위를 인정해 주지 않습니까? 세계의 논리도 똑같습니다."

"……."

"……."

"……."

"……."

"지금까지는 동아시아에서 가 볼 만한 나라가 일본밖에 없었다면 이제는 달라질 겁니다. 우리가 부강해질수록 우리의 찬란한 문화가 빛을 볼 것이고 저 지독한 유대인마저 게으름뱅이로 만드는 우리 민족의 우수성을 세계가 알아보게 될 겁니다."

대학생이 손든다.

"정말…… 우리가 그렇게 될 수 있습니까?!"

"믿으세요. 우리 부모님이 우리를 이렇게까지 공부시켰던 이유는 지금보다 더 잘살 거란 확신을 했기 때문이었습니다. 그 향상심을 믿으세요. 남들보다 더 잘하고픈 힘을 믿으세요."

"아아……."

완전히 감복된 대학생은 자기 표정을 완전히 드러냈다.

순수였다. 열정이었다.

이 사회가 저 순수한 열정을 받아 주지 못했기에 삐뚤어진 것이리라.

"이제 정리해 볼까요?"

"아, 예."

약혼 마이라이프 15

"독일에 에리히 프롬이라는 유명한 철학자 아저씨가 있어요. 이 사람이 쓴 책 중에 아주 재밌는 것이 있어 소개해 드리고 싶네요. '자유로부터의 도피'라는 책입니다. 내용을 간단히 설명하자면 어째서 그 선량하던 독일 국민이 히틀러를 맹목적으로 신봉하게 되었고 유대인 학살 같은 악마 같은 짓을 벌이게 됐는지 그 이유에 대해 고민하다 나름대로의 결론을 낸 겁니다."

"책 제목이 '자유로부터의 도피'라고요?"

"예."

메모한다.

"그 책이 유대인 학살에 대한 이유를 다뤘다는 거네요."

"예. 그가 풀이한 유대인 학살의 핵심은 바로 이겁니다. 본래 자기 생각이 없는 사람은 자기에게 주어진 자유가 버거워 늘 어떤 부담감을 안고 살아가게 되는데 이때 누군가가 나타나 설령 그것이 논리나 도덕적으로 맞지 않고 비윤리적이라도 그가 인기를 얻고 다른 사람들도 따르는 것 같으면 자기도 자기 판단을 내려놓고 그냥 그를 따르게 된다는 겁니다."

"예?! 그게 말이 되는 겁니…… 아니군요. 저도 크게 다르지 않았네요. 사회주의의 비합리를 알면서도 맹목적으로 우겼으니까요."

"그 우긴 이유가 명확히 적혀 있어요. 대단한 누군가를 따르며 스스로 수동적인 인간이 되어 감을 발견하면서도 희한하게 불안감이 사라지고 안정된 소속감과 편안함을 느낀다는 겁니다."

"아아……."

"노예화죠. 어쩔 수 없었다. 위에서 시켜서 그랬다. 같은 말로 외면하며 스스로 자기 판단 능력을 마비시키고 누군가가 가르치는 대로 비판 없이 로봇처럼 따르게 되는 것. 결국 독일인은 인류 최악의 결정을 하고 맙니다."

"홀로코스트!"

이곳에 모인 전부가 입을 떡 벌렸다.

반응만 봐도 홀로코스트에 대해서 굳이 더 언급할 필요가 없을 만큼 공감대를 이루고 있었다.

나도 뱃심을 딱 줬다.

연극이 어느덧 절정을 넘어 결말로 가고 있었다.

"이런 걸 집단 최면이라고 부릅니다. 이런 걸 집단의 헤게모니라고도 부릅니다. 앞서 다뤘던 사회 정의라고 부릅니다. 여러분은 이런 상태를 원하시는 겁니까? 우리도 당했지 않습니까? 일본의 제국주의로부터 35년간 피눈물을 흘렸잖아요. 국토가 반으로 댕강 잘렸잖아요. 더 당해야 합니까? 안 되죠. 더는 당하지 말아야죠."

"아아……."

"크으음."

"허어……."

"부디 부탁드립니다. 그 해괴한 집단 최면, 헤게모니, 사회 정의 속에 있으면서 거짓이 진실로 둔갑해 버리는 걸 즐기시는 게 아니라면! 정신 똑바로 차려 주세요."

"……."

"……."

"……."

"……."

"다들 진실을 원하지 않았습니까? 그렇다면 주어진 자유를, 시간을, 남이 아닌 자신을 위해 쓰시길 바랍니다. 어째서 인생을 거짓에 저당잡혀 낭비합니까? 거기에 미래가 있던가요? 그 미래가 본인이 보기에도 아름답던가요?"

"……."

"……."

"……."

"……."

"물론 여기에도 전제가 필요하긴 합니다."

"……전제요?"

"올바른 정보 습득이겠죠. 일본, 중국, 독일처럼 편향되고 날조된 검댕이 잔뜩 묻은 가짜 날림으로 국민을 우롱하고 속이면 되겠습니까? 그 결과가 어떻습니까?"

카메라를 직시했다.

"보십시오. 현재 그 일을 온전히 수행해야 할 언론이, 방송이 순기능을 잃고 날뛰고 있네요. 건방지게. 그 권한을 준 게 누군데 감히 국민을 농락하고 있을까요? 미친 것들이죠. 제대로 된 사실을 알리라 펜대를 쥐여 줬더니 그 펜대로 사익을 추구해요. 자기 입맛대로 정보를 왜곡해요. 당해 본 당사자로서 지금도 그 버릇을 고치지 못하고 못난 꼴을 보이고 있는 것에 통탄을 금치 못하겠습니다. 이놈들부터 때려잡아야 하지 않겠습니까? 시청률 올려서 돈 버는 족속이니 그 돈을 다시 환수해 권한을 준 국민에 돌려줘야지 않겠나요?"

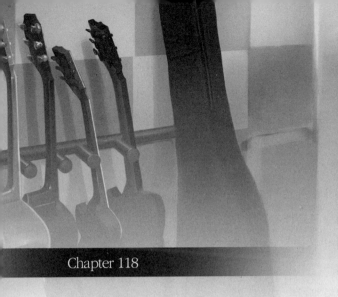

Chapter 118

의도치 않게 진도가 쭉쭉 나가 버리는 바람에 나는 또 사회적 이슈가 되어 한참을 시달려야 했다.

너야말로 그 사회 정의의 정화가 아니냐. 니가 뭘 안다고 마음대로 떠드느냐? 니가 고생을 해 봤냐? 내가 너보다 더 국가와 민족을 위한다 등등.

온갖 쓴소리가 쳐들어왔다. 특히나 내 고향인 경상도 지방에서 반발이 심했는데 이유는 알 수가 없었다.

꼰대 짓 발언이 문제였나?

아닌데. 나는 분명 꼰대 짓을 사회적 자정 작용 차원에서 풀이한 것 같은데…… 도대체 어디가 그렇게 거슬렸을까?

물론 나를 옹호하는 이들은 훨씬 더 많았다.

오랜만에 토론다운 토론을 봤다느니, 우리 사회가 가진 구조적 모순을 제대로 직격했다느니, 대천재답게 명쾌했다느니.

그럴 즈음 미국에서 전화가 왔다.

정홍식이었다.

[하하하하, 또 한 건 하셨다면서요?]

"저도 모르게 흥분해서요."

[이러다 정말 정치하시는 거 아닙니까?]

"예?"

[정치 엘리트 코스를 걷는 느낌이 드는데요.]

"아…… 그래요?"

[크게 받아들이진 마십시오. 세상 삶이란 게 자기 원하는 대로 흘러가진 않는 법이니까요.]

"요새 여러모로 그 얘길 듣긴 하는데 별생각 없어요."

[그러시군요. 그저 논객 정도로 머무실 요량이군요. 허허 허허허.]

"왜 웃으세요?"

[글쎄요. 논객이라. 세상이 그렇게 놔둘까요?]

뜬금없이 전화해서는 자꾸 정치 얘기만 하는지라 얼른 화제를 돌렸다. 안 그래도 괜히 욕먹는 와중인데.

"왜 전화하셨어요?"

[아 참, 2심에서도 승리했습니다.]

"아, 그렇군요."

[당연히 항소했고요. 연방 대법원까지 가게 됐습니다. 이제 최종이죠.]

"슬슬 귀찮아지네요."

[그러십니까?]

"계속 끌고 가는 것도 좋은 모양새가 아니긴 하죠."

[승리해도 상처가 남을 거란 말씀이시군요.]

"연말까지 온전히 사과하고 배상금 납입하는 언론인과 언론사에 대해서만큼은 30% 할인해 준다고 하세요."

[분열을 노리는 겁니까?]

"저들도 이미 알고 있을 거예요. 항소하는 이유도 배상금을 줄이려는 목적일 테고요. 겸사겸사죠."

[좋은 소식이군요. 알겠습니다. 변호인단에게 그리 전달하겠습니다. 기한은 연말까지. 확정합니까?]

"예."

[그럼 이 건은 그렇게 마무리하기로 하고 다음 소식이 있습니다. 사실 이 건은 그냥 넘어가도 될 만한 사소한 건인데 총괄님이 강조하시던 중국 쪽 사업에, 온라인 쇼핑몰 건이라 보고드리려 합니다.]

"그래요?"

[수많은 투자 제의 속에 들어 있는 걸 발견했습니다. 항저우에서 중국 제조업체와 국외의 구매자들을 위한 B2B(기업 대 기업) 쇼핑몰을 운영하겠다는…… 올 3월에 법인 설립이 됐고요. 잭 마라는 사람입니다.]

"잭 마요?"

[예, 회사 이름이…… 알리바바군요.]

"예?!"

[왜 그렇게 놀라십니까?]

아차차!

알리바바라니.

이 큰 건을 두고 딴 데 정신 팔려 있었다.

1999년은 분명 알리바바가 창립한 해다. 살 떨렸다.

"아니요. 그래서 뭐래요?"

[DG 인베스트의 자금이 투자되길 원했습니다. 이 사람도 마화텅처럼 자기 나라를 믿지 못하는 것 같았습니다.]

아마도 소프트뱅크가 아닌 우리 쪽으로 튼 결정적 이유일 것이다.

DG 인베스트의 자금이 들어가는 순간 중국 정부가 터치 못 한다는 것.

"49%를 가져오세요. 1억 달러 걸고."

[그 정도였습니까?]

"10억 인구가 사용하는 쇼핑몰이 될 가능성이에요. 잘 구슬려서 우리 편이 되게 하세요."

[리룽 총리는 어떻게 합니까?]

"다른 걸 줄 거예요."

[알겠습니다. 간단히 넘기려고 한 건인데 생각지 못한 월척이었군요.]

"대표님 눈에 띈 것 자체가 이미 가능성이라는 얘기 아니 겠어요?"

[그렇기도 하군요. 수백 건씩 투자 제의가 들어오긴 하는데 하필 눈에 띄었으니. 근데 B2B 쇼핑몰이 아닙니까? 규모가 작지 않겠습니까?]

"B2C(기업 대 소비자)로 권유하세요. 그래서 큰돈을 투자하는 거라고요."

[역시 그것이었군요. 알겠습니다.]

"다른 건도 있나요?"

[물론 있죠. 실은 이게 제일 중요한 건입니다.]

"뭔가요?"

[중국 국무원 산하 중국석유천연가스공사에서 자회사로 공기업을 하나 만들려는 계획이랍니다.]

"예?!"

순간적으로 숨이 멎을 뻔했다.

중국석유천연가스공사.

중국 내 석유 및 가스 자원에서의 독점적 지위를 누리는 기관에서 공기업을 하나 만든다.

이 시점, 그 기관에서 만들 공기업이라면 하나밖에 없었다.

페트로차이나.

오우, 쉣!

자, 잠깐 진정하자. 진정하자.

아직 결정된 게 아니다.

"그걸 우리에게 꺼낸 건가요? 아님, 우리가 파악한 건가요?"

[당연히 저들이 꺼낸 겁니다. 우리를 콕 집어 던졌습니다.]

"오오오~."

[어떠십니까?]

"황홀하죠."

황홀하다 못해 숨이 멎을 것 같았다.

물론 이 일이 뒷돈 좀 크게 땡겨 달라는 것이라는 것쯤은 나나 정홍식이나 잘 알고 있었다.

세력을 넓히는 데 필요한 돈이 페트로차이나를 바칠 만큼 많이 소요된다는 것이고 그것은 곧 3선을 준비한다는 얘기였다.

"덩어리가 큰 걸 제시했네요."

[한몫 크게 필요했나 봅니다. 그쪽에서도 이 건의 중요성이 얼마인지 알 테니까요.]

그럴 것이다. 고로 이 건도 가타부타 따질 것이 없었다.

상대는 패를 꺼냈고 우린 그 패에 걸맞은 행동을 하면 된다.

"100억 달러 정도면 어떨까요?"

순수하게 그들 주머니에만 들어갈 돈의 규모다.

페트로차이나 지분 참여에 필요한 돈은 별개.

[그 정도면 흡족할 겁니다.]

"진행해 보세요."

[알겠습니다. 최대한 뽑아 보겠습니다.]

웬일인지 전화를 끊고 나서도 흥분이 가시지 않았다.

페트로차이나라니.

2019년 기준 연간 실적 3,495억 달러의 초거대 공룡기업이 눈앞에 아른거렸다. 이때 로열 더치 쉘의 매출액이 약 3,500억 달러라고 했는데.

엔비디아가 잘나갈 때도 시가 총액이 2,000억 달러였다. 유명한 알리바바도 4,500억 달러 정도.

헌데 매출이 3,500억 달러다.

자원 산업이 이렇게 무섭다는 얘기다.

중국이 세운 기업의 특성상 중국 내에서만 압도적인 장악력을 기록하는 단점이 있다지만 그따위 것이 무에 대수일까. 무럭무럭 자라 엄청난 돈을 바칠 텐데.

"알리바바도 먹고 페트로차이나도 먹고 아주 배가 부르네."

희한했다.

나는 원래 중국 쪽은 들여다볼 생각조차 안 했다.

워낙에 복잡하고 이권이 얽혀 있는 나라라 파고드는 것 자체가 고역 같아서 과감히 포기하고 전혀 관계없는 삶을 살았는데.

어느 날 홀연히 날아와 나에게 안착하더니 이런 대박을 선사한다.

따지고 보면 한국의 IMF 조기 졸업도 중국의 도움이 컸다. 중국으로 인해 대출받는 데 수월했으니까.

"인생지사 새옹지마라더니. 알 수가 없어."

시간은 빠르게 흘렀다.

김대준에게 찍힌 대운그룹은 완전히 박살 났고 해외 도피하려던 김 회장님은 공항에서 잡혀 끌려가고 계열사들은 자근자근 쪼개져 다른 그룹사에 분배되고……. 가혹하리만한 처사에도 국민은 오히려 정부를 칭찬했다.

파헤친 대운그룹엔 해외 시장을 개척한 역군은 없었고 오로지 돈만 좇은 도둑놈만 있었기 때문이었다.

군 개혁도 정상적으로 돌아갔고 사법 개혁도 물살을 탔다. 정치가 여전히 바리케이드를 치고 있다지만 미국풍 바람 한 번이면 쓸려 나갈 테고.

그사이 알리바바의 지분 49%를 획득했다.

페트로차이나는 지분을 30%나 획득했다. 오우, 굿!

정통부가 올해 국내 인터넷 이용 인구가 700만을 찍었다는 발표를 하였다. 700만이 한 달에 3만 원씩이면 얼마냐?

후덜덜.

낙엽이 지고 차가운 공기에 옷깃을 여밀 즈음 미국에서도 낭보가 울렸다.

페이트 스캔들에 관련된 대부분의 언론사가 30% 할인을 환영하며 배상금을 입금한 것이다. 더는 우리도 힘들다고.

이것만 615억 달러란다.

입금 확인 즉시 소를 취소하였고 시위하던 민들레도 그들 앞에서 사라졌다고 한다.

남은 애들도 시간문제였다. 아직 기한이 남았으니 결국 대세를 따를 거라는 변호인단의 언질이 왔다.

나는 이 돈 중 500억 달러를 씨티은행 대출을 갚는 데 쓰고 남은 돈 중 변호사 수임료를 제외한 전부를 에릭 클랜튼이 중점적으로 활동하는 In Heaven에 기금으로 넣어 사회사업에 활용하게끔 조치하였다.

그리고 당당히 미국으로 날아가 승리를 외쳤다.

이 기쁨을 민들레와 나누겠다 말하며 LA와 뉴욕 두 군데에서 스타디움을 빌려 무료 콘서트를 각 3일간 단행했고 몰려든 수십만의 인파와 함께 승리의 기쁨을 나눴다.

이것도 부족해 워싱턴 D.C. 국회의사당 앞마당을 빌려 다시 3일간 앙코르 콘서트를 열었고.

가히 엄청난 비용이 발생했다지만.

이를 또 언론이 조목조목 다루며 얼마 썼는지 알리는 데다 무엇보다 민들레가 만족하니 마냥 좋았다.

써 봤자 얼마나 나갔을까? 제까짓 게 100억 달러 넘겠나?

이후에도 한국으로 돌아가지 않고 Feliz Navidad와 All I Want for Christmas Is You가 반복적으로 흘러나오는 크리스마스를 뉴욕의 친구들과 지낸 후 새천년을 맞이했다.

21세기와 '새천년'은 2001년부터지만, 맨 앞자리가 바뀌는 것이 상징적이라 이때는 오늘을 '21세기의 시작' 혹은 '새천년'이라고 불렀다.

재밌었다.

불꽃놀이가 펼쳐지는 뉴욕 타임스퀘어 앞은 거의 광란이

었고 괜히 서 있다가 키스 봉변(?)을 당하는 이들을 보며 괜히 나도 저기 나가서 서 있을까란 신세기적 정신 착란을 일으켜 보기도 하고 아주 뜨겁고 화려한 새해를 맞이했다.

마치 나의 절정을 바라보듯.

마치 내 삶의 무대를 바라보듯.

희한한 감정이 들었다.

"어쩌면 이번이 마지막일 수도 있겠어……."

그래서 오필승 그룹 소속 아티스트들을 전부 불렀다.

막내 가수부터 조용길까지, 작곡가, 작사가, 프로듀서 할 것 없이 전부 불러 나의 마지막을 함께하려 하였다.

이제는 당연한 것이 당연하지 않게 될 테니 이곳 무대에서의 경험이 그들에게 어떤 씨앗이 되길 열망했다.

수십 명이 우르르 몰려다니는 진풍경이라.

1월 27일 LA 슈라인 오디토리엄에서 열리는 제27회 아메리칸 뮤직 어워드에 전부 출연해 피날레를 장식했다.

세계적 아티스트들 사이에 자리하였고 그들을 압도하는 페이트의 위상을 보여 줬다.

이게 끝이 아니었다.

그들 전부를 데리고 마이크로소프트사를 견학시켰고 이제는 글로벌 기업으로서 위상이 생긴 스타번스도 느끼게 해 줬다. GPU 업계에서 톱으로 자리 잡은 엔비디아를 보여 줬고 구글의 신세계를 누리게 해 줬다.

스탠퍼드 대학에도 데려가 세계 최고의 인재들이 어떤 환

경에서 공부하는지도 봤고 라스베이거스의 열기도 느끼게
해 줬다.

LA 한인타운에도 들렀다. LA 사태 이후 자경단이 지키는
한인타운은 조폭도 없고 범죄자도 거의 없는 깨끗한 거리가
되었고 햄버거부터 최고급 스테이크까지 즐기며 2월 23일에
열리는 제42회 그래미 어워드를 기다렸다.

"다들 어때요?"

"큰 경험입니다. 한 달 넘게 최고급 코스로 견학하고 있지
않습니까? 그동안 총괄님이 닦아 온 길을 말이죠."

"얻어 가는 게 최대한 많았으면 좋겠어요."

"모두 알고 있을 겁니다. 따로 말은 안 하지만 이번 출장에
는 여러 가지 의미가 담겨 있는 걸."

김연도 많이 늙었다.

아니, 오필승의 모든 식구가 그랬다.

내가 자라 장성한 만큼 다른 이들은 늙었…… 아니구나.
성장하였다고 표현하는 게 좋겠다. 한층 더 노련해졌고 더 단
단해졌으니.

그렇게 보는 게 맞을 것이다.

애써 젊은 척하지 않고 괜한 무리수도 두지 않으면서 받아
들여야 하는 것에는 민감하게 반응하고 움직인다.

이들은 10년 전과 비교해 변하지 않았고 여전히 왕성한 활
동을 한다.

단지 겉모습이 이전과 같지 않다고 애석하게 바라보는 건

실례였다. 이들은 충분히 강했다.

"돌아보면 참으로 다사다난했네요."

"섭섭하지 않으십니까?"

"섭섭하죠. 왜 안 그러겠어요?"

"……그렇군요."

"그래도 10집이면 제법 까분 거 아닌가요?"

웃었다.

김연도 웃는다.

"맞습니다. 제가 인정합니다."

"대표님이 인정해 주시니 마음이 든든한데요."

"저도 그렇……."

똑똑똑.

문을 빼꼼 열고 정은희가 고개를 내밀었다.

둘 중 한 명은 그룹을 지켜야 한다는 명목하에 가위바위보로 도종민을 누른 정은희가 이번 기행 내내 나를 수발들었다. 덕분에 아주 절제된 삶을 강제로 사는 중. 건강식만 챙기면서.

쩝, 도종민은 가위바위보도 못해.

"손님이 찾아왔습니다. 제이진이라고."

"아~."

"제이진이라면 총괄님이 뉴욕의 왕이라 부르는 사람 아닙니까?"

"미국에 올 때마다 만나는 편이죠."

고개를 끄덕이자 제이진이 들어왔다.

"헤이, 친구. 잘 있었어?"

"너도 잘 있었어? 1년 만에 보네. 멋진데."

"같이 타임스퀘어 구경했으면서."

해가 지났으니까.

뭐 어쨌든 내가 아래위를 훑으며 패션을 칭찬하자 제이진은 어깨를 으쓱하며 좋아했다.

"힘 좀 줬지. 하하하하하, 여기에서 그래미 기다린다며?"

"응, 우리 식구들 보여 주려고."

"멋져. 나도 너처럼 되고 싶다."

"너도 할 수 있어. 뉴욕의 왕이잖아."

"아니야. 요즘 에미넴에게 완전 밀렸어. 걔는 사실 언터처블이야."

"아니야. 나에게는 네가 유일한 뉴욕의 왕이야."

"그래?"

반색한다.

손을 내밀었다.

"어서 꺼내 봐. 뉴욕의 왕다운 자태를 내게 보이란 말이야."

"역시. 페이트."

그가 꺼내는 CD엔 The Blueprint란 제목이 쓰여 있었다.

흐뭇했다.

저번의 충고가 헛되지 않았다.

그나저나 1년이나 빨리 나왔네. 내용은 어쩔까나?

"들어 볼까?"

"좋지."

좋았다.

구성은 원 앨범과 달라졌지만 들어 있어야 할 건 다 들어 있었다.

"Takeover 괜찮네."

"그래? 나도 미는 곡이야."

"이외 Heart of the City (Ain't No Love), Song Cry, Girls, Girls, Girls, Izzo (H.O.V.A)도 좋아. 죄다 싱글로 내도 될 만큼."

"정말이야?!"

"넬리의 클럽튠 혹은 에미넴의 싸이코틱한 바이브와 맞지 않는 사람들에게 완벽하게 어필하겠어. 굿."

"오오오~."

"제목 그대로 21세기 힙합의 청사진이 될 것 같은데."

실제로 The Blueprint 이후 힙합 역사의 전개가 달라진다.

"그 정도야?!"

"날 믿어?"

"믿어."

"그럼 믿어."

"아아……."

"다만!"

움찔.

"한 곡만 더 넣자."

"어떤……?"

"뉴욕의 왕다운 곡이 없네."

"뉴욕의 왕다운?"

"뭔가 더 제이진스러운 곡이 필요해. 물론 이것만도 다른 래퍼들을 압도할 건데 나로선 조금 부족한 감이 있어."

"아……."

생각나는 곡이 있었다.

안 그래도 곡을 주기로 한 약속을 못 지켜 찝찝하던 차였는데 잘됐다.

호텔에 얘기해 라운지 피아노를 잠시 빌렸다.

동양인 수십 명이 우르르 나타나자 다들 뭔가 하고 쳐다봤다가 내가 가운데 있는 걸 발견한 누군가가 소리쳤다.

"페이트다!"

호텔 라운지에 있는 모든 사람이 우르르 몰려들었다.

웅성웅성.

뭘 하나 보다 호기심 넘치게 쳐다보던 이들은 내가 조용히 피아노에 앉자 환호를 질렀다. 특히나 옆은 주가를 한창 올리는 제이진이 붙어 있었다.

카메라 플래시가 터지고 그러든 말든.

"해 볼까?"

"뭐야? 지금 만드는 거야?"

"그럼? 온 김에 해야지."

"아…… 알았어."

"잘 들어 봐."

피아노로 리듬을 맞췄다.

탁탁탁탁.

전조를 거치자마자 툭 튀어나오는 나의 랩에 제이진은 물론 주변 모두가 깜짝 놀랐다. 중간중간 멈췄다가 '이 음은 안 좋아' 하며 고치고 가사도 그렇게 수정해 가다 또 박미견을 불러 코러스를 부탁했다.

뉴욕~ 뉴욕, Now you're in New York.

순식간에 뚝딱 한 곡을 완성시키는 걸 본…… 그제야 지금의 퍼포먼스가 페이트의 작곡 과정인 걸 알아차린 사람들은 크게 환호했다.

Empire State of Mind이었다. 2009년 10월에 발매되는 제이진의 역작.

세상에 나오자마자 뉴욕의 행사란 행사는 전부 다 휩쓸어 버린 복덩이.

원곡은 비록 전주에 등장하는 강렬한 비트와 피아노 코드를 1970년에 발표한 The Moments의 Love on a Two-Way Street에서 샘플링하였지만 내 것은 달랐다.

하등 문제가 없는 새로운 곡.

제이진을 보았다.

"어때?"

"……."

말을 못 한다.

살짝 심술이나 부려 볼까?

"마음에 안 들어? 뺄까?"

"아, 아니, 이게 내 거야?! 정말 내 거지?!"

서둘러 막는다.

"그럼 뉴욕의 왕을 위한 곡인데."

"아아, 너무 좋아. 최고야."

"너도 이렇게 만들 수 있어."

"그럴 거야. 그렇게."

"아 참, 코러스는 엘리샤 키스란 사람을 찾아봐. 맨인블랙 OST에 참여했어."

"엘리샤 키스, 맨인블랙."

즉시 이름을 적는다.

"못 찾으면 여기 박미견 씨가 해 줄 거야."

"알았어. 고마워."

당장에라도 일어날 듯 들썩거리건만 제이진은 망설였다.

"왜?"

"정말 이번 앨범에 넣어도 돼?"

"니 곡이야. 니가 알아서 해."

"아아, 됐어. 드디어 완성했어."

만족하는 제이진을 두고 주변을 돌아보았다. 기백 명의 사람들이 나만 쳐다보고 있었다.

오필승 아티스트들에게 말했다.

"그냥 돌아가면 섭섭해할 것 같은데. 어떠세요?"

"준비할까?"

조용길이 알아듣고 대답한다.

"두 시간만 하죠."

"오케이, 다들 장비 챙겨 와."

이십 명의 사람들이 또 우르르 나가니 사람들은 어리둥절.

내가 나서서 설명해 줬다.

"허락해 주신다면 공연을 잠깐 해 볼까 하는데 어떠세요?"

"……?"

"……?"

"……?"

"……이 자리에서 공연하신다는 거예요?"

가장 가까이에 있던 여성이 되물었다.

"그럼요. 지금 장비 가지러 갔어요. 다만 한 사람이라도 반
대하신다면 저희는 돌아가겠습니다. 어떻게 하시겠어요?"

"당연히 허락하죠. 페이트 공연을 이렇게 가까이에서 볼
수 있다는데. 다들 안 그러세요?"

"나는 좋아요."

"나도 좋아요."

"나도 페이트 공연 보고 싶었어요."

"나도 콜."

분위기가 들끓을 때 호텔 지배인이 나타나 관련한 제반 처
리를 해 주었고 세팅도 완료.

공연이 시작되었다.

조용길의 Viva La Vida를 시작으로 프랑스 유학 중인 나윤

설만 뺀 10집 전곡이 무대에 올랐다.

난데없는 공연에 사람들은 더더욱 몰려들었고 늦게 온 이들일수록 제발 한 곡만 더 부탁하며 울었다. 그렇게 해 주다 보니 당초 예상한 두 시간을 훌쩍 뛰어넘어서 한 시간 더 또 한 시간 더.

총 네 시간의 공연을 벌이며 또 하나의 전설을 만들었다.

나의 기행이 언론에 알려지는 건 시간문제였다.

다음 날 LA타임즈에서 나는 수백의…… 군중 속에서 미니 콘서트를 여는 내 모습을 찾아볼 수 있었다.

특히나 작곡 영상이 대박 히트를 쳤는데.

소문으로만 은밀히 전해지던 이야기가 진짜라는 사실에 또 그 곡의 주인공이 동부 힙합의 거물이라는 제이진이라는 사실에 사람들은 기함을 터트렸다.

"제가 제이진이라면 당장에 앨범을 발표할 것 같은데요."

"그렇죠. 아마도 그럴 거예요. 모처럼 언론의 집중 조명을 받았잖아요."

"좋겠습니다. 민들레마저 제이진의 음반에 관심을 가졌으니 말이죠."

이 일로 제이진의 The Blueprint가 더 널리 알려지게 된다.

가까운 훗날에.

"원래 유명해질수록 짊어지는 짐이 무거워지기 마련이죠."

"저로서는 일부만 공감할 수 있는 말씀이시군요."

"아니에요. 대표님도 이미 겪고 있으세요. 워낙에 그릇이 커서 쉬이 감당하셔서 그렇죠."

"절 너무 높게 봐주시는 게 아니십니까?"

"합당하게 보고 있습니다."

"으음, 여기에 더 있다간 너무 높게 날 것 같습니다. 이제 출발하겠습니다."

김연이 외투를 차린다.

"다른 분들은 다 준비됐나요?"

"총괄님만 나오시면 됩니다."

"제가 꼴찌인가 보네요."

함께 피식거린 우리는 호텔을 나섰다.

1층 라운지엔 수십 명의 동료와 그들을 구경하러 온 사람들, 취재하러 온 기자들로 꽉 차 있었다.

내가 나타나자마자 우르르 달려와 셔터를 눌러 댔고 뭐라 소리치는 이들에 바짝 긴장한 경호원들이 서둘러 인간 바리케이드를 쳤다. 통로를 겨우 마련했다.

잠시 인터뷰라도 할 짬이었지만, 사람들이 너무 몰려 위험하다는 조언에 NARAS가 보내 준 세 대의 리무진 버스에 탑승했고 LA 스테이플스 센터로 향했다.

오늘은 제42회 그래미 어워드가 열리는 날이다.

수천일지 수만일지 모를 숫자가 운집한 공간이 나를 기다렸고 채 20분이 걸리지 않아 도착했다.

나의 도착을 알리자마자 Viva La Vida가 울려 퍼지며 시선을 주목시켰고 민들레들은 이런 나를 맞이하며 노래를 따라 불렀다. 노란 주단을 깔듯 내 앞길에 민들레를 뿌렸다.

나는 언제나처럼 서슴없이 노란 길을 밟았고 민들레 영토로 들어갔다. 어느새 샛노란 컬러가 트레이드마크가 된 그들을 거침없이 포옹하였다.

한참을 안아 주고 있는데 누군가가 내 머리에 무언가를 씌워 주는 게 느껴졌다. 등에는 벨벳 재질의 두꺼운 망토를 둘러 주었다.

왕관이었다. 왕의 로브였다.

마치 처음부터 그리 짰다는 듯 민들레가 반 무릎을 꿇기 시작했고 잔잔한 호수 위 떨어진 파문처럼 그 물결이 조용히 번져 나갔다.

나를 중심으로 원이 그려졌다. 모든 게 정지된 것 같은 착각이 들 만큼 엄숙했다.

민들레가 길을 열었다.

어서 오라는 손짓처럼 열리는 길을 따라 걸었다.

그 길은 LA 스테이플스 센터 메인 홀로 향해 있었고 나의 입장과 동시에 그래미 어워드가 시작을 알리는 포문을 울렸다.

나는 왕관과 왕의 로브를 벗지 않았다.

그 모습이 카메라에 찍혀 전 세계로 퍼져 나갔다.

등장하자마자 모든 이목을 집중시킨 우리는 축하 공연마

저 휩쓸며 그래미 어워드를 안방 한국에서 촬영하는 것처럼 주도했고 7개 부문에서 상을 탔다.

페이트의 이름이 연신 올라갔다.

모두가 환호하였다.

이왕지사 시작된 왕의 퍼포먼스를 위해서라도 나는 꿈쩍 않고 오시하듯 주변을 지켜보았다. 그렇게 나의 마지막 그래미를 기억에 담으려 했다.

꿈결 같은 시간이었다.

남은 건 제너럴 필드 발표.

신인상으로 작년 Genie in a Bottle로 데뷔하고 미국에서만 900만 장의 판매고를 올린 크리스티나 아길레라가 받았다. 가까이에서 보니 더 바비 인형같이 생겼다. 앙증맞고 어디로 튈지 모를 매력쟁이.

그럼에도 불구하고 나는 Viva La Vida 뮤직비디오처럼 끝까지 장엄한 표정으로 앉아 있길 원했으나 나도 어쩔 수 없이 무대에 올라야 했다. 시상 때문이다.

작년도 수상자니까.

왕으로서 왕의 홀을 다음 수상자에게 전달해 줄 의무가 있었으니.

그러나 Song of the Year, Record of the Year 연속으로 시상과 수상을 같이 하는 장면을 연출했다.

마지막 Album of the Year.

"수상은 음…… 페이트 Viva la Vida입니다."

다들 그럴 줄 알고 있었다는 듯 환호가 일었다.

나도 좀 멋쩍었다.

다시는 안 올 무대라 각오하고 왔더니 시상을 위해서라도 내년에 또 와야 한다는 사실이 나를 더 부끄럽게 하였다.

머리를 긁적이고 있는데.

갑자기 암전되며 전면 큰 화면에 어떤 영상이 떴다.

거기엔 내 어릴 적 모습이 나오고 있었다.

88년 나의 첫 그래미.

5집 : frontier로 세계 최연소 4개 부문 싹쓸이의 기염을 토할 때 말이다.

12살의 내가 담담한 표정으로 영감에 대해 이야기하는…… 수없이 날아다니는 민들레를 상상하며 공간을 응시하는 모습이 내 눈을 스쳤다. 이곳에 모인 모든 이들의 심장을 스쳤다.

"오오오오~."

"너무 아름다워."

"페이트……."

"멋져."

감격스러웠다.

이뿐만이 아니었다. 작년까지 그래미와 함께한 모든 장면이 편집되어 나의 성장과 변천사가 있는 그대로 담백하게 흘러갔다.

그리고 마지막으로 화면이 꺼지며 지금 현재 무대에 올라 있는 내 모습이 비쳤다. 왕관과 왕의 로브를 쓰고 있는 나. 화면을 바라보며 생각에 잠긴 페이트가 나타났다.

일순 LA 스테이플스 센터 메인 홀에 정적이 흘렀다.

스포트라이트가 켜지며 오로지 나만 밝혔다.

아무것도 보이지 않는 공간 속 홀로 서 있는 나.

어둠 속 홀로 빛나는 왕.

이는 분명 날 위한 선물이었다.

그동안 함께해 준 것에 대한 고마움을 표현한 그래미 측의 성의.

도저히 입을 열지 않을 수가 없었다.

"오늘은 참으로 여러 가지 기분을 맛보는 날이군요. 헤어짐의 애석함과 공허함을 채 다 지우기도 전에 제가 그동안 어떤 사랑을 받아 왔는지, 그 사랑의 위대함이 얼마나 숭고한 것인지에 대해 깨달음을 전해 받습니다. 감당하기 어려운 거대한 열망이었음을요. 그것이 저를 안아 들어 키웠음을 인지합니다. 그리하여 제가 지금까지 살아남 수 있었다는 것도요. 또 이렇게 잘살고 있음을 확신하게 됩니다. 여러분 감사합니다. 이 순간 제가 받은 사랑보다 더 많은 것으로 갚아야 함을 절실히 느낍니다. 이 자리에서 조심히 다짐해 보겠습니다. 지금까지 주신 대로 먹으며 이만큼 자란 저이기에 앞으로의 삶은 갚으며 살 수 있길…… 가만히 담담히 전심을 다해 기도해 봅니다. 비록 페이트 앨범은 여기에서 멈추지만, 저는 제가 살아 있는 한 제게 주어질 사명을 다하기 위해 최선으로 움직이겠습니다. 그것이 무엇이든 정도에서 벗어나지 않겠으며 저변에 항상 여러분이 있음을 기억할 겁니다. 감사합니다. 여러분이야말로 이 시대의 왕이십니다."

추신.

"아 참, 잊을 뻔했군요. 부족한 자의 마지막 가는 길을 이렇게나 은혜롭게 밝혀 주신 그래미 측에도 무한한 감사를 표합니다. Thank you so much."

엄청난 반향이 일었다.

왕관과 왕의 로브를 쓰고 나온 내 복식에 대해 잠시 말이 돌긴 했지만 출발할 때부터 도착할 때까지 또 민들레가 직접 그걸 씌워 주는 장면이 뉴스를 타며 불식되었고 완전히 묻혔다.

이런 일이 한두 번이 아니잖나. 전에는 키스 세례가 고스란히 담긴 복색으로 참가하기도 했고.

물론 이도 태생부터가 비틀린 인생에는 곱게 보이지 않겠지만, 절대다수가 지지하는 판에 들릴 만한 목소리는 아니었다.

실로 해일과 같은 인터뷰 요청과 행사 제의가 들어왔다. 제발 우리 프로그램에 한 번만 출연해 달라고 사정하는 목소리들이 주변을 에워쌌다.

노, 노, 노……

다 거절하고 간만에 들어온 백악관 초청에만 응했다.

워싱턴 D.C.로 슝.

화합의 상징으로서 나는 미국의 대통령이 바라는 대로 조지가 이끄는 의전 행사를 묵묵히 수행했고 겨우 집무실에 들어갈 수 있었다.

단둘만의 독대. 조지가 겨우 허리를 펴며 의자에 기댄다.

"아이고, 힘들다. 너도 수고했어."

"응."

"이제 정말 끝이네. 앨범 작업은 더 이상 안 할 셈이야?"

"끝이야."

"그나저나 너도 참 대단하다. 어떻게 미국 국민이 자기들 대통령보다 널 좋아하냐?"

"너희가 잘하면 안 그랬겠지."

"……."

이 정도는 알아차린다는 건지 표정이 굳는다.

강하게 나갔다.

"왜?"

"아직도 날이 서 있어?"

"아니야. 이해하고 있어."

"날 이해해?"

"너도 미국인이잖아."

"……."

미국인이 미국을 위하겠다는 데 더 무슨 말을 할까?

이는 사회도 가정도 같은 원리로서 포함되는 일이라 강제할 수 없었다.

하지만 그렇다고 전부를 양보할 순 없을 노릇이었다.

조지가 미국인이듯 나는 한국인이니까.

"덮기로 했으면 그에 대한 반대급부도 얻었을 텐데 아마도 중요한 법안 몇 개와 맞바꿨겠지?"

"……!"

"그래서 너만 계속 배부를 거야?"

내놔라.

"하아……. 못 당하겠네. 내 머릿속에 들어왔다 나간 거냐?"

"내가 네 머릿속에 왜 들어가? 상식적으로 판단한 거야. 준비 안 해 놨어?"

"해 놨지."

"날 부르길래 그럴 거라 생각했어."

"흠……. 서프라이즈가 안 되네. 너무 똑똑해도 김이 새는 면이 있어."

니가 너무 부족한 거 아니냐고 한마디 쏘아붙이려다 참았다.

지금은 중요한 순간이니까.

"그래, 어떤 걸 줄 건데?"

"미사일 지침 풀어 줄게."

"전부?"

"응."

"……."

"……."

"……설마 그거로 끝내자고?"

"미사일 지침을 없애 준 거잖아."

"사거리 3,000km, 탄두 제한 삭제, 고체 연료 가능이면 사실상 미사일 지침이 사라진 거나 마찬가지야. 다 된 거로 생색내지 마."

시선이 중간에서 마주쳤다.

한참을 버티던 조지는 결국 틀었다.

"안 통하네."

"내가 누구라고 생각해?"

"알았어. 알았어. 네가 해 달라는 거 다 해 줄게. 됐지?"

"미국 임의대로 전쟁 수행할 수 있다는 규정부터 수정하고 전작권 환수 기한을 정해 줘."

"알았어. 그리고?"

"슈퍼 301조 빨리 치우고, 미사일 지침도 빨리 해제해."

"후우⋯⋯."

한숨을 푹 쉰다.

이번엔 설득이다.

"내가 전부 바꾸자는 게 아니잖아. 핵무기 개발에 들어가겠다는 것도 아니고 그렇잖아. 여기 어디에 미국의 이익과 부딪치는 게 있어?"

"⋯⋯."

"상식적인 선에서 좀 가자. 조지는 아직도 한국이 Give me Chocolate 하던 때 같아?"

"아니야. 한국은 미국의 중요한 동맹이지."

"세계 어떤 나라도 이렇게 이상한 동맹이 없지. 안 그래?"

"알았어. 알았어. 한국 정부와 협의하면 되지?"

"세세한 것만. 큰 틀은 여기에서 정하고."

"네가 전권대사라도 되는 거야?"

"지금 당장 청와대에 전화해 볼까?"

"크음…… 방금 너 내가 전화 걸었음 전화세도 받으려고 했지?"

"이제야 나를 좀 아네."

"쳇, 알았어. 미리 말하는데, 이거 참모진이랑 다 얘기된 거다. 네가 뭐래서 움직이는 게 아니라고."

"나도 알아."

"안다고?"

"네가 생색내거나 딜하려고 일부러 뜸 들인 거 아냐?"

"……."

"더 해?"

"아니야. 이제 끝난 거지?"

"한 가지 더 있어. 내 용무."

"으응? 끝난 거 아니었어?"

"그건 국가 간 거래고 나도 개인적으로 부탁할 게 좀 있어."

"뭔데?"

"방산업체를 하나 세워 볼까 계획 중이야."

"방산업체를? 네가?"

"왜? 안 돼?"

"아니, 왜 갑자기?"

"그보다 신형 라이센스를 줄 수 있어?"

"신생 업체한테? 신형 라이센스를?"

"응."

"그건 어려워."

"어려워?"

"어려워. 아무리 나라도 그건 못 건드려. 잘못 건드렸다간 다 끝장난다고."

"쳇. 알았어. 대신 구형 무기는 가능하지?"

"생산은 아닐 테고. 연구하려고?"

"최소한 정비는 할 줄은 알아야 할 거 아니야. 이것마저 방해하면 적대적 M&A로 돌아설 수밖에 없다고. 보잉을 망가뜨릴까? 아님, 록히드 마틴을 부술까?"

"뭐라고?"

"대충 만들고 유지비 받아 가며 그 돈으로 개량하는 쓰레기들이잖아. 무슨 유지비가 새로 사는 것보다 몇 배나 더 비싸냐?"

"……."

"한국에 2급 열어 줬잖아. 나도 2급 정도는 처리할 권한을 줘. 몰래 할 수 있는 건데도 조지를 믿고 부탁하는 거야."

"하아……. 정말 그렇게 꼭 아슬아슬하게 가야겠냐?"

"난 할 거야."

"말려도?"

"응."

"어휴~ 널 누가 말리냐. 다만 이 건은 아버지한테 물어볼 거야. 기다려."

"믿을게."

"대신."

검지를 자기 입에 가져다 댄다.

미국이 전쟁 일으킬 뻔한 걸 묻으란 얘기였다.

웃어 주었다.

"일부터 처리해. 넌 우리가 일본인 줄 아냐?"

과거의 얘기였다.

이미 벌어진 일.

분통은 올라왔지만. 지나 버린…… 되돌릴 수도 없는 일.

전쟁도 벌어지지 않았고 그걸 제물로 민족의 앞길을 조금 더 건설적인 방향으로 열 수 있다면 마땅히 이용하는 게 좋다고 생각했다.

발설한다면야 속은 시원해지고 미국의 대외 외교 정책에 엄청난 타격을 줄 수 있겠지만 그래서 무엇을 얻을 수 있을까?

'오히려 두고두고 미국의 보복을 받게 되겠지.'

한국으로 돌아가기로 했다.

지난 반년간의 떠돌이 생활을 청산하고 조지가 내준 에어 포스원 아류를 탔다. 이번엔 인원과 장비가 너무 많아 두 대

전부 동원하여 오산 공군기지를 향해 날아갔다.

물론 미국에서 뜨기 전 IT 시장에서 빠져나오란 경고도 다시 해 줬다. 세계 무역 빌딩에서 빠져나오라는 것도. 두 번이나 해 줬으니 면피는 확실히 됐겠지.

에어포스원 아류 두 대를 전부 동원해 준 조지에게도 예의상 만류의 한마디 정도는 해 줬다.

너무 무리하는 거 아냐?

응, 아니야. 얘들도 기계라 한 번씩 날아 줘야 성능 유지에 좋아.

오케이. 그렇게 한국으로 슝.

아주 오랜만에 고국의 땅에 발을 디디는 것 같은 감격의 순간 내게 제일 먼저 다가온 건 아주 기특한 소식이었다.

일본의 다케시마 도발에 맞서 독도 수호대가 발족했다고 한다.

현판을 단 순간부터 독도의 날(대한제국칙령 제정일 10월 25일)을 국가 기념일로 제정하기 위해 국회 청원, 1,000만 서명 운동에 돌입하고 또 2004년 최초로 독도 물골 수질 검사를 시행해 부실한 관리 정책을 개선하기도 한…… 세계에 잘못 알려진 독도와 동해 정보를 바로잡기 위해 노력하고 일본인을 위한 일본어 홈페이지 운영, 자료집 발행과 일본 현지 배포 등을 하는 아주 어여쁜 단체가 드디어 싹을 띄웠다.

청와대에 들어가 미국과의 교섭이 잘 끝났음을 알리자마자 나오는 길에 기분 좋은 마음을 가릴 길이 없어 활동 자금으로 매년 5억씩 기탁하겠다는 공문을 보냈다. 한번 제대로 해 보라고.

거슬리는 소식도 있었다.

대한 의사 협회가 사회적 준비가 안 됐음을 이유로 의약 분업 철회를 요구하며 30일부터 무기한 휴진키로 결의하였다고. 국가 의료 체계를 볼모로 밥그릇 싸움을 하겠다고 한다.

그러려니 했다.

근래 들어 의사의 위상이 많이 낮아지긴 했으니까. 60년대 70년대만 해도 의사 앞에선 '선생님, 선생님'하며 무조건 허리부터 굽실거리던 시절을 겪은 이들이라면 조금만 어긋나도 멱살부터 잡는 사람들의 등장은 충격일 만했다. 이렇게 앙탈 부리는 것도 결국 여유가 사라진 데서 나오는 부작용이라 생각했다.

그리고 또 러시아에선 블라디미르 푸틴이 당선되었다는 소식이 들렸다.

한 번도 만난 적 없고 만날 일 없을 것 같은 사람이지만 축하금으로 10억 달러가 든 카드를 보냈다. 모르니까. 앞으로 어떻게 될지.

나중에 정식으로 초대장이 날아오긴 하는데 그건 그때 가서 생각할 일이다.

아주 바쁜 나날을 보냈다.

높아진 위상답게, 그룹사를 이끄는 총수답게, 경제인 회의에도 참여해야 하고 미국과의 협상 자문을 위해 외교부와 국방부에도 자주 들락날락해야 했다. 금융 개혁 위원회란 곳에도 역시 날 빼놓고는 진도가 나갈 수가 없었다.

"자, 이것으로 오늘 회의를 마치도록 하겠습니다."

어딜 가도 내용은 별다를 게 없었다.

세상이 어떻게 돌아가는지 관심도 없는 고위 공무원에 국방부는 자체 개발은 생각지도 않고 미제 무기만 사 달라고 앵앵대고 금융 개혁 위원회는 민족은행 눈치만 본다. 그나마 나은 게 경제인인데 이들이 가진 소스도 그리 획기적인 건 없었다. 그저 구조 조정으로 인건비 줄이는 것에만 혈안이다. 투자 대신 유보금 쌓기 놀이만 하고.

"바로 들어갈 거냐?"

"들어가야죠. 할머니들 계신데."

"너랑 연 좀 만들어 보겠다고 줄 서 있는 애들 안 보이냐? 그냥 가면 섭섭해할 텐데."

"관심 없어요."

"때론 저런 놈들도 필요하다는 걸 모르냐? 이 사회는 다수결을 따른다."

잘 거둬 거수기로 쓰라는 조언이다.

함홍목을 돌아보았다.

"뭘 그렇게 보냐? 내가 지금까지 후회하는 게 물 들어올 때 주위로 사람을 두지 못한 거다. 넌 그렇게 하지 마라."

"그런가요?"

"너무 고고하면 나중에 반발심 생겨. 그럴 바엔 차라리 압도적 우위를 점하는 게 나아. 범접지 못하게. 물론 똑똑한 네가 다 알아서 하겠지만 말이다."

"감사해요. 생각 못 한 부분이네요. 충고 고맙게 들을게요."

나가던 발길을 돌려 금융 개혁 위원회 사람들과 잠시 어울렸다.

함홍목 말이 옳았다.

현재 내 위세에 눌려 있다지만 이들의 면면은 분명 사회 지도층에 속했다. 금감원 소속부터 다양한 곳에서 종사한 경험치만큼은 절대 무시당할 게 아니었다.

적당히 줄 건 주며 앞으로 내 곁에 있으면 생기는 게 많을 거란 뉘앙스를 서슴없이 풍겼다. 함홍목은 그런 내 곁을 지키며 흐뭇하게 웃었고.

모두가 돌아간 자리 우리 둘만 남았다.

"어떠냐? 그래도 할 만하지?"

"피곤하긴 하네요."

"도움이 되더냐?"

"예, 확실히 도움 됩니다."

"하하하하, 이 늙은이도 쓸데가 있지?"

"인정합니다."

"맞다. 이게 네 유일한 약점 같더라. 주변에 몇몇 사람밖에 두지 않는 것. 내 말을 이해하겠냐?"

"예."

"창창하잖냐."

"……."

"남들보다 최소 20년은 앞당긴 삶. 네 인생은 적어도 남들의 두 배 이상 길 거란 게 내 판단이다. 틀렸냐?"

"맞아요. 어쩌면 몇 배 더 길지 몰라요."

"나중에 지칠 수 있어."

"그래도 가야겠죠?"

"알면 됐다. 이제 가자."

함흥목이 일어났다.

무심코 따라나서다 멈칫, 이곳이 경쟁사 호텔인 걸 깨달았다.

그랬다.

지금 이 시점이면 그 사람이 여기에 있을 것이다. 대학 졸업했을 테니.

"아, 잠시 들를 데가 있는데요."

"어디?"

"여기 면세점이요."

호텔 지배인을 불러 안내를 부탁했다.

몸에 밴 절도로 황송해하며 앞장서는 그를 따라 이동하길 5분.

다른 건물에 있는 면세점으로 들어섰다.

"이곳은 명품관으로 세계 유명 브랜드들이 입점해 있으며……."

유적지 탐방처럼 함흥목과 나는 졸지에 해설자를 따라다니는 관광객이 되어 졸졸 뒤쫓으며 구경해야 했다.

얼마나 지났을까? 명품관을 한 바퀴 돈 지배인은 무엇이 필요한 게 있는지 물어보았다. 기꺼이 안내해 주겠다고.

없다.

아무것도 필요한 게 없다.

나는 돈이 없을 때도 돈이 지금처럼 넘쳐 날 때도 명품에는 관심이 없었다. 아니, 조금 더 구체적으로 말해 내가 걸친 전부가 명품인 걸 정은희가 얘기해 줘서 알 만큼 이 분야에는 무심했다.

"아까 지나친 1층은 뭐 하는 곳인가요?"

"아, 거긴 주로 일본인, 중국인 관광객들을 상대하는 기념품 판매장입니다. 간단하게 열쇠고리부터 화장품, 홍삼까지 여러 가지 제품이 섞여 있죠."

"가 볼 수 있을까요?"

"아아, 거긴 한국인 출입이 안 되긴 하는데…… 가실 수 있습니다."

살짝 망설이던 지배인이 승낙했고 1층으로 내려갔다.

확실히 분위기가 달랐다.

우아한 클래식이 흐르고 온갖 물품이 번쩍번쩍 '나 겁나 비싸요' 외치는 2층 명품관과는 달리 1층은 거의 도떼기시장처럼 활기찼다.

마침 수학여행 온 일본 여학생들이 들어와 있던 참이라 더 그런 듯.

여기저기에서 일본어가 흘러 다녔고 지배인은 곤혹스러워하면서도 나와 함흥목이 꿈쩍도 안 하자 얌전히 대기하였다.

그곳 한쪽에서 발견하였다.

일본인 여학생과 웃으며 대화를 나누는 그녀가.

얼굴에 분을 새하얗게 칠하고 입술도 온통 새빨갛게 칠하고 거기에 그렇게 서 있었다.

평소엔 로션도 잘 안 바르던 사람이.

-다른 사람이 된 것 같았거든. 빨간 립스틱을 바르면 나를 가려 주는 것 같아서 자신감이 생겼어.

판매에는 재주가 없던지 자기 물건을 고르는 학생에게 옆자리의 더 좋은 물건을 추천해 주고 있었다. 고용자의 입장에서 보면 빵점인 직원. 물론 그 이면에는 직원에게조차 신뢰 주지 못하는 고용자의 제품력이 문제겠지만.

결국 매니저인지 모를 사람에게 혼나는 걸 봤다.

잔뜩 움츠러져서는 고개 숙이는 모습도 귀여웠다.

취향, 성격, 식성, 태도 전부 나와 다른 사람.

사는 곳도 환경도 전혀 달라 본래대로라면 만날 수 없던 사람이었다.

그런데도 나는 지난 생에서 그녀를 만났고 결혼까지 성공했다.

이유는 하나였다.

모든 게 다 달라도 하나만큼은 비슷했으니까.

세계관.

남들이 뭐라든 본인이 납득하지 못하면 움직이지 않는 가치는 힘이 있을 땐 소신이나 힘이 없을 땐 고집이 된다.

대세도 따르지 못하는 바보지만 이상하게도 그녀와 나는
같았다.

"저 처자를 보고 웃는군. 눈길이 가나?"

"자기 물건 안 팔고 다른 물건 추천해 주다 매니저에게 혼
나는 중이네요."

"저런……."

"재밌죠?"

"혼날 만하……가 아니군. 이런 곳은 하나 팔면 수당이 붙
을 텐데. 아무래도 저 매장의 제품이 질 떨어지는 것 같군."

"그렇게 보이죠?"

"우아한 처자로세."

"웃는 상이기도 하고요."

"으응?"

나를 돌아본다.

시선을 마주치지 않고 돌아섰다.

"가죠. 오랜만에 기분이 좋아졌네요."

"그래?"

"오늘은 우리 집으로 가시죠."

"오오, 정말 기분 좋아졌구나. 날 다 초대하고."

"콜인가요?"

"당연 콜이지. 하하하하하."

Chapter 119

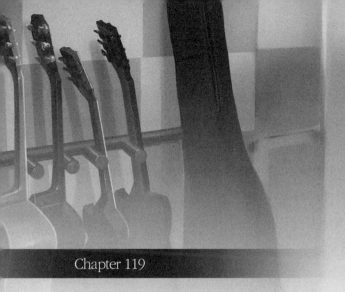

나는 함홍목의 조언을 잊지 않았다.

어찌 보면 오성그룹이 기를 쓰고 오성 키즈들을 키운 이유도 이것과 일맥상통할 것이다.

결국 정치.

4월 13일, 제16대 국회의원 총선거가 개최되었다.

속속들이 당선되는 면면을 보고 있노라면 그리고 지금까지 회의에서 만난 인물들의 복심을 판단하노라면 나오는 결론도 이와 같았다.

IMF라는 무저갱 유황불 맛을 일부 봤음에도 아직 우리 정치인, 관료의 뇌세포는 여전히 구시대의 운영체제에서 벗어

나지 못했다.

그나마 경제인은 앗! 뜨거 하여 여러 가지로 활로를 모색 중이긴 한데 다른 분야는 산 중턱에 박힌 바위도 아니면서 그 행세를 하는 중.

그 말인즉슨 IMF마저도 이들에겐 매년 여름이면 지나는 태풍과 별반 다를 게 없었다.

그렇잖나. 사람이란 본디 자기가 겪지 못하면 남의 아픔을 모르는 생물이니까.

"……"

갈 길이 아주 멀었다. 이렇게나 정체된 고구마를 다 어찌 해야 명쾌하게 뚫어 버릴까?

이런 따위의 고민으로 스스로를 괴롭히고 있을 때 미국에서 전화가 왔다. 정홍식이다.

[잘 계십니까?]

"예, 아주 잘 지내고 있어요. 체기 끌어안고."

[체하셨습니까?]

"누가 자꾸 체하게 만드네요."

[아아, 무슨 말씀인지 알겠습니다. 국회의원 선거가 있었죠? 사실 세계 어떤 나라든 그쪽 계열은 꽉 막혀 있습니다. 우리만 답답한 게 아니죠.]

척하면 척이다.

살짝 위로가 되었지만. 정홍식과 정치 얘기는 하기 싫었다.

"예, 근데 무슨 일이세요?"

[중국에 검색 엔진을 만들겠다는 이들이 나타나서요. 제 보기엔 시대를 잘 살피는 이들 같은데 어떤지 의견을 나누고 싶습니다.]

"검색 엔진이라면 포털을 만들겠다는 건가요?"

[바이두라고 올 1월에 창립한 회사인데 거기 CEO인 리엔홍이라는 사람이 제안을 해 왔습니다. DG 인베스트의 자금을 받고 싶다고. 정식으로 오픈하고 싶답니다.]

"……."

확실히 DG 인베스트가 크긴 컸나 보다.

중국 IT 삼대장 중 두 개가 제 발로 찾아오다니.

[어떠십니까?]

"이건 리룽 총리와 함께 가야 할 문제네요."

[갑자기 리룽 총리는 왜요?]

"마지막 기회로 줄 거거든요."

[설마 세 가지 기회 중 마지막 기회란 얘깁니까?]

"예."

[아아…… 바이두가 그 정도 기업입니까?]

"검색 포털이란 결국 언로니까요."

[언로…….]

"언젠가 나타나면 리룽에게 줄 생각이었어요. 그게 이번일 줄은 몰랐지만."

[아아…… 그러니까 그 세 가지 기회란 정치생명 연장, 텐센트란 부귀, 바이두란 언로였다는 거군요.]

"예, 정치와 자금과 언론이 합쳐졌는데 감히 누가 건들까요? 이게 제 계획이었어요."

[정말 엄청난 기회였군요. 전 이 정도일 줄은 몰랐습니다.]

"선샤오광에게 알려 4:2:4를 맞춰 주세요."

[아아, 근데 리옌훙이 따를까요? 공동 창업자인 에릭 쒸도 있습니다. 이 둘은 지금 한창 들떠 있습니다.]

"방법이 없어요. 사회주의인 중국에서 탄생하고 운영될 언론인 이상 정치의 보호를 받지 못하면 미래가 없어요. 아무리 DG 인베스트라도 그 부분은 정치의 도움을 받아야 합니다."

[으음…….]

"……."

[이 정도 사안이면 1억 달러라도 부족하겠네요.]

"두 사람의 보상으로는 충분하겠죠."

[우호적 지분으로서 약속도 있어야겠죠?]

"기본이죠."

[알겠습니다. 선샤오광을 불러 처리를 논의해 보겠습니다.]

"좋은 쪽으로 잡아 주세요."

[알겠습니다. 걱정 마십시오. 중국 정부의 도움이 필요하다는 건 또 반대의 의미로도 해석될 수 있으니까요. 잘 말하면 알아들을 겁니다.]

"그럼 더 좋고요."

바이두 성장의 핵심은 창립 초기부터 베이징 대학 중국 공산주의 청년단과 결합한 것에 있었다.

인터넷에 애국주의를 중국 네티즌들에 고양시킴으로써 상당한 입지를 쌓고 그걸 기반으로 중국 대표 언로가 된다.

물론 주변국엔 악재겠지만.

뭐 어쩌나? 내가 못 하게 한다고 이런 유의 검색 엔진이 안 생길 것도 아니고 막는다고 막힐 성질도 아니었다.

더구나 10년 이상 빨리 시작된 일대일로였다.

언로는 그 역할이 더욱 중대해질 것이다. 그곳의 한 축을 쥐고 있다는 건 어떻게 봐도 나쁜 일이 아니잖나. 덤으로 돈도 벌고 말이다.

아닌가? 아니라도 할 수 없고.

국내 최초 정치인 팬클럽 사이트 '노무현을 사랑하는 사람들의 모임'이 개설되었다.

경제장관 간담회에서는 한빛과 환은, 조홍 등 3개 은행에 대한 퇴출을 결정하였다.

중국 정부는 중국산 마늘 관세 인상 조치에 반발하여 한국산 휴대폰과 폴리에틸렌 등에 금수 조치를 내렸다.

김대준 대통령이 평양 순안공항에서 김정일 북한 국방위원장과 분단 55년 만에 역사적인 만남을 가졌다. 6.15 남북공동 선언을 하였다.

2000 시드니 올림픽 개막식이 오스트레일리아에서 개최되

었고 한태국이 유도 100kg 이상급에서 금메달을 땄다.

WTO는 1999년 기준 한국의 무역 규모가 수출 1,495억 달러, 수입 1,200억 달러로 세계 13위라고 발표하였다.

2000년도도 이렇게 다른 해와 같이 이슈가 많이 샘솟았던 해였다.

그러나 이번 해의 가장 특징적 사건은 누가 뭐래도 IT 버블 붕괴였다.

미국과 대한민국에 형성된 IT 버블이 꺼지면서 파산자가 속출한 해.

이로 인해 미국 S&P500지수는 10.5%의 하락률을 기록했고, 한국 증시 피해는 미국보다 훨씬 더 커서 코스피가 연초보다 52%, 벤처 기업 중심인 코스닥은 80% 하락한 채로 마감하여 세계 1위의 하락률을 기록했다.

증권 투자자 중 IT 버블 붕괴로 인한 주가 폭락을 경험해 보지 않은 사람이 없었으며 그로 인해 드러난 벤처 기업의 민낯…… 한국 경제 성장의 새 원동력으로 기대되었던 젊은 벤처 기업인들이 주가 조작, 분식 회계 등 기존 재벌의 문제점을 답습하고 유동성 위기에 처하자 정치권에 기대는 등 도덕적 해이마저 심각하게 노출해 많은 실망을 안겼다.

31일 마감한 거래소 및 코스닥 시장에 따르면 지난해 말(99년 12월 28일)과 올해 폐장일(26일)의 주가를 비교했을 때 종합 주가 지수는 1,028P에서 504P로 하락했고 연초(1월 4일)에 비해서도 52%나 떨어졌다. 코스닥 지수는 지난해 말

256P에서 79% 하락했고 연초에 비해서도 80%나 떨어졌다. 거래소의 하락률은 지난 80년 주가 하락률 지수 산출 이후 최고이며 기존의 최고치인 97년(IMF 구제 금융 신청)의 42%를 가뿐히 웃돌았다.

그나마 사정이 나았던 건 내 말을 믿고 행동으로 옮긴 사람들이었다.

두 번의 경고로 인해 또 실제로 벌어진 IT 버블 붕괴로 인해 미국과 한국 시민들은 페이트란 인물을 다시 돌아보게 되었고 이 사태가 대체 언제까지 갈 것 같냐는 질문을 해 댔다.

하지만.

"난 호구가 아니란다."

되레 잘된 일이라고 평가해 줬다.

호황에 기대 남의 자산을 좀먹던 기생충들을 솎아 낼 기회.

앞으로 IT는 제대로 된 기술력을 가진 기업만 살아남을 테고 그런 기업이야말로 미래 세계를 선도해 나갈 거란 두루뭉술한 대답으로 회피했다. 이 모든 게 쉽게 무언가를 얻어 보자는 탐욕의 결과가 아니겠냐고. 꽤 오래 걸릴 거라고.

덕분에 이슈된 곳이 한 곳 더 있었다.

세계 무역 센터.

페이트가 대놓고 피하라 했고 실제로 DG 인베스트의 사무실마저 1km 이상 떨어진 곳으로 이사했다는 사실이 또 한 번 알려지며 도대체 무엇이 페이트를 불안하게 했는지 사람들은 주시했고 주정부로 하여금 세계 무역 센터의 구석구석을 조사하게 만들었다.

당연히 나오는 건 아무것도 없었다.

세계 무역의 중심이라는 위상답게 건실히 운영 중이고 안전성도 좋았다. 위험의 징조는 어디에도 없었다.

우중충한 가운데 시간은 잘도 흘러 2001년이 밝았다.

나는 노트에 올해 일어날 굵직굵직한 사건들을 정리하며 또 그걸 당연시하는 스스로를 보며 한숨을 내쉬었다.

도대체 언제까지 예언자 행세를 해야 하는 건지.

시답지도 않은 오지랖으로 시작된 예언이 언젠가부터 나를 옥죄기 시작한 걸 깨달았다.

지식이 나의 자유를 억압하고 있었다.

새삼스레…… 눈에 들어왔다.

사람이란 자고로 높이 올라갈수록 입조심해야 한다는 걸.

사소한 꼬투리 하나가 이렇게 쌓이고 쌓여 해일로 덮칠 수 있다는 걸.

"어휴~ 머리가 복작복작하네."

"예?"

"아, 아니요."

"계속해도 됩니까?"

"아, 예."

2001년은 새로 불하된 50만 평에 대한 활용을 두고 첫날부터 맹렬한 회의에 돌입했다.

1월 2일 자로 설립된 K-디펜스 때문이었다.

작년부터 앵앵 울부짖었던 방산 회사를 기어코 오필승의 산하에 들인 것이다.

앞서 얘기해서 알겠지만, 승인을 얻는 것 자체는 쉬웠다. 미국으로부터도 한국 정부로부터도 도장 받는 건 대가리들을 조진 바람에 무사통과. 원래 이 부분이 제일 어려운 지점인데 두 나라 전부 이해관계가 맞았고 만족한 거래가 되어 순탄하게 지나갔다.

다만 설립 부지에 대한 건만큼은 어쩔 수 없이 진통을 앓아야 했다.

아예 대전 등지로 내려가라.

아니다. 오필승 씨티 옆에 짓겠다.

안 된다. 거길 유동 인구가 많아 보안이 허술하다.

너무 멀면 관리가 어렵다. 지척에 두고 살피는 게 훨씬 낫다.

주관 부서와 실랑이를 벌였고.

부지는 얼마나 있어야 하느냐? 최대한 많이 달라. 나중에 형평성 문제가 불거질 수 있으니 그렇게는 못 한다. 반드시 해야 한다. 해라. 안 된다. 너무 많다. 땅을 더 달라. 없다……

그 결과 오필승 씨티와 차로 10분 거리에 창릉천과 망월산을 끼는 50만 평에 달하는 거대 부지를 얻었다.

이도 물론 내가 돈 좀 쓰는 바람에 정부나 나나 지역 주민에게도 서로 만족인 거래가 됐다. 이 지역은 한창 개발 열풍이 불던 때도 비켜 간 변두리 of 변두리였으니.

"조상기 대표는 어떻다고 해요?"

235

"별다른 말은 없었지만 흡족해하는 눈치였습니다. 그 일대를 수십 번 시찰했으니까요."

조상기는 K-디펜스의 대표로 앉힌 사람이다.

전방 부대 사단장 출신으로 군의 실상을 누구보다 잘 아는 사람.

그러나 정치와 멀어 사단장을 끝으로 퇴역한 사람.

수많은 후보 중 내가 그를 주목한 건 오로지 뚝심, 국가와 민족을 위해서라면 제 한 몸 바치길 주저하지 않는 아주 희귀한 군인이라서였다. 군 내부에 적이 많았다는 얘기에 유심히 살펴보다 발견한 보석.

"두루두루 친할 필요가 있나요? 우리는 우리 일만 잘하면 되는 거 아닙니까?"

"맞습니다. 겪어 보니 진중하고 신뢰 가는 인물이더군요."

"그 부하들도 마찬가지겠죠?"

"유유상종 아니겠습니까? 그래서 몇몇 더 인선하여 붙여 줄 생각입니다. 물론 직접 고르게 할 생각이고요."

"잘 생각하셨어요. 아직 초창기이니 실장님이 잘 살펴 주세요."

"이 도종민이가 이런 건 또 전문 아니겠습니까? 조 대표 흉중에 남아 있는 경계심도 이번 기회에 말끔히 씻겨 버리겠습니다."

"부탁해요. 앞으로 수십 년 국가 대계의 기반이 요 몇 년 사이에 이뤄질 거예요. 아주 중요한 시기예요."

"인지하고 있습니다. 그렇지 않아도 엔지니어들의 수급에 공을 들이고 연구자들도 섭외하고 있습니다. 장비 마련에도 요. 다만······."

"예."

"아시다시피 K-디펜스는 방산 회사입니다. 100% 개인 자금 출자는 오해의 소지가 크고 그에 따른 기회비용의 소모가 상당할 것이라는 분석이 나왔습니다."

파트너를 찾으란 얘기였다. 현재까지 K-디펜스의 모든 일은 내 개인의 돈으로 이뤄지고 있으니.

"정부의 지원을 받으라는 애긴가요?"

"20% 내지 30% 수준에서 정부와 몇몇 기업과 손잡는 것을 추천해 드립니다."

"나눠야 탈이 안 난다는 거군요."

"아무래도 조심스러운 입장이긴 합니다. 워낙에 경험이 없는 분야라."

"반대의 경우는 생각해 봤나요?"

"예."

"어떻던가요?"

"이 역시 상당량 출혈이 예상되는데. 그래도 혼자보단 여럿이 낫지 않겠습니까?"

충분히 나올 만한 우려였다.

군수 분야는 1, 2년 덤벼선 결과물이 나오기 힘들었고 아주 오랜 시간 기술의 축적이 있어야 그나마 열매를 맺을 수 있었다.

이런 걸 정부나 단체 차원이 아닌 개인이 한다는 것 자체가 무리였으니 도종민의 만류가 이해되었다.

하지만 나는 결정적으로 간섭이 싫었다.

열어 주는 순간 하이에나처럼 덤빌 놈들을 상대하는 것부터 그들을 일일이 설득하는 작업 자체가 귀찮았다. 차라리 내가 조금 더 힘들고 말지.

정부랑 가장 큰 실랑이를 벌인 부분도 이것이었다. 정부도 참여하겠다. 아니다. 나 혼자 한다. 혼자선 불가능하다. 걱정마라. 해낼 테니까.

그때와 지금이나 원칙은 같았다.

나누지 않는다.

고생의 결과물은 오롯이 내가 차지할 영광이다.

"아니에요. 일단은 이대로 진행하죠. 시작 단계부터 왈가왈부 말이 나오는 건 원치 않습니다. 지금 이 시점 우리나라는 제대로 된 군사 전문가도 미래 전략을 펼치는 이도 없어요. 그런 어중이떠중이에게 맡기느니 차라리 제가 공부를 더하고 말죠. 돈을 더 쓰고 말겠어요."

"으음…… 알겠습니다. 그리 각오가 서셨으니 저도 더는 말리지 않겠습니다."

"감사해요."

"아닙니다. 솔직히 말해 지분을 열어 주는 건 난잡한 상황을 부를 수도 있죠. 날파리도 치워야 하고 또 그런 날파리에게 그만한 권리를 줄 순 없겠죠."

"이해해 주시니 힘이 나네요."

"차근차근 밟아 보겠습니다."

"저도 차근차근 공부해 나가죠."

"맞습니다. 모든 게 처음이니 무엇보다 깨끗하게 쌓을 수 있을 겁니다. 저도 그렇게 생각하겠습니다."

"시행착오는 두렵지 않아요."

"저도 그렇습니다."

"그럼 가시죠."

"예."

◇ ◆ ◇

본의 아니게 망월산 결의를 마친 도종민과 나였지만 달라지는 건 거의 없었다.

각자의 위치에서 각자의 할 일을 할 뿐.

나는 1월 8일에 열리는 아메리칸 뮤직 어워드에 참가하기 위해 미국으로 날아갔고 2월 21일에 열리는 제43회 그래미 어워드에도 참가해 시상자로 올랐다.

이 와중 뜻밖에도 공로상을 받게 되었다.

난데없이 주는 상이라. 하지만 화면에 떠오르는 내 이력을 보고 있노라니 공로상을 안 받는 게 더 이상하였다.

88년도 입성 이래 13년간 제너럴 필드 29회, 장르 필드 44개.

총 73회 수상의 유일무이한 업적…… 2위 게오르그 솔티의 31개, 3위 퀸시 존스의 28개를 압도적으로 누르는 수상 이력에 나도 물론 세계도 놀라워했고 또 한 번 내 이름을 연호하게 하였다.

　그래미가 준비한 건 이뿐이 아니었다. 최다 수상자란 타이틀 이외에도 자잘한 이력이 뒤로 계속 소개되었다.

　하루에 가장 많은 그래미를 수상한 아티스트(10개. 2위가 8개의 마이클 잭슨).

　제너럴 필드를 모두 수상한 아티스트(크리스토퍼 크리스 외 페이트가 유일. 이후 아델과 빌리 아이리시가 나옴).

　올해의 앨범을 가장 많이 수상한 아티스트(8개. 2위로 스티비 원더, 프랭크 시나트라, 폴 사이먼, 라이언 테더, 테일러 스위프트가 3개씩으로 동률).

　깨알 같은 내용에 세계는 입을 떡, 이런 위대한 음악가가 더 이상 앨범을 내지 않겠다는 선언에 비통해하였다.

　물론 이런 분위기에도 IT 버블이 도대체 언제쯤 끝나게 되는지 물어보는 이가 있었으나 주변의 눈총에 쫓겨났다.

　좋은 소식이 연신 들렸다.

　미국이 한국과 전시 작전 통제권에 대해 진지하게 논의에 들어갔으며 상호 군사권에 대한 한미 연합 규약도 개정에 들어갔다고. 다음 달에는 미사일 지침도 없앤다고 한다.

　또 스콧 프리 프로덕션이라는 곳에서도 연락이 왔다.

　글래디에이터 제작사.

글래디에이터가 작품상 후보에 노미네이트되었다고 웬만하면 우리와 같이 참석해 달라고 한다.

나쁘지 않은 제안이라 3월 25일에 열리는 제73회 아카데미 시상식에도 갔다.

결론적으로 말하면 올해는 글래디에이터가 씹어 먹었다.

러셀 크로는 최고의 배우로서 입지를 다졌고 월드 박스오피스 5억 달러에 달할 영화를 위해 모두가 축배를 들었다.

두 달 넘게 미국에서 잘 놀고 잘 즐겼으니 슬슬 돌아갈 때가 됐다며 한국을 돌아보았을 때 영종도 국제공항이 개항하였다는 소식이 들렸다.

오홀~.

국적기를 타고 슝. 세계 최대의 인천국제공항에 도착했다.

나는 이미 본 이미지라 별반 다를 게 없었는데 백은호 같은 수행원들은 연신 두리번거리며 말도 안 되는 규모라며 무척 좋아하였다.

모처럼 돌아온 김에 그 사람을 보러 면세점이나 들를까 하는데 시커먼 아우라를 내뿜으며 다가오는 무리가 있었다.

검은 양복의 경호원들이었다.

"대통령님께서 기다리십니다."

이 한마디 때문에 나는 또 쉬지도 못하고 청와대로 끌려갔다.

배 비서실장이 겸손한 자세로 나를 맞았다.

"어서 오십시오. 오시기만을 기다리고 계셨습니다."

"아, 예."

무슨 일인지도 모르고 대통령 집무실로 끌려가는 처지라 살짝 불안감이 생겼지만 내색하지 않고 조용히 뒤만 따랐다.

"어서 오시오. 자, 어서 이리로."

"감사합니다."

김대준이 마련해 준 자리로 가니 기다렸다는 듯 다과가 나왔고 사과도 또한 나왔다.

"미안하오. 오랜 출장길에 겨우 돌아온 사람을 이렇게 불러서."

"아닙니다. 그만한 사정이 있겠죠. 무엇이 근심이십니까?"

"바로 본론으로 들어가도 되오?"

그윽한 눈길로 쳐다본다.

"물론입니다. 무슨 큰일이 벌어진 건 아니죠?"

"아직까진 큰일은 없소. 군 개혁은 예정대로 진행되고 있고 언론도 일제히 세무 조사에 들었소."

"그렇습니까?"

전격적으로 움직인 모양이다.

"꽤 많이 해 먹었더군. 돈이 그렇게 남아도니 허튼짓에 눈이 돌아가는 거겠지. 전국에 땅만 수백만 평이오. 여기저기에서 얻은 정보로 자기 배 불리기에만 급급했소."

"그렇군요."

고개를 끄덕끄덕.

"거 사법부에 대한 처리는 조금 시간이 걸릴 것 같소. 워낙에 똘똘 뭉쳐 있어 패거리를 나누는 게 여의치 않소."

"나눌 필요 없습니다."

"분리를 원하는 거 아니었소?"

"그냥 누구 하나 찍어 잘해 주면 됩니다."

"잘해 주라?"

"그럼 어떤 누구는 섭섭해지겠죠."

"그렇긴 한데……."

그것도 시원찮다는 표정이다.

"부총장직을 하나 신설하시는 건 어떠십니까? 총장과 앙숙인 사람을 앉히는 거지요. 부총장 사인 없이는 인사가 진행되지 않게끔 한다면 견제가 될 겁니다."

"부총장이라. 오오, 그런 방법이 있었군. 알겠소. 내……아니군. 이 건은 내 대에서는 어려울 것 같군. 그렇지 않소?"

"다음 대를 잘 기르시면 되겠지요."

"하긴 그도 내 몫이겠군."

"……."

답하지 않고 조용히 기다렸다.

이제 슬슬 본론을 꺼낼 때라고.

"논의하고픈 게 두 가지 있소."

"두 가지나 되나요?"

"둘 다 선택의 문제요."

"예, 말씀하십시오."

"하나는 미국과의 협상 건이고 나머지 하나는 내가 북으로 넘어가면 어떨까 하오."

"……"

또 북으로 간다고? 얼마 전에 6.15 공동 선언을 하지 않았나?

"알겠지만 미국과는 큰 틀에서 합의를 끝냈소. 다만 그것을 언제로 잡을지와 세세한 부분에서는 난항이라오."

"어떤 식입니까?"

"시기에 대해서는 30년을 부르고 있소."

"우리는요?"

"10년."

"그럼 20년으로 하시지요."

"그렇게 간단히?"

왼 눈썹이 올라간다. 설명이 필요하다는 얘기였다.

"이 건은 오래 끌수록 변수가 많아집니다. 제 판단으로는 상반기 안에 끝내시길 추천합니다."

"상반기 안에 끝내라? 그렇게 급할 이유가 있소?"

"미국에 변고가 생깁니다. 그게 자칫 빌미가 된다면 이 논의 자체가 무너질 가능성도 있습니다."

"허어…… 미국에 변고가…… 이 논의마저 뭉개 버릴 변고가 생긴다 말이오?"

"아직은 감이지만 제 감이 그렇게 말하고 있습니다. 이로 인해 미국의 대외 정책에 큰 변화가 생길 거라고요. 위험한 건 비켜 가야 하지 않겠습니까?"

"……"

"그것이 아니더라도 오래 끌어 봤자 실익이 없을 겁니다.

적당한 선에서 끊어야 동맹 간 우의를 해치지 않겠죠."

이해된다는 표정이 나왔다.

우리도 정상적인 주권 행사를 위해 권리를 되찾으려는 것뿐 미국과 틀어질 생각은 없었다.

"확실히 그 부분은 생각해 보지 못했소. 얻을 것만 눈여겨 봤지."

"맞습니다. 세상 누구든 손에 쥔 걸 쉽게 내주진 않습니다. 너무 나서면 반발이 일 겁니다. 이번 건도 사실 1994년의 실책이 아니었다면 절대로 이뤄질 수 없었고요."

"나도 알고 있소. 이 일에서 국가가 한 게 없다는 걸. 순전히 그대의 덕이라는 것도요. 아니, 다시 절실히 느끼오. 개인이 국가를 넘어설 수 있음을."

"민망합니다."

"인정할 건 인정하고 가야겠지요. 내 알겠소. 이 일은 특별히 신속하게 정리하겠소. 이런 일에 변수가 있어선 곤란하겠지."

"예."

"하나 더 북한으로 가는 건 어떨 것 같소? 이 건도 빨리 진행해야 좋겠소?"

왜 이렇게 북에 집착할까?

거긴 웬만해선 변동 사항이 없는데.

말리고 싶었다.

"해를 넘기는 것도 한 방법이지요."

미뤄 버렸다. 내년 되면 또 다른 이슈가 생길 수도 있으니.

"해를 넘기라?"

이유를 말하란다.

하아…….

그나저나 뭐로 말려야 할까?

협력은 안 되고. 달리 흐름을 이끌 이벤트도 없다.

이럴 땐 만만한 게 정치겠지.

"으음……. 통일에 기치를 두고 이 땅에 뿌리내린 세력이 야당 아니겠습니까?"

"호오, 내년 대선을 두고 야당의 따귀를 때려라?"

바로 알아듣는다. 염두에 두고 있었다는 건가?

혹시 이걸 유도하기 위해서?

밀어붙여 보았다.

"통일을 위해 창립된 주제에 통일에 하등 도움이 안 되지 않습니까? 노상 분란만 일으키고."

"그 말은 부인할 수 없군."

"아마도 올해는 불가능해질 겁니다. 미국이 길길이 날뛸 테니."

"이것도 그 변고에 속하는 거요?"

"파병까지 요청해 올지도 모르겠죠."

"파병까지?!"

그제야 김대준도 사안의 심각성을 인지한 표정이 됐다.

"항상 말씀드리지만, 대한민국이 살길은 오로지 애매모호뿐입니다."

"애매모호……."

"건드는 순간 적어도 공멸을 각오해야 한다는 걸 상대가 인식할 때까진, 그만한 국방력으로 성장시킬 때까진, 봐도 못 본 척, 들어도 못 들은 척해야겠지요."

"공멸이라."

"미사일 말입니다. 사거리 무제한의 수천 발 미사일이 우리가 잃었던 위상을 되찾아줄 겁니다. 중국이 도발하든 일본이 까불든. 러시아가 바람을 일으키든."

"허어……."

"거기까지 도달하기만 하면 어렵지 않습니다. 아주 쉬워집니다. 굳이 어렵게 핵까지 갈 필요도 없습니다. 재래식으로도 충분히 전술핵 이상의 효과를 볼 수 있으니까요. 우리는 타깃까지 보낼 수 있는 사거리와 정밀도, 용도에 걸맞은 파괴력만 갖추면 됩니다. 그 순간 누구도 함부로 굴 수 없을 테니까요."

"……."

입을 떡. 북한이 머릿속에서 지워진 모양이다.

더 밀어붙였다.

"미사일 지침이 해제되는 순간 우리가 할 일은 총력을 다해 로켓 기술을 발전시키는 겁니다. 핑계도 좋지 않습니까? 우리 손으로 우리 위성을 쏘겠다. 그걸 조금만 변형하면 대륙간 탄도 미사일이 됩니다. 탄두에 인공위성을 실을지 10톤짜리 고폭탄을 실을지만 결정하면 되니까요."

"아아…… 전작권 환수가 이래서 중요한 것이로군."

"우리 민족의 특성상 20년이면 우리 손으로 모든 걸 만들어 낼 겁니다. 이 땅의 위정자가 할 일은 그들에게 줄, 그들의 의무에 걸맞은 보상이겠지요. 잊지 마십시오. 미국 NASA와 관련된 일에 종사하는 인구수만 20만에 육박한다는 걸."

"세계로 눈을 돌리라……."

"넓게 보십시오. 자기 주머니 지키느라 골골대는 이들은 알아서 썩게 놔두시고요."

"……."

"하나 더 덧붙이고 싶은 건 언론에 손대시는 김에 가짜 뉴스 퍼트리는 언론에 대해서는 징벌적 손해 배상뿐만 아니라 사업자를 회수하는 방안도 검토해 주십시오."

"사업자까지?"

"사법부야 잘 보이지 않는 데다 당파 싸움으로 제어가 가능하니 굳이 더 문제 될 건 없어 보이지만 문제는 국민이 언론의 입에 의해 자주 시선이 바뀐다는 겁니다."

"언론 탄압으로 보일 수도 있는 문제요."

"본말을 정확히 적는다면 무슨 문제가 있겠습니까? 다 제 입맛대로 편집해서 국민을 선동하려 하는 것이 문제죠. 그런 것이 짙어지면 결국 언론도 권력화가 됩니다."

"그걸 미연에 방지하라?"

"국민이 허락한 권력은 사법, 행정, 입법부뿐입니다. 그리고 결정은 대통령님이 하시는 것이지요. 다만 다음 대 대통령이 모두 대통령님 같진 않다는 걸 기억하셔야 할 겁니다."

"……."

이외 많은 이야기가 오갔지만, 확실히 명쾌한 맛은 떨어졌다.

조지의 말처럼 누군가를 거친다는 건 이런 의미에서 고구마를 양산한다.

그렇다고 내가 직접 발 담그고 싶진 않으니 진퇴양난이라.

이런 사이 임요한이 한빛소프트배 온게임넷 스타리그에서 우승하며 E스포츠를 널리 알렸다.

모름지기 스타의 시대가 열린 것이다.

홍진오, 강밀, 이윤연, 박정선 같은 걸출한 인물들이 나오며 RPG 게임이 주류를 이루던 PC방에 전략시뮬레이션 게임이 새롭게 도배되었다. 나도 한때는 매일 PC방에서 살았으니 열풍이 무척 흐뭇했다.

김대준도 일을 하긴 했다.

국세청 발표에 의하면 소득 탈루 혐의가 있는 중앙 일간지, 방송사, 통신사 등 언론사 23곳에 대해 5,056억 원의 세금을 추징키로 했다고. 여기에서 끝나는 게 아니라 언론사 6개사 및 사주 3명 등 총 12명을 검찰에 고발까지 하였다.

재갈을 물리기로 하였다.

다만 그것이 사업사 취소에 대한 것까진 가지 않아 아쉬움이 남았다. 여지를 남겨 둔 것. 그것이 나중에 어떤 독버섯으로 작용할지 모르지 않으면서.

이도 이해하기로 했다. 잘못했다간 역공을 당할 수도 있고 여러모로 정치적으로 손실을 감수할 수도 있으니.

'아깝네. 사업자 취소까지 갔다면 절대로 경거망동하지 못했을 텐데.'

정권은 계속 바뀐다. 마음에 드는 정권이 있다 한들 잘못 입놀렸다가 다음 대 정권에서 끝장난다면 누가 함부로 까불까?

확실히 이런 면에서 여당 쪽 인사가 물렀다.

야당은 온갖 수단을 다해 자기 기득권을 지키려 하는데. 그 선봉에 언론을 앞세우는 것도 서슴지 않는데 말이다.

이럴 때 일본의 교육을 책임지는 문부과학성이 한국 정부의 역사교과서 재수정 요구에 응하지 않기로 함을 밝혔다는 소식이 전국을 때렸다. 그것에 더해 고이즈미 일본 총리가 보란 듯 야스쿠니 신사를 참배하였다. 싸우자는 것이다.

외통부가 즉시 고이즈미 일본 총리의 야스쿠니 신사참배에 대해 유감을 표명하였지만, 콧방귀도 안 뀐다.

김대준 대통령이 광복절 경축사에서 고이즈미 일본 총리의 역사 인식에 우려를 표명하였는데도 눈썹 하나 깜짝 안 한다.

부글부글 끓는다.

이때 마침 TV 프로그램에서 제안이 하나 왔다.

일본의 역사 왜곡을 생방송으로 다룬다길래 무조건 오케이.

나갔더니 머리 희끗희끗한 교수 몇 명이 고리타분한 얘기나 던지고 있었다. 아무리 열심히 들으려 해도 하품만 나오는 진부한 내용으로.

내가 시청자라도 채널 돌리겠다.

패널들이 안티가 아닌지 의심이 되는 가운데 사회자가 드디어 내게 마이크를 넘겼다.

"이에 대한 견해가 어떠신지 여쭈어봐도 되겠습니까?"

"물론이죠. 그러려고 나온 건데요. 근데 시간 좀 잡아먹어
도 되겠습니까?"

"괜찮습니다. 얼마든지 말씀하십시오."

"예, 감사합니다."

마이크를 잡자마자 날 향하는 큰 카메라를 봤다.

"먼저 이것부터 정리하죠. 일본이라는 호칭에 대해서. 아
시다시피 원래 일본이라는 나라가 일본이라 불리기 전에는
왜(倭)라고 불렸습니다. 대체로 일본인의 체구가 작아 왜인
(矮人)이라는 말이 변하여 '倭'가 되었다는 말이 돌곤 있는데,
일본인들은 이를 극구 부인하죠. 하지만 중국이나 한국이 일
본을 왜국, 일본인을 왜인 등으로 불렀다는 것은 변하지 않
죠. 중국과 한국 해안 지대에 침입하여 약탈을 자행한 일본의
해적 떼를 왜구(倭寇)라고 부른 것처럼 말이죠."

"……."

"……."

"……."

"……."

참가한 패널들이 깜짝 놀란 표정을 짓는다.

몰라서가 아니라 이렇게 강하게 나가도 되냐는 느낌.

지랄. 상대는 역사 왜곡도 하는데 무에 대수일까.

"이게 싫었던지 왜국은 자기 이름을 대화(大和): 즉 야마토

라고 짓게 되죠. 무슨 심오한 철학이 있어서가 아니라 그냥 지은 겁니다. 왜국이란 소리를 듣기 싫어서 말이죠. 일본은 이걸 지금 무슨 대단한 것인 것마냥 포장하고 있는데 시작이 이렇다는 겁니다. 백제가 도와줘서 겨우 나라의 기틀을 세운 주제에 말이죠."

"……."

"……."

"……."

"……."

"일본이라는 나라의 건국이 이렇다는 겁니다. 건국이 이럴진대 다른 건 온전하겠습니까? 문자도 보세요. 완전히 자기 멋대로죠. '一' 자를 두고 우리는 간단히 '일'로 읽으면 되지만 얘들은 이치, 이쯔, 오사무, 카즈, 가타, 가츠, 쿠니, 스스무 등등 수십 개로 마음대로 읽어요. 이게 대체 무슨 짓이죠?"

"……."

"……."

"……."

"백제(百濟)라는 한자를 일본에선 '쿠다라'라고 읽습니다. 신라는 '시라'가 아닌 시라기(새침떼기의 느낌으로 하찮게 볼 때 보통 '기'를 붙인다)로 읽죠. 고구려는 코구리고요. 여기에서 백제를 뜻하는 쿠다라는 '큰 나라'를 뜻해요. 영어로 치면 그레이트 컨츄리 정도 되겠죠. 벌써 단어로 인정하고 있어요. 일본이 백제를 큰 형님으로 모신 걸."

"……!"

"……!"

"……!"

"……!"

"그러면 이 단어가 지금은 사라졌느냐? 그것도 아니에요. 지금도 여전히 쓰고 있죠. '쿠다라나이모노데스까', '쿠다라나이'라는 뜻은 '별로 안 좋다 : 큰 나라 물건이 아니다' 정도로 해석되는데 즉 백제의 물건이 아니면 시원찮다는 얘기가 되겠죠."

"……."

"……."

"……."

"이뿐인가요? 1400년 전에 인류 최초로 설립한 회사라고 일본이 자랑하는 금강조, 곤고구미란 건축회사를 보세요. 이 회사는 원래 백제의 성덕태자가 건축을 모르는 일본인들을 위해 백제의 기술자 몇 명을 초빙하면서 세운 회사입니다. 법륭사도 보세요. 일본어로는 호류지죠. 일본이 자랑하는 국보입니다. 세계에서 가장 오래된 목조 건축물이라는데 이것도 백제가 만든 거죠."

"……."

"……."

"이뿐인가요? 일본 국보 1호가 목조반가사유상이라고 하죠? 이와 똑같이 생긴, 거의 같은 작가가 만들었다고 해도 과언이 아닌 보물이 우리나라에도 있어요. 금동반가사유상입니다. 한국의 국보 83호죠. 여기에서 정말 웃긴 게 뭔지 아세요? 일본의 국보 1호 목조반가사유상을 만든 재료예요. 한반도에서밖에 나지 않는 적송이랍니다. 이 말인즉슨 일본의 국보 1호가 한반도에 사는 작가가 만든, 한반도에 있는 나라에서 내린 하사품이라는 결론이 나옵니다. 목조와 금동의 기술적 차이만큼 명확하게요. 그 하사품을 일본은 국보 1호로 삼은 거예요. 일본 국보 15호인 칠지도를 볼까요? 이 제사용 칼 하나에 일본 왕실이 벌벌 떨죠. 당연히 하사품이죠. 제사할 때나 쓰라고 던져 준……."

"……."

"……."

"이상하지 않나요? 얘들은 왜 우리가 준 걸 국보로 삼을까요? 아니, 우리나라에도 중국에서 넘어온 문화재들이 참 많은데 우리가 언제 중국 물건을 국보로 지정하고 있던가요? 중국도 똑같죠. 이건 국룰이잖아요. 자존심."

"……."

"……."

"조선의 막 쓰려고 만든 막사발이 일본에 넘어가선 국보래요. 조선 도공이 대충 만들어 준 걸 일본에선 우주가 보인다느니 뭐라느니 하며 울어 대요. 결론적으로 말해 다 우리 기술, 우리 문화란 말입니다. 일제강점기를 거치며 저들이 말살하려하여 맥이 잠시 끊긴 거지 저기 일본이 그토록 자랑하는 문화의 오리지널리티가 어디에서 나왔느냐? 바로 우리 한민족에서 시작된 거란 말입니다! 그것부터 정리하고 시작해야죠!!"

"……!"

"……!"

"……!"

"……!"

생방송장에 정적이 흘렀다.

갑작스럽게 찾아온 정적은 발언하던 나를 더 놀라게 했다.

이 정도면 환호해야 하는 거 아닌가? 왜들 이렇게 기겁하지?

패널들을 봤다.

"왜 그런 표정을 지으시죠? 설마 반론이 있는 겁니까?"

"……."

"……."

"……."

"……."

대답하는 이가 없었다.

아까 일본이 어쩌고저쩌고 실컷 떠들 때는 언제고 정작 중요한 때는 묵묵부답이라.

설마 그새 또 기생충이 늘어난 건가? 찔러봤다.

"이 간단한 사실조차 동의도 부정도 못 하는 양심인가요?"

여전히 대답이 없었다. 시선마저 피한다.

설마 이 방송 자체가 근래 갑작스레 불거진 일본에 대한 논의에서 국민의 관심을 멀어지게 하려는 수작은 아니겠지?

합당한 의심이었다.

기가 막혔다. 세상이 어느 때인데 아직도 일본 돈 받아 움직이는 인간이 있는 건지. 아니, 그것보다 그렇다면 어째서 반론을 안 하는 것일까? 돈값들 안 하나?

"아아~ 나와 싸우기 싫다는 거군요. 붙어 봤자 바닥만 드러날 테니."

고소당해 탈탈 털리기 싫은 모양이다.

어쩐지 내가 등장할 때부터 엿 됐다는 기색이 역력하더니.

"······."

"······."

"······."

"······."

침묵은 곧 긍정. 나도 더는 신경 끄기로 했다. 이놈들에 대한 처리는 국민이 할 테니까.

다시 카메라에 시선을 돌렸다.

"그렇다면 이제부터 일본이 자랑하는 문화유산을 찾아볼까요? 문화유산이란 보통 의식주와 그에 파생된 무언가에서 벗어나지 못한다는 데 동의하신다면 의식주 중 '주'인 건축은 백제에서 전달된 것이 확실하니 넘어가고요. '의'는 어떨까요? 일본 전통 의상 하면 기모노가 떠오르는데. 허리띠만 풀면 바로 이불이 되는 기모노가, 그 기능성이 훌륭하던가요? 축제만 하면 남녀노소 엉덩이 다 내놓고 다니는 훈도시는요? 이게 보기 좋은가요? 여기 어디에 품격과 깊이가 있나요? 나머지라고 해 봤자 거의 다 서양의 것이 아닌가요?"

"······."

"……."

"……."

"……."

"또 '식'은 어떤가요? 돈가스나 서양에서 전해진 양식 같은 것 외 나머지는 다 어디에서 나온 것일까요? 멘타이코라 불리며 일본 가정식에서 빼놓을 수 없는 명란젓은 불과 100년 전만 해도 일본인이 모르던 식문화였죠. 전골은요? 면 요리는요? 다 우리와 중국에서 수입한 문화가 아닙니까? 이러면서도 김치가 자기네 것이랍니다. 내 참, 어이가 없어서."

"……."

"……."

"그럼 스시는 뭔데요? 초 친 밥에 날생선 올린 거잖아요. 이게 무슨 대단한 철학이 든 음식이라고 포장을 해 댈까요? 일본 가서 드셔 보셨습니까? 우리 횟집 사장님들이 훨씬 더 잘 만들어요. 우동이요? 그 본류가 어디에 있을까요? 닌자는 또 뭔데요? 그냥 암살자잖아요. 칙칙하고 추악한 방법으로 누군가를 살해하기 위한 살인 청부업자. 이런 걸 동양의 신비라 하여 떠들고 있어요. 이게 신비예요? 이게 문화예요? 그냥 포장만 그럴싸하게 한 거잖아요."

"……."

"……."

"과거 한때 서양에서 신드롬을 일으킨 우키요에(일본 판화)를 볼까요? 도자기 실어 나를 때 상하지 말라고 만든 포장지잖아요. 그냥 판화처럼 찍어서 만든 것. 유럽 예술가들이 이걸 보고 광분해서 자기 작품에 밀어 넣기 시작하면서 생긴 게 자포니즘 아닌가요? 그래서 유럽에 일뽕이 생긴 거잖아요. 아무것도 아니에요. 아무 의미도 없어요. 먼저 전해졌을 뿐. 강대한 경제력을 바탕으로 홍보된 것뿐 더 무엇이 있나요?"

"……."

"……."

"다 좋단 말이에요. 이미 그렇게 된 것 부정하여 심력 낭비할 필요 없으니까요. 마찬가지로 일본이 언제 자기 역사를 제대로 판별한 걸 본 적이 있었나요? 물론 자기 좋을 대로 살겠다는데 이웃인 우리가 간섭할 이유는 없겠죠. 근데 어째서 우리 역사마저 왜곡하려 하는 거죠? 왜 지들 입맛대로 남의 역사를 손대죠? 더 기가 막힌 건 우리의 태도예요. 우리나라 국보 1호가 뭔가요?"

"……."

"……."

"……."

"……."

"이것도 대답 안 하십니까?"

으르렁.

"……."

"……."

"……남대문입니다."

"물어보죠. 얘가 도대체 뭔데 1호를 차지했죠? 상식적으로 판단해서 국보 1호라는 건 국가 최고의 보물이 아닌가요?"

"그거야……."

무언가 말을 하려다 입을 꾹 다문다. 이유는 뻔했다.

"답을 못 하죠. 이곳에 있는 분들뿐만 아니라 국민 전체가 몰라요. 그냥 1호라니까 1호인 줄 아는 거지 얘가 대체 무슨 기준으로 또 어떤 업적이 있기에 1호가 된 건지는 아무도 몰라요. 그런 게 국보 1호로 앉아 있을 수가 있나요?"

"……."

"……."

"……."

"……."

"하나 더. 서대문인 돈의문, 북대문인 숙정문은 다 부서졌는데 왜 남대문이랑 동대문만 남았을까요?"

"……."

"……."

"이래서 아는 놈들이 더 무섭다는 겁니다. 알면서도 모른 척하잖아요. 그러고 살고 싶습니까? 후손들에게 부끄럽지도 않나요? 이 땅에서 공부한 걸 어째서 다른 나라를 위해 쓰죠? 나 참 어이가 없어서."

"……."

"……."

"……."

"……."

"남대문과 동대문이 살아남은 이유는 바로 임진왜란 때 도요토미 히데요시란 놈의 오른팔 가토 기요마사라는 놈이 한양을 점령했을 때 남대문으로 지나갔기 때문이잖아요. 동대문은 고니시 유키나가가 지나갔고요. 일본이 자기들 개선문으로 사용해서 기념으로 남겨 둔 거 아니에요? 일제강점기 때. 이게 바로 친일의 흔적이 아닌가요? 이래도 국보 1호로 남겨 두실 건가요? 나 같으면 팔만대장경을 1호로 할 겁니다. 세계 최초, 세계사 유례가 없는 민관군 합작 문화재잖아요. 이보다 더 훌륭한 작품이 어딨나요?"

"……."

"……."

"……."

"……."

부끄러움은 없었다. 이 순간만 지나자는 표정이 역력하였다.

나도 웬만하면 여기에서 끝내고 싶었는데 열이 뻗쳐 올라왔다.

그냥은 못 보내겠다.

패널들이 실컷 떠든 말들을 끄집어냈다.

"이런 마당에 일본의 거리가 깨끗하고 시민들 의식이 높다고요? 뭔 개소리를 작작 해 대는 거죠? 시민들 의식이 높은데 어째서 독일과 같이 사과하고 주변국에 배상하지 않는 거죠? 시민 의식이 높은데 어째서 독도를 다케시마라고 우기는 거죠? 역사 왜곡을 방관하는 거죠? 우리의 역사도 되지만 지들 역사도 되잖아요."

"······."

"······."

"······."

"······."

다시 카메라를 보았다.

"무릇 추락하는 건 이유가 있습니다. 70, 80년대 전 세계를 호령하던 일본이 작금에 이르러 전혀 힘을 못 쓰는 것에도 이유가 있겠죠. 얘들은 기본적으로 좋은 것을 보면 자기 것으로 만들려는 습성이 있어요. 무언가를 본받으려는 자세 자체는 훌륭하지만, 문제는 국가 전체가 전부 이런 식이라는 데 있겠죠. 오죽하면 편집 국가라는 소리를 듣겠습니까?"

"······."

"······."

"이를 또 일본은 이이토코토리 정신이라고 높여 부르더라고요. 좋아요. 좋다고요. 남의 것을 가져다 자기 식으로 만드는 것까진 좋은데 언젠가부터 이상하게 마치 자기가 만든 것처럼 최면을 걸어요. 자기들이 만든 것은 무조건 완전무결하다는 듯이 말이죠. 이 말인즉 자기가 한 일도 마찬가지로 완전무결하다는 정당화 논리가 형성된다는 거예요. 미친 사상이 돌고 있어요. 다른 나라에 잘못한 것도 억지로 명분을 만들어 훌륭한 일이라 하고 그마저도 없다면 아예 역사를 뜯어고쳐요."

"······."

"……."

"태평양 전쟁에 대한 것도 교과서에 단 한 줄. '일본이 태평양 전쟁을 일으켰고 히로시마 원폭을 당하고 종전했다.'예요. 패전도 아니고 종전이래요. 이러니 우리한테 사과하고 싶겠어요? 우리 선조의 문명으로 겨우 나라의 기틀을 만든 주제에, 서양의 문물로 일어선 주제에, 필립스의 휴대용 카세트를 가져다 작디작은 워크맨을 만든 주제에. 뭐 기본적으로 이룬 노력만큼은 가상하다 할 수 있으나 이제는 세상이 너무 달라졌죠. 그게 안 통합니다. 기술 발전이 하루가 다르게 빨라지고 스스로 개발하지 않으면 절대로 따라갈 수 없게 되었죠."

"……."

"……."

"이런 세계적 추세를 외면하고 여전히 예전의 방식을 고수하네요. 정자 세울 기둥 하나 만드는 데 일주일씩 걸려요. 이런 게 장인 정신이래요. 그런데 어쩝니까? 이제 세계는 새로 나온 기술을 받아들이고 발전시켜서 경지에 도달할 때까지 기다려 주지 않는데. 당장 우리만 해도 반년에 한 번씩 신제품이 쏟아져요. 이딴 식으로는 무조건 도태될 수밖에 없는 구조죠. 물론 몇 배나 큰 땅에, 그동안 쌓아 온 저력에, 두 배가 넘는 인구수 때문에 당장 망할 일은 없을 테지만 저는 확신합니다. 20년 안에 우리한테 뒷덜미 잡히고 말 겁니다."

너희 각오하세요.

Chapter 120

Chapter 120

중간에 사회자가 끊어 맥이 끊기긴 했지만.

반향은 확실하게 일었다.

내가 말한 걸 다루길 미적대던 언론도 날마다 수백 통씩 항의 전화를 받고는 한국에서 일본으로 넘어간 문화를 조사, 소개하기 시작했고 일본에 의해 말살된 우리 문화에 대해서도 알렸다.

좋은 소식은 또 있었다.

미국이 미사일 지침 해제를 선언했고 한미 연합에 관한 규정도 수정하고 2025년 1월 1일 무조건적으로 전작권을 돌려주겠다는 공식 문서에도 서명하였다.

경사라.

야당은 또 이를 두고 이 때문에 20년 넘게 전작권 환수를 못 하게 됐다며 트집 잡았지만 무시해 줬다. 국민도 오늘만큼은 개무시했다. 얼마 전까지도 전작권 환수는 한미 동맹에 큰 위협이 될 거라고 떠들었잖나.

웃긴 나라였다. 잘돼도 문제고 잘 안 되면 더 문제인 나라.

붕당 정치를 표방하지만, 당파 정치에 더 열을 올리는 나라.

실망스러웠지만 이도 달리 생각하면 민주주의라서 가능했다.

자기 이득에 따라 자기 목소리를 낼 수 있게 보장한 나라였으니 안건에 따른 소요는 당연한 일이었다.

그렇지 않나?

한쪽 손을 들면 당연히 다른 한쪽이 손해 보기 마련.

그런 와중 모든 분란을 불식시키는 사건이 벌어졌다.

"뭐, 뭐야?!"

"저게 뭐야?!"

"지, 진짜야?!"

"무, 무너진다!"

두 눈으로 보면서도 믿지 못할 광경이 펼쳐졌다.

미국 뉴욕 맨해튼에 서 있는 세계 무역 센터로 비행기 두 대가 날아가 꼬라박히는…… 빌딩 전체가 와르르 무너지는 영상이 세계 전역을 때렸다.

모두가 충격으로 입을 떡.

이로 인해 3천 명에 근접한 사망자와 6천여 명 이상의 부상자 외 뉴욕시 소방관, 뉴욕시 경찰관, 항만 경찰, 사설

EMT(응급 구조사), 화재 순찰관 412명(+경찰견 1마리)이 순직한다.

이뿐인가. 건물이 붕괴하며 뿜어져 나온 석면과 같은 유독성 분진에 암 발생자가 5,771명(이 중 931명 사망) 생겼고 사건과 관련하여 건강이 악화된 사람이 무려 7만 5천여 명이나 된다는 통계가 나온다.

당사국인 미국을 포함, 전 세계가 충격에 빠졌다.

여론은 극도로 격앙되었고 사태의 주동자인 오사마 빈 라덴과 알 카에다에 대한 무제한의 응징을 요구하는 목소리가 제어 불가능할 정도로 치솟았다.

결국 1개월 후 미군은 아프가니스탄 공습을 시작하고 탈레반 정권을 축출해 버린다.

그것도 모자라 2002년에 들어서는 미국 대통령이 직접 '테러와의 전쟁' 확장형인 '악의 축'을 선포(이라크·이란·북한을 지명하며 총칭한 표현)하며 관련국에 으르렁댔고, 2003년엔 기어코 이라크와 개전, 후세인 정권을 붕괴시킨다. 2006년엔 아부 무사브 알 자르카위를 사살하는 거로 모자라 사담 후세인마저 처형하고, 2011년에는 오사마 빈 라덴도 사살한다.

고로 이 사건은 신냉전 체제로의 돌입을 알리는 신호였다.

흥선대원군의 재림처럼 미국이 스스로 쇄국에 들며 고립을 이룩하고 미국 시민의 자유에도 심각한 위기를 초래하게 하는.

"문제는 여기에서 끝나지 않는다는 것이죠."

"예?"

"모방 범죄가 늘어날 거예요."

"모방 범죄라면……!!"

2002년 발리 폭탄 테러, 2004년 스페인 마드리드 열차 폭탄 테러, 2005년 런던 지하철 폭탄 테러, 2015년 튀니지 수스 테러, 파리 테러 등등.

김연의 입이 떡.

"어째서 이렇게 참혹한 일을 벌이는 겁니까?"

"목적은 단순해요."

"단순하다고요?"

"미국을 비롯한 강대국이 전쟁을 개시해야 그들을 전쟁광이라고 비난할 수 있으니까요. 무슬림 세계의 지지도 받고 동시에 그들을 진창으로 끌어들이려는 목적이죠. 자신 있다는 겁니다. 저들은 임기가 없으니까요."

"……!!! 설마 세계 대전을 원한다는 건가요?"

"다를 게 없겠죠. 기독교나 가톨릭 대 무슬림 차원으로 진영 대 진영 논리로 이끄는 순간 지하드는 선택이 아닌 필연이 될 테니까요."

"안 그래도 미국이 출정한다던데. 이거 큰일 나는 거 아닙니까?"

"일부 정도는 박살 나겠죠. 그러나 미국도 곧 큰 교훈을 얻게 될 겁니다."

"교훈이라뇨?"

"허상을 상대하잖아요."

"허상이라뇨?"

"무슬림이, 테러 조직이 언제 나라로서 존재했던 적이 있던가요? 그들은 중동은 물론 유럽에도 있고 미국에도 남미에도 저 일본에도 있어요. 누가 어떻게 돌변할지 모르죠. 미국은 아마도 난생처음으로 미지(未知)가 주는 공포를 맛보게 될 거예요."

"……!"

그랬다. 이것은 냉전 시대 때 몇몇 독재자 갈아 버리는 것과는 전혀 차원이 다른 일이었다.

도대체 어디가 끝인지 모를 전쟁.

지킬 곳은 많고 그만큼 소모되는 자원은 천문학적.

결국 미국과 강대국들은 이라크 전쟁, 아프간 전쟁에서 호되게 데여 아무리 자극해도 테러와의 전쟁을 피하는 수준에 이른다.

미국 다음으로 테러 피해가 가장 컸던 스페인과 프랑스조차 무슬림 공동체를 정보 당국 차원에서 더 철저히 감시하여 테러 분자들을 색출해 내거나 테러를 선동하는 자들을 법적으로 가능한 선에서 최대한 사회와 격리시키는 정도로 조치를 끝낸다.

섣불리 군을 움직이지 않는 이유는 확실했다.

진영의 논리로 가는 순간 미국과 강대국들이 잃을 게 훨씬 더 많았으니까.

"그러니까 이제부터 우리가 걱정할 건 저들의 일이 아니에요."

"예? 그럼 뭘 걱정해야 하나요?"

"우리 자신이죠."

"우리 자신이요?"

"끝도 없는 소모의 소용돌이 속으로 말려들어 가느냐? 물러서서 상황을 지켜보느냐? 이는 모두 오늘의 선택에 달렸어요."

"아아……."

무릎을 탁 친다.

"정부의 선택을 지켜보죠. 과연 미국의 압박을 견딜 수 있는지."

"이거 정말 큰 문제군요! 잘못했다간 우리 국토가 테러의 대상이 될 수도 있다는 얘기 아닙니까?!"

"그렇다고 마냥 미국을 무시할 순 없겠죠. 지금은 자기 혼자라도 다 할 수 있다는 것처럼 길길이 날뛰지만 머잖아 손 내밀 거예요. 즉 핵심은 이때 어떤 스탠스로 나아갈 것이냐는 거죠."

"아아……. 그렇군요. 총괄님은 어쩔 수 없이라도 미국의 손을 잡게 된다는 거군요."

"예."

"하아……."

"지켜보죠."

다행히 김대준은 현명한 선택으로 폭풍의 중심에서 한 발 떨어지는 지혜를 발휘했다.

미국의 행보에 발맞춰 9.11 테러 관련 담화를 발표하고 사회 안전망 체크를 하고 주한 미군 대사관의 경비를 강화해 주면서도 유엔 총회가 미국 내 동시다발 테러 규탄 결의안을 채택할 때는 나서지 않고 조용히 있었다.

그러곤 어느 시점 미국 대테러 전쟁에 전투병 파병 계획이 없다고 못 박았다.

종합 주가 지수가 475.6으로 12%가 하락하고 온 세계가 테러리스트들을 향해 출렁거림에도 중심 잡고 딱 버텼다.

"잘하고 있네요."

"다행입니다. 시류에 흔들리지 않고 진실을 보려 해서요."

"역량 하나만큼은 인정해 줘야겠죠?"

"전보다 나은 것 같습니다."

"동의해요. 자, 그럼 이제 우리도 일을 시작할까요?"

"예."

말이 끝나기가 무섭게 김연이 자료를 꺼냈다.

이전에 지시해 둔 것을 잘 정리한 자료였다.

물어봤다.

"뮤직 플랫폼 제작에 대해서 다른 의견은 없던가요?"

"제가 여러 기획사부터 방송국을 돌며 설문 비슷한 걸 받아 봤는데 의견이 갈리긴 했습니다. 굳이 일을 벌일 필요 있느냐부터 그런 게 돈이 될까란 노골적인 말도 들었고요. 하지만 또 대체로는 긍정적인 평가가 나왔습니다. 그런 플랫폼이 있다면 관심 있다 정도요."

"그래요? 이건 순전히 제 느낌인데 반대하는 이들은 주로 높은 지위에 있지 않았나요?"

"어! 어떻게 아셨습니까?"

눈이 동글.

웃었다.

"뻔하죠. 뮤직 플랫폼이란 게 결국 그들의 것을 일부 가져오는 것이잖아요. 꿰뚫어 보고 인상을 찌푸렸을 거예요."

"아……."

뭔지 알겠다는 표정이었다.

그래서 그런 태도를 가졌구나 정도?

이래선 부족했다. 김연마저 개념이 확고하지 못하면 가는 도중 좌초할지도 모른다.

"제가 예전에 한 번 다룬 적 있는데요. 우리나라 대중음악은 결국 서양 음악이라는 얘기 말이에요. 기억나세요?"

"아, 예. 기억합니다. 인터뷰에서 그런 말씀을 하셨죠."

"그렇죠. 현대 대중음악은 우리 음계에서 출발하지 않잖아요."

"맞습니다."

"저도 우리나라 궁상각치우가 세계의 대세가 되는 게 좋지만 이건 어쩔 수 없는 추세이고 앞으로도 쭈욱 이어질 방향이라는 것도 다들 아시잖아요. 그렇다고 기획사나 방송국이 세계 무대를 향해 우리 문화를 내세우는 것도 아니고 결국 또 서양 음악으로 들이밀 거잖아요. 제 말이 틀렸나요?"

"그것도 맞습니다. 어떻게 하면 조금 더 양질의 서양 음악이라는…… 표현이 맞는지 모르겠지만, 좋은 음악을 제작할까? 고민하는 건 이 바닥에 존재하는 모두가 짊어진 업입니다."

"그렇죠. 이럴진대…… 태생부터가 서양 음악의 복제일 수밖에 없음에도 우린 팝 음악을 들을 수가 없어요. 자기가 직접 찾지 않으면 락이고 재즈고 월드 뮤직이고 아니, 하다못해 트로트마저도 전문적인 채널이 없어요."

"으음……."

인정한다는 듯 고개를 끄덕끄덕.

"진짜 문제는 여기에서 발생해요."

"진짜 문제라뇨?"

"현대 대중음악은 음악가가 대중에서 탄생한다는 점이에요."

"예?"

무슨 얘긴지 잘 모르겠다는 표정이었다.

내 생각이 너무 앞서 나갔나? 부연 설명이 필요했다.

"예전에는 음악을 음악가 집안이나 음악 하는 단체에서만 주로 했으니까요."

"음악을 음악가 집안에서만 했다고요?"

"동서양을 막론하고 그런 경향이 짙었죠. 하이든이면 하이든 집안에서, 바하면 바하네 집에서, 우리 판소리도 스승을 찾아야 배울 수 있었잖아요. 마당놀이는 어떤가요? 궁중 제례악은요? 이걸 일반인이 알 수 있었던가요?"

"아아……."

"국악의 사부에서 제자로 이어지는 메커니즘은 최근까지도 이어지고 있죠. 하지만 대중음악은 어떤가요? 누구나 집에서 할 수 있잖아요. 누구나 할 수 있다는 건 훨씬 더 다채로운 결과물을 나타낼 수 있다는 얘기가 되지 않겠어요? 이해되시나요?"

"아아, 맞습니다. 그렇군요. 이렇게 달랐네요. 이미 몸으로 겪고 있었으면서 전혀 인식하지 못했습니다."

"누가 정한 것이 아니라 자연스레 장착된 것이니까요."

"자연스럽게……군요. 현대 대중음악가가 대중에서 탄생한다는 말을 이젠 확실히 이해했습니다."

"그렇다는 거예요. 이렇게 누구나 뮤지션이 될 수 있는 시대에 또 그렇게 걸어갈 시대에 걸맞게 필요한 것이 있다는 거예요. 여기에서 우리 오필승이 해야 할 일이 무엇일까요?"

"그게 뮤직 플랫폼이군요."

정답.

"오필승 엔터테인먼트의 미래이기도 할 겁니다."

"음……. 오필승 엔터테인먼트의 미래까지 되나요?"

"그럼요. 우리를 바라보는 이들에게 어떤 음악을 들려주고 어떤 방송을 하느냐는 곧 대중에게 음악을 판매함과 동시에 미래의 음악가를 만드는 과정이니까요."

"아아……."

격하게 끄덕끄덕.

"현 가요계 세태를 두고 너무 10대 위주의 음악만 생산한다 말하는 이들이 있어요. 이건 인정하시나요?"

"인정합니다. 근래 들어 아이돌이 우후죽순으로 나오고 있으니까요."

"그렇다면 그게 10대의 문제가 아닌 것도 인정하시겠네요."

"아, 예. 그게 그렇게 되는군요. 좋아한다는 이유로 문제 삼는 건 치졸한 짓이죠."

"우리나라에서 자기 음악 취향을 가장 적극적으로 어필하는 세대가 10대라는 얘기와도 같죠. 그렇기 때문에 시장은 그렇게 흐를 수밖에 없고 10대가 음악을 주도하는 거라 말하는 것도 일리는 있어요. 대표님은 어떠신가요?"

"그럴 수밖에 없습니다. 그들의 호응에 따라 흐름이 달라지니까요."

"그 현상을 두고 20대, 30대, 40대의 음악이 무너졌다고 보는 측면은요?"

"예?"

"사실 따지고 보면 경제생활을 하는 그들의 구매력이 더 강하지 않을까요? 그 세대의 음악이 어째서 10대에 밀렸다고 보시나요?"

"그야……."

대답을 못 한다.

대답 못 할 걸 알고 있었다. 이것이 바로 문화라는 커다란 집을 올리는 과정이라는 걸 알지 못하는 한 누구도 답할 수 없다는 것도 나는 알고 있었다.

"80년대 중순부터 오빠 부대가 형성됐어요. 당시 가요계를 이끌던 세대들은 지금 대체 어디에 있는 걸까요? 그리도 오빠에 열광했던 이들이 지금은 전부 어디로 숨어들었을까요? 어째서 우리는 그들을 놓쳐야만 했을까요?"

"아……."

"또 달리 말하면 지금의 10대가 언제까지 10대일까요? 10

년 후엔? 30년 후엔? 이 사람들도 없어지는 건가요?"

"……!!!"

김연의 눈에 빛이 들어왔다. 감이 잡혔다는 것.

"결국 우리가 놓친 겁니다. 우리 스스로 시장을 한정시키면서."

"아, 큰 실책이었군요. 그들을 끝까지 케어하지 못한 건 분명 우리 잘못입니다."

"이제야 말이 좀 통하네요. 제 답답함을 이해하십니까?"

"몰랐습니다. 아아……. 정말 바보 같았군요. 공개홀에 찾아오는, 소리 지르는 이들만 쫓아 버렸습니다. 그 뒤로 이어지는 더 큰 시장이 있었는데 아무것도 하지 않았습니다."

"또 하나. 예쁜 사람, 춤 잘 추는 사람은 놔둬도 자기가 알아서 사랑받고 삽니다. 우리가 할 일은 외모가 아니더라도 자기 얘기로, 자기 삶을 이야기하여 스타가 될 수 있는 길을 마련해 주는 거겠죠. 이런 시장이 형성돼야 비로소 문화가 성숙해졌다고 할 수 있지 않을까요?"

"전적으로 옳습니다. 우린 잘못 걷고 있었습니다. 진짜 반성해야겠습니다."

"그럼 대체 무엇이 문제였을까요?"

"음……."

생각에 들어가는 김연. 기다려 주었다.

몇 분이나 지났을까? 입을 열었다.

"제 생각엔 소수의 프로덕션이나 몇몇 엔터테인먼트가 생산

수단을 독점해서, 그걸 권력화하는 바람에 생긴 것 같습니다."

자랑스러울 만큼 뼈직구 정답이었다.

"맞아요. 그걸 막으려면 모든 대중이 음악을 만들 수 있는 권리를 인정하고 음악을 향유할 수 있게 시스템으로 만들어야겠죠."

"그게 뮤직 플랫폼이군요. 머리가 환해지는 느낌입니다. 총괄님."

"저도 기쁘네요."

미소 짓는데. 문득 어떤 생각이 들었는지 김연이 물어왔다.

"그렇다면 총괄님은 뮤직 플랫폼에 어떤 기대를 거시는 겁니까? 이 정도 바운더리라면 단순히 시장 케어를 하기 위한 목적이 아닌 것 같은데요."

"제 목적이요?"

"예."

"간단해요."

"간단하다고요?"

"이런 것들이 하나씩 모이다 보면 우리의 삶도 질적인 측면에서 성장할 테고 어느새 서양을 넘어설 테니까요. 그걸 믿기 때문이죠."

"아아……."

뮤직 플랫폼 프로젝트는 매출이나 순위에 상관없이 소니 뮤직의 방대한 음원을 활용한 세계구급 음원 거래 사이트를 개발하자는 목적으로 시작되었다.

기본적으로 무료이긴 하지만 정액제 유료로 들어가는 순간 국가별로 장르별로 정리된 고전 또는 최신 음악을 들을 수 있고 또 자신의 결과물을 올려 판매도 가능하게 한……. 음악을 감상하는 것을 넘어 재생산하기에 이른 능력자들을 위한 글로벌 등용문.

이게 이 프로젝트의 진면모였다.

시작은 한국에서이지만 북미에도 남미에도 저 유럽에도 개설하여 참여를 유도할 거대한 세상.

신인이라도 자신만의 음악 서재를 만들어 마음껏 자기 세계를 공유할 수 있고 그 자체로 이미 저작권이 인정되는 형식이라 나는 이미 성공을 확신하였다. 앞으로 세계는 뮤직 플랫폼에서 인재를 찾게 될 거라고.

"정홍식 대표님이 곧 한국에 도착하실 거예요."

"아, 예."

"오늘 이야기 나눈 것들을 잘 버무려서 작품을 하나 만들어 보세요. 세계 시장은 DG 인베스트에 맡기고요."

"알겠습니다."

"이 건이 어떻게 되느냐에 따라 우리 오필승이 세계 음악계의 주류를 틀어쥘 수 있느냐 없느냐가 결정될 겁니다. 아주 세심하게 들어가야 할 거예요."

"명심하겠습니다."

집중해 들어가는 김연을 두고 밖으로 나왔다.

나도 아주 바빴다.

이전 일본의 역사 왜곡에 대한 썰이 제법 인상적이었는지 (시청률이겠지만) 이후 방송국은 토론 프로그램이 열릴 때마다 나를 모셔 가기 위해 안달을 냈다.

이번 주제는 '문화재 관리, 이대로 좋은가'입니다.

이번 주제는 '앞으로 열릴 노인 시대'입니다.

이번 주제는 '사회 취약 계층을 위한 대토론'입니다.

이번 주제는 '국토 발전 불균형'입니다.

이번 주제는 '천정부지로 오르는 집값'입니다.

이번 주제는 '지방에서의 청년 이탈'입니다.

많이도 쫓아다녔다.

갈 때마다 사이다 발언으로 유명해진 나는 토론계의 일약 스타가 돼 있었고 법과 규범과 도덕을 아우르는 방대한 지식으로 토론을 주도하고 반대편에 선 패널들의 입을 봉인하기에 이르러 어느새 따르는 이들도 많아졌고 내가 나간다는 소식만으로도 시청률은 치솟았다.

"또 어디라고요?"

"MBC입니다."

"뭔데요?"

"이번 주제는 '세대 간 갈등'입니다."

"세대 간 갈등이요?"

"청년 측 대표로 나오시길 바란답니다."

"맨날 이런 주제네요. 묘하게 핵심만 비켜 나가는."

"뭐 그렇죠."

"한국 정치나 한국 언론이나 한국 사법, 미래 먹거리 같은 건 안 한대요?"

"아무래도 후폭풍이 있을 테니까요. 대부분은 총괄님처럼 강하질 못합니다."

"알겠어요. 올해는 이거로 끝내기로 하죠. 재미 삼아 시작하긴 했는데 너무 나가는 것도 이미지 소모 같네요."

"알겠습니다. 이번 회를 끝으로 올해는 참여를 중지하겠습니다."

"예."

그리하여 나간 토론회는 의도한 건지 안 한 건지 현세대의 청년들이 너무 본능과 말초, 감각적인 것에만 매달린다는 얘기가 주를 이끌었다.

게임도 하고 싶고 연애도 하고 싶고 음악도 듣고 싶고 놀고도 싶고 하고 싶은 게 너무 많아 소를 키울 수 없다는 것.

이들의 논리는 간명했다. 실속이 없다는 것.

젊은 시절이 짧음을, 가진 재화와 열정도 또한 제한적이기에 선택과 집중이 필요할 때 허송세월을 한다는 것.

애석하다며 진실로 걱정이라는 것처럼 고개를 저어 댔다.

"지금 하고 싶은 것들만 하면 훗날 내가 하기 싫은 일들만 하고 살아야 할 겁니다. 하지만 지금 내가 해야 할 일을 하고 산다면 미래에는 내가 하고 싶은 일들을 하고 살 수 있습니다. 이게 바로 준비 혹은 대비라는 겁니다."

자랑스럽게 말하는 패널을 보고 있노라면 왠지 이솝우화 개미와 베짱이 생각이 나기도 하고 저러니 시대에 뒤처진다는 얘기를 듣지 않나 싶기도 하고 마음이 복작복작했다.

주장은 전통적인 사상에 기반을 둔 계단 쌓기 이론이었다.

보편적이기에 호불호가 적은 장점이 있는 반면…… 패널 대부분이 고개를 끄덕이는 것도 지켜보는 방청자들마저 대체로 호응하는 건 옳은 방향이라서라기보다는 나쁘지 않아서였다.

너무도 뻔하지만, 또 누구도 토를 달지 못할 교묘한 선동.

그러나 내 보기엔 다 핑계였다.

부상 중이니까 열이 나니까 아직은 때가 아니니까.

계단 쌓기는 이러한 이유를 얼마든지 만들어 낼 수 있기에 본질을 흐리기 쉽고 진취를 방해한다. 앞으로 나가려면 무조건 계단을 쌓아야 하니까. 열 칸씩 앞서 오르는 건 도저히 두고 볼 수 없으니까.

당연히 마이크는 나에게로 왔고 청년 대표인 나는 이에 대해 하고 싶은 말이 있었다.

"좋은 말씀이시네요. 내일의 영광과 승리를 위해, 안 해도 되는 일은 그만하고 오늘 반드시 해야 할 일을 꼭 해야 한다. 맞나요?"

"그렇죠. 그게 바로 현시점 우리가 집중해서 봐야 할 문제입니다."

"바로 그런 걸 절제라고 부르던데 이에도 동의하시나요?"

"절제라…… 아주 정확한 표현이십니다."

"그렇다면 이 건은 이렇게도 설명할 수 있겠네요. 누군가가 무언가에 절제한다는 건 가치 있는 것을 자기가 결정할 능력 있고 그만한 지혜와 그것을 위해 결단할 용기가 있다. 맞나요?"

고개를 끄덕끄덕.

이번엔 패널 대신 방청객들이 크게 호응했다.

나도 한 발 더 내밀었다.

"예를 들어, 축구 선수로 이름을 날리고 싶은 이가 축구 외 다른 종목 혹은 다른 분야에 관심이 크다면 축구에서 받을 영광이 오지 않는다란 얘기잖아요."

"맞습니다. 진심으로 경주하지 않는데 어떻게 영광을 얻을까요?"

"당연한 일이겠죠. 프리미어리그에 올라 발롱도르를 타고 싶은 건 모든 축구 선수의 꿈일 겁니다. 즉 모두가 갖고 싶다는 건 모두와 싸워야 한다는 의미도 되겠죠. 경쟁 사회이지 않습니까?"

"……그렇죠."

"그렇다면 야구 선수는 여기에서 다릅니까? 수영 선수는요? 역도 선수는요? 골프 선수는요? 음악인은요? 가수는요? 탤런트는요? 영화배우는요?"

고개를 도리도리.

방청객들이 도리도리 댄스를 하였다.

무엇엔가 결실을 얻기 위해선 그 과정에 충실히 해야 한다는 건 누가 가르치지 않아도 알았다.

초딩도 안다는 것.

"그렇다는 건 절제가 바로 목표에 대한 집중이며 절제의 능력이 곧 목표로 가는 집중의 힘이란 뜻이 되겠죠. 이 말인 즉슨 남과의 경쟁이든 스스로와의 경쟁이든 이기기를 원하는 자마다, 성공을 거머쥐고 싶은 자마다, 모든 일에 절제해야 한다는 건 필연이라는 결론이 나옵니다."

고개를 끄덕끄덕하길래 다시 짚어 줬다.

"승리를 꿈꾸고 소망한다면 절제는 필수라는 것. 이는 아이든 어른이든 지위가 높든 낮든 무조건 통용되는…… 세상을 관통하는 진리라고 봐도 과언이 아닐 테지요?"

"……."

"……."

"……."

"……."

뉘앙스가 슬슬 이상함을 깨달았는지 패널들이 답을 안 했다.

그러든 말든.

"누군가 자꾸 얘기합니다. 요즘 젊은 세대들이 힘든 일을 기피한다고요. 정신력이 약해서 어디 쓸데가 없다고요. 물론 그런 사람들도 있겠죠. 헌데 기성세대라고 다를까요? 어느 세대든 그런 사람들은 있기 마련입니다. 그 사람들 때문에 전부가 욕먹어야 할까요? 이전 세대가 보기에 현재 기성세대는 어떨까요? 좋은 얘기가 나올까요?"

"……."

"……."

"대체 어디에서 나온 기준이길래 자기 마음대로 평가하는
걸까요? 그 사람이 자라 온 환경과 가치관을 아시나요? 그렇
지 않아도 현재 젊은 세대들은 기성세대가 걷지 않은 길을 개
척하느라 눈코 뜰 새도 없을 지경인데 왜 자꾸 손가락질하며
발목을 잡으시는 거죠? 내 새끼 힘든 일 안 시키려고 죽도록
공부시킨 거 아닌가요? 남의 새끼라고 기준이 달라지는 건가
요? 당장 나가서 30만 원이든 50만 원이든 벌어 오는 게 그렇
게도 중요한 건가요?"

방청객들이 격하게 끄덕였다. 집에서 많이 당하는 모양.

"물론 배고파 보지 않아서 그렇다는 의견도 있을 수 있습
니다. 절실함이 없고 헝그리 정신이 없다고요. 하지만 언제
까지 배고파야 합니까? 세상이 달라졌으면 인식도 달라져야
지 않을까요? 저기 미국인에게 배고픔을 얘기하면 어떨 것
같나요? 아무나 붙잡고 아프리카 기아 문제를 얘기하면 가서
빵을 주라는 애들이 태반이에요. 70년대, 80년대 태생들에게
보릿고개를 얘기해서 공감을 얻으시겠어요? 현 기성세대들
은 을미늑약의 시대를 경험하셨나요?"

"……."

"……."

"무슨 일을 하든 1년 후, 5년 후의 미래를 설계하고 있다면 제
법 괜찮은 방향성이 아닌가요? 무엇이든 도전하라! 청년의 열

정! 청년 정신! 하시며 잔뜩 부추겨 놓고 정작 인내심이 약한 건 오히려 기성세대 같지 않나요? 1960년대 한국과 2000년 한국은 전혀 다른 국가입니다. 현대를 살아가는 세대는 과거와는 비교도 할 수 없는 위치에서 차원이 다른 집약적 경쟁사회를 걸어야 하죠. 또 그에 대비해야 할 막중한 책임이 있어요. 대학만 졸업하면 마구 데려가던 그런 시절이 아니란 말입니다."

"……."

"……."

"그러니 제발 좀 내치지 마세요. 방황하는 건 당연한 겁니다. 기성세대의 교육을 받고 자랐는데 세상이 달라졌잖아요. 우린 처음부터 다시 시작해야 하잖아요. 이 상태로 미래의 먹거리를 만들어 내지 못하면 끝이잖아요. 막말로 미래 먹거리를 누가 만들어야 하는 겁니까? 후대를 위해 먹거리조차 만들어 내지 못한 어른들이 무슨 자격으로 하루하루 살얼음판에 사는 젊은이들에게 이러쿵저러쿵하는 겁니까? 무슨 자격으로 젊은이들에게 자신의 못다 한 책임을 전가하죠? 부끄러운 줄 아셔야죠."

"……."

"……."

"운전하다 기름이 떨어졌어요. 그럼 보험회사에서 달려와 주유소까지 갈 기름을 채워 주잖아요. 그런 과정에 있는 사람들이 현재 젊은이이고 그들에게 최악의 절망을 겪지 않게 하는 게 국가잖아요. 사회 시스템이 아닌가요? 그게 복지잖아요. 다들 고생하는데 너만 유독 그러냐는 시선은 결국 세대

간 단절만 유발할 겁니다. 이걸 원하십니까?"

"……."

"……."

"우리는 적이 아닙니다. 자신의 패배감을 괜한 사람에게 푸는 건 누가 봐도 아니잖아요. 그러니 부디 말로만 너를 위해서다, 네가 걱정돼서다 하지 마시고 기름을 넣어 주세요. 나이 들수록 입은 무거워지고 지갑은 자주 열라는 말을 못 들어 보셨나요? 제가 왜 이런 말을 아주 과감하게 하는지 아십니까?"

"……."

"……."

"자신 있기 때문입니다. 여러분들이 뭐니 뭐다 손가락질하는 현세대가 결국 우리 한국을 세계 수위권에 드는 강력한 국가로 만들 테니까요. 그 이후 세대들도 마찬가지로 더 굴강한 대한민국을 만들 테니까요. 그 이후이후 세대들도 똑같이 세계를 아우르는 대한민국을 만들 테니까요. 지금의 기성세대들이 허허벌판에서 이만한 대한민국을 이룩해 냈듯이 말이죠."

◇ ◆ ◇

논란이 많았던 토론이었다.

나는 각성을 말했으나 언제나 그렇듯 고깝게 보는 이들은 있었고 이를 도전으로 받아들였다. 사회 풍속의 해침으로 이해하고픈 이들이 있었고 그들은 그 속성마저 아주 과격하였는데 전에는 보이지 않던 인물들이 오필승 씨티에까지 나타나 공격까지 해 댔다.

네가 뭔데 까부느냐고.

어린놈이 뭘 안다고 우리의 업적을 헐뜯느냐고.

머리가 희끗희끗한 노인부터 중장년층들이었다.

평소 골골대던 이미지는 어디에 갔는지 힘도 좋게 시위를 벌이고 더 나아가 오필승의 사업을 방해하려 나서고 가는 곳곳마다 엉망을 부렸다.

그래도 그 정도는 참았다.

이래서 민주주의 사회이고 자극에 대한 반응은 어떤 식으로든 나타날 수 있다 믿었으니까.

그런데 이 일이 한 달이 넘어가며 느낌이 싸해졌다.

같은 하늘 아래 살 수 없는 원수도 아닐진대 이만한 성의는 누가 봐도 정상이 아니다.

엉망을 부리는 강도도 점점 세지며 나이가 마치 면죄부라도 되는 것처럼 막무가내로 굴었고 주변의 눈살을 찌푸리게 하였다.

슬슬 부아가 치밀 무렵 임정도가 만나자는 연락을 해 왔다.

"무슨 일 있나요?"

"재미난 것을 발견해서 말입니다. 보시면 흥미로울 것 같아서 뵙고자 한 겁니다."

하며 서류 봉투를 꺼낸다.

그 안에 든 건 사진 네 장이었다. 딱 네 장.

단지 그것만도 앞서 모든 스토리가 이어질 정도로 아주 강력했다.

첫 장에 찍힌 사진의 주인공을 가리켰다.

"이 사람은 누군가요?"

"이종민 의원입니다."

현역 야당 의원이라.

두 번째 장은 이종민 의원 옆에 있던…… 보좌관으로 보이는 젊은 남자가 시위대에서 가장 강성이자 가장 더러운 꼴을 피우는 노인과 만나는 사진이었다. 세 번째는 그 노인에게 어떤 물건이 든 가방을 건네주는 장면이고 네 번째는 그 노인이 다른 노인들과 작당하는 장면이다.

한숨이 나왔다.

"이종민 의원은 어째서 나를 적대시하는 거죠?"

"관련이 없는 줄 알았는데 생각 외로 아주 밀접했습니다."

"저와 아주 밀접하다고요?"

"잊으셨습니까? 한국형 무선 통신 사업."

말도 탈도 많았으나 지금은 궤도에 오른 사업.

"잊지 않았죠."

"그때 대노한 김영산에 의해 경질된 사람이 꽤 됩니다. 그 중에서도 가장 치명적인 타격을 입은 사람을 기억하시나요?"

"……! 민정수석이랑 체신부 2차관인가요?"

"맞습니다. 그 가족입니다. 사촌지간이긴 하지만."

기가 막혔다.

그쪽 패밀리는 경솔함을 타고났던가?

겨우 이딴 식으로 내가 흔들릴 거라 생각하나?

"이해할 수 없네요. 지금 나를 건드려서 무얼 얻겠다는 거죠?"

"서서히 잠식시키려는 전략일 수도 있습니다. 지금은 티도 안 나겠지만, 어찌 됐든 대미지는 쌓일 테니까요."

"혹 나의 대외 활동이 잦아지는 것도 이유로 들어가나요?"

"맞습니다. 중장년층이 싫어하고 중장년층을 싫어하는 이미지를 덧씌우려는 의도도 보입니다."

"나한테요?"

"청년 투사는 어떤 프레임과 상관없이 한쪽으로 편승될 수밖에 없죠. 즉 총괄님의 정치 무대 데뷔를 대비하고 있다고 봐도 될 겁니다. 시위대를 찍은 사진 몇 장과 인터뷰 몇 개만으로도 젊은 층만을 대변하는 인사로 만들어 버릴 수 있을 테니까요. 프레임은 이토록 간단하지만 강력합니다."

"날 계륵으로 만들 심산이군요."

"그렇습니다. 참으로 좋은 역량인데 언행으로 보아 우리 쪽이랑 안 맞는다. 더 늦으면 안 되겠다. 이들이 보는 총괄님의 약점은 오직 한 가지밖에 없습니다."

"젊은 나이군요."

"그걸 활용한 시나리오입니다."

"정치에 안 나오는 게 제일 좋겠지만 나오더라도 안전장치는 두고 가겠다?"

"일종의 경고이죠."

"아무래도 저들은 나를 아직 잘 모르는 모양이네요. 이러면 정치에 별생각이 없더라고 자꾸만 가고 싶어지잖아요."

"그래서 또 준비했습니다."

뒤에서 하나의 서류 봉투를 더 꺼내는 임정도였다.

나도 묻지 않고 펼쳐 보았다.

이번엔 이종민 의원에 관한 내역이었다. 아주 적나라한.

"각하의 출소 이후 청운이 지금까지 한 작업물입니다."

"정치인들 캐기인가요?"

"고위 공무원, 사법부, 언론, 기업을 총망라한 데이터를 쌓는 중입니다. 아직은 부족하지만 10년만 더 지나면 총괄님 앞에 당당히 설 자가 없어질 겁니다."

"그 정도로 더럽다는 얘기군요."

"차라리 군부 정권 시대가 더 깨끗해 보일 지경입니다. 더 교묘해지고 더 많은 부분이 얽혀 있습니다."

그럴 거라 예상은 했지만 실제로 들으니 마음이 좋지 않았다.

하지만 이도 지금은 꺼낼 일이 아니다 생각했다.

"전달은 어떻게 하실 생각이세요?"

"우편이 가장 깔끔합니다. 굳이 증거 출처에 대해 설명할 필요도 없고 언론도 간편해서 좋아할 겁니다. 다른 방법을 이용해야 한다면 그때 또 상황에 맞게 움직일 테니 걱정 마십시오."

"알겠어요. 우편으로 보내 주세요."

등기로 보내진 증거물들은 이틀 만에 정은희의 손에 들어왔고 화들짝 놀란 정은희는 사진을 들고 나에게 가져왔다.

나도 깜짝 놀란 척 벌떡 일어나 정은희 책상에 있는 우편 봉투를 살펴봤고 그 영상을 고스란히 자료로 남겼다.

나우현을 불렀다.

신나게 달려온 그 앞에 증거물을 던져 줬다. 우편으로 이런 게 왔다고.

다음 날로 대서특필된 이종민 비리 소식에 나라가 들썩였다. 이제는 서울지방경찰청 경무관으로 재직 중인 강희철은 광역수사대를 불러 시위 중이던 이들을 전부 체포, 주동자를 심문했다.

곁에 있던 찌라시 언론이 시위대를 체포한 경찰을 두고 오필승 그룹과의 커넥션이 있을지도 모른다는 등 의혹을 부풀렸으나 다음 날 신문 1면에 찍힌 사진 한 장에 모두가 찌그러졌다.

인터뷰를 안 할 수가 없었다.

"조금 더 나은 사회를 위한 노력이 또 이런 식으로 악독하게 이용당하게 될 줄은 몰랐습니다. 정녕 정치는 또 정치인은 믿어선 안 될 놈들일까요? 국가와 민족을 위해 일하라고 국민이 내준 권한을 어찌 이리도 추악하게 쓸 수 있는 건가요? 설마 이것도 진영의 논리였나요? 당신들은 대체 누구를 찍어 준 겁니까? 정말 이 시대는 양심적이고 국민을 위한 정치인은 없는 겁니까?! ……그건 그렇다 치고 돈 몇 푼 준다고 50년, 60년 자기가 살아온 인생을 마음대로 바닥에 짓밟힌 빈대떡같이 만든 분들은 대체 뭔가요? 진정 이분들이 50대, 60대를 대표하는 겁니까? 절대 아닐 겁니다. 지금 이 순간도 하루

하루 열심히 살아가시는 분들이 대다수일 테니까요. 고로 그 사람들도 세대에 끼어 있는 기생충 중 하나겠지요. 그래서 더 용서가 안 됩니다. 일벌백계의 차원에서라도 반드시 책임을 물을 겁니다. 두고 보십시오. 제가 어떻게 하는지."

가뜩이나 온갖 비리가 연루된 중대한 형사 사건에 민사까지 들어갔다.

그리고 내 주위엔 이런 일을 아주 잘하는 변호사 그룹이 있었다.

그들에게 이 건을 1,000억짜리로 만들라고 지시했다.

전문가들은 신속히 움직였고.

며칠이 안 가 이종민 의원 본인은 물론이고 소속 정당과 찌라시 언론, 동원된 시위대를 전부 포함하는 소송이 걸렸다는 소식이 지면을 때렸다. 동시에 언론은 그동안 오필승이 소송에서 어떤 위력을 보였는지 700억 달러나 받아 낸 미국 소송을 예로 한창 나불댔다. 자기들 것은 쏙 빼놓고.

그러든 말든 오필승은 오필승에 잘못 걸리는 순간 탈탈 털려 길바닥에 나앉는다는 게 상식이 될 만큼 철저하게 나갔다.

이러는 사이 저 멀리 지구 반대편 아르헨티나에서는 아돌포 로드리게스 사아 임시 대통령이 1,300억 달러에 달하는 부채 상환을 중단한다는 선언으로 세계를 충격에 휩싸이게 했다. 역사상으로도 최고의 채무 불이행 액수라.

나우현은 이 사실을 또 IMF 시절 한국의 상황과 버무려 이 시대 구국의 영웅이 누구였는지 자기 멋대로 밝혔다. 나중에 신문에 낸다고 알려 주긴 했는데 이제는 내놓을 때가 됐다는 주변의 의견에 침묵했다.

알음알음하던 것과는 별개로 유력 일간지에 IMF 때 우리를 구해 준 키다리 아저씨의 존재에…… 내 이름이 등장하자 국민은 경악했고 철혈의 소송전에 눈살을 찌푸리던 이들마저 내 쪽으로 돌아설 만큼 강력한 이슈가 됐다.

국민 까방권 획득.

나우현은 제2타로 당시 IMF가 한국에 요구하던 조건을 일일이 나열하여 알기 쉽게 풀이해 주는 시간을 가졌다. 당시 그 조건을 다 수용했다면 어떤 일이 벌어졌을까? 우리나라가 어떻게 됐을까? 현재 태국과 인도네시아, 멕시코, 아르헨티나 등과도 비교해 주며 나의 존재를 추켜세웠다.

이러한 국민적 인식이 더해지자 소송전은 급물살을 탔고 급기야 이종민 의원은 의원직까지 박탈당했다.

그사이 2002년이 밝았다.

김대준 대통령은 신년사에서 2002년을 '국운 융성의 해'로 만들자고 강조하였다.

저 멀리 유럽에서는 드디어 유로화를 공식적으로 유통하기 시작했고 3월 1일부터 법정 통화로 바꾸는 것도 결정하였다.

한미 양국이 주한 미군 용산기지 이전 합의서에 도장 찍었고 가지 많은 나무에 바람 잘 날 없다고 이를 축하하는 자리에 찬물을 끼얹는 일이 또 발생해 국민을 충격에 빠트렸다.

김연이 들어왔다.

"들으셨습니까?"

"뭘요?"

"스티븐 유 말입니다."

"스티븐 유요?"

"그놈이 미국에 가서 미국 시민권을 취득했다고 합니다."

아아~ 먹튀. 그게 이 시점이었구나.

"그렇죠? 제가 그런다고 했잖아요."

"일주일 전까지만 해도 군대 간다고. 대한민국의 청년이라면 군대 가는 게 영예로운 일이라고 떠들던 놈이 아버지 병가를 이유로 미국에 가서는 한국 국적을 포기했습니다. 어떻게 이런 일이 벌어질 수 있습니까?"

"제가 소시오라고 했잖아요. 자기 이익에 부합되는 삶을 사는 자."

"그 와중에 댄스 가수의 생명이 짧아 군대 가서는 답이 없다는 인터뷰도 했다고 합니다."

"지랄은. 지가 가기 싫어서 안 가 놓고."

"이만저만 실망이 아닙니다. 방송에서는 온갖 건실한 청년처럼 해 놓고는 어떻게 이렇게 뒤통수를 칠 수 있을까요?"

"한국에 못 들어올 거예요. 감히 역린인 군대로 농락했잖아요."

"맞습니다. 못 들어오게 해야 합니다. 미국에서 살기로 했으니 미국에서나 살라고 하시죠."

"너무 흥분하시네요. 그때 제 말을 안 믿으신 거예요?"

"아닙니다. 경계는 했지만 실제로 당하고 나니 어이가 없어서 그렇습니다."

"그놈을 사랑했던 국민의 심정은 어떨까요?"

"처참하겠죠."

"그래요. 가짜는 언젠가 이렇게 본색을 드러내기 마련입니다. 우리 가요계도 똑같아요. 진짜를 구별해 내는 능력을 키워야 해요."

"총괄님의 혜안에 다시 한번 감탄합니다. 더 신중히 접근하는 제가 되겠습니다."

"우리랑 얽힌 건 없죠?"

"그때 말씀하신 이후로 그놈과는 늘 거리를 뒀습니다. 사실 직원들이 의문을 표하긴 했는데 제가 밀어붙였죠."

"혜안이 넘치는 대표님이 되셨네요."

"아아, 이게 그렇게 되는 겁니까?"

"오필승 엔터테인먼트의 수장이 결정한 사항인데 누가 딴지를 걸까요? 훌륭하십니다."

"이걸 원한 건 아닌데……."

역시나 스티븐 유는 인천국제공항 입국길에서 입국이 거부되었다. 쫓겨나는 장면이 신문에 실리며 대다수 국민이 환영의 뜻을 보였지만 10년이 지나도 여전히 빠인 애들은 눈물을 흘리며 통곡했다.

미친 것들.

알 게 뭔가.

그놈은 우리를 배신했고 어떻게든 대가를 받아 내야 한다.

원역사와 많이 달라질 것이다.

놈이 활동할 중국은 내 깐부니까. 이 내가 두 눈 뜨고 있는 한 중국에서도 곱게 연예계 생활을 못 할…… 아니, 생각난 김에 선샤오광을 불러 그놈 사진을 손에 쥐여 주었다.

"어차피 그 실력으론 미국 무대엔 못 설 테고 결국 그쪽에 기웃거릴 거예요."

"망가뜨리면 됩니까?"

"철저히."

"명을 받듭니다. 누군지 모르겠지만, 감히 장 공의 심기를 건들다니 오래 살긴 글렀군요."

"죽이면 안 됩니다."

"아아, 그렇군요. 아주 오랫동안 고통을 받아야 하는 거군요."

끝.

충직한 선샤오광이 움직였으니 모르긴 몰라도 저 도심 아래 하수구에 사는 이들보다 더 엿 같은 꼴을 당하게 되겠지.

폐인을 좋아할 빠는 없었으니 인천공항에서 통곡하는 것들도 역시 사라질 것이다. 추후 끈덕지게 입국 허락을 해 달라는 징징거림도 삭제될 테고.

시선을 돌렸다.

건교부가 웬일로 그린벨트 3,700만 평 해제를 골자로 '수도권 광역 도시 계획안' 같은 좋은 소식을 발표하였다. 그리고 또 며칠이 지나지 않아 충남 아산에 800만 평 규모의 신도시

개발 계획도 발표하였다.

일 좀 하려나?

틈새로 박근애 야당 부총재가 탈당하였다는 소식이 들려왔다. 이인젠이 야당을 탈당하였다는 것도.

좋은 소식은 한꺼번에 몰려오는지 한미 양국이 '한미 연합 토지 관리 계획(LPP)'에 서명하여 주한 미군기지와 훈련장 31곳 4,000만 평을 2010년까지 반환키로 합의하였다는 소식도 들렸다.

참으로 잘된 방향성이지만 또 모든 게 역사와 다름없이 돌아가는 걸 보면 긴장감을 늦출 수가 없었다.

여당 차기 대통령 후보로 무명에 가까웠던 노무현이 선출되고 야당은 대통령 후보로 재수를 노리는 이회찬을 앞세우는 것도.

이후 벌어진 일들은 비교적 가까운 과거의 일이라 더 소상히 기억났다.

불행을 막지 못함을.

"……."

그런 와중 2002 한일월드컵 개막식이 서울 상암월드컵 주경기장에서 개최되었다.

모두가 긴가민가할 때.

6월 4일 한국 축구팀이 D조 조별예선 1차전에서 폴란드를 뜬금없이 2-0으로 꺾어 48년 만에 월드컵 첫 승을 거두는 파란을 일으켰다.

이게 뭐지? 다들 어리둥절.

프랑스와의 평가전에서 2-3으로 질 때만 해도 대충 그러려니 했는데. 이기기까지 하다니.

꿈의 무대 월드컵에서 우리가 이기는 모습을 우리 앞마당에서 보게 되었다.

더구나 웬걸.

2차전에서 미국과 비기더니 3차전에선 강호 포르투갈을 1-0으로 꺾어 사상 최초로 월드컵 16강전에 진출해 버렸다.

어랍쇼. 이게 대체 무슨 일이지?

누가 시작했는지도 모르겠다. 갑자기 타오른 열풍이 온 국민을 들끓게 하였고 시청 앞으로 집결하게 하였다.

그때 수도권 외곽 경기도 양주군에서 안타까운 소식이 들려왔다. 여중생 둘이 미군 장갑차에 치여 숨졌다는 것이다. 미군 여중생 압사 사건.

하지만 확 돌아 버린 월드컵 광풍에 큰 이슈가 되지 못했다. 아주 짤막하게 단신으로만 나오고 말았을 뿐.

그리고 16강전에서 만난 이탈리아를 2-1로 꺾어 월드컵 8강전에 진출하자 사람들은 슬슬 두려워했다. 오 척 단구의 붉은 악마가 거대한 형상으로 일어나 온 나라가 대~한민국!을 부르짖었다.

이제 그만해도 충분할진대 약 빤 대표팀은 미쳐서 8강전에 만난 스페인마저 5:3 승부차기로 꺾어 월드컵 4강까지 진출해 버렸다.

난리가 났다.

세계가 뭐라든 말든 우리끼리 얼싸안고 축제를 벌였다. 꿈은 이루어진다며 브라질과의 결승전을 상상하며 거리 곳곳마다 응원 물결이 이어졌고 우리도 할 수 있다는 자부심이 머리끝에서 발끝까지 전율로서 관통하며 뿌리 깊은 동질감을 형성하였다. 서로를 바라보기 시작했다.

그때 또 서해 연평도 부근에서 남북 간 교전이 발발, 아까운 우리 병사들이 죽었다. 제2 연평해전. 이때도 미국은 아무것도 하지 않았다.

더군다나 여중생 장갑차 사망 사건 관련 공보도 사고라고 일축, 주한 미군 보병 2사단장이 대충 나와 사과 한 번 하고 끝내려 했다. 연평해전에 대한 건도 언급하지 않았다. 여중생 사망 사건 관련 한국 정부의 재판권 이양 요청도 거부하였다.

이 소식이 월드컵으로 뽕빨 제대로 오른 국민에 전해졌다.

화르르륵.

사태가 심상치 않아지자 콜린 파월 미국 국무장관이 진화한다고 나서며 정식으로 사과하겠다는 의사를 표하였음에도.

청와대가 나를 불렀다.

"어떻게 생각하오?"

"……."

하지만 나는 달갑지가 않았다.

미국과 갈등이 생길 때마다 나를 부르겠다는 심산인지.

해법은 지난번에 전부 알려 줬고 그걸 휘두르는 건 전적으로 위정자의 몫이다.

그런 기색을 눈치챘는지 김대준이 서둘러 부연 설명했다.

"오해하지 마시오. 하나에서 열까지 다 해 달라는 건 아니
니까. 그저 의견을 듣고 싶었소. 내가 결정하려는 방향이 우
리나라에 도움이 될 만한 건인지 말이오."

이도 답은 간단했다.

"재선이 걸린 이상 조지는 저를 못 건듭니다."

"……그렇군요. 장 총괄이 있는 우리나라도 역시 그렇겠지."

"더 무엇을 원하시는 겁니까?"

이 정도 실드면 된 거 아니냐?

"정당한 처벌을 하고 싶소."

"재판권 이양입니까?"

"그렇소."

"그렇다면 그걸 위해 무엇을 바칠 각오가 있으십니까?"

"……."

"……."

"……."

"……."

잠시 정적이 흘렀으나 김대준은 머리가 나쁘지 않았다.

"……이거 나 혼자 결정할 사안이 아니군."

"그렇죠."

"잠시만 기다려 주시오."

"예."

손짓 한 번에 비서실장이 왔다 갔다 하고 30분쯤 지나자 작달막한 체구에 이마에 주름이 진하게 진 남자가 한 명 들어왔다.

노무헌이었다. 현재 여당의 대통령 후보.

무슨 일인가 들어오다 나를 보고 흠칫, 다시 김대준을 바라보는 그였다.

이게 무슨 상황인지 설명하라고.

김대준은 그를 자리에 앉히고 자기가 생각하는 바를 알려줬다.

"이제부터라도 미국인과 미군이 저지르는 범죄에 대해 우리 법정에서 심판할까 하는데 노 후보께서는 어떻게 생각하시오?"

"그야…… 찬성입니다만."

나를 또 본다.

외인이 있는 자리에서 이런 걸 논의해도 되냐는 뜻이었다.

김대준은 피식 웃었다.

"그리 경계할 것 없소. 여기 오필승의 장 총괄은 노태운 대통령 때부터 장자방으로서 각종 정책에 참여했소. 그렇지 않소?"

깜짝이야.

"……아셨습니까?"

"배 실장이 자그마한 기록을 찾아냈소. 굵직굵직한 사안 때마다 청와대를 출입했더군요. 그때마다 상당한 수준의 일들이 벌어졌고요. 노태운이 스스로 감옥에 들어간 것도 어쩌면 장 총괄이 영향을 끼쳤을 거란 것이 우리의 분석이오."

별일이었다.

이 완고한 청와대에서 전혀 예상치 못한 진개를 만나다니.

김대준은 노무헌에게 덕담도 아끼지 않았다.

"노 후보도 앞으로 장 총괄과 친밀하게 지내시오. 김영산은 자기 고집 부리다 장 총괄의 눈 밖에 나 망했지만, 노태운을 보오. 한 짓에 비해 얼마다 평탄한 삶을 사는 거요? 이 나도 국정 운영에서 장 총괄의 도움을 많이 받고 있소."

"그렇습니까?"

"그래서 장 총괄이 우리에게 물었소. 재판권 이양을 위해 우리가 무엇을 바칠 수 있냐는 거요?"

"무엇을 바쳐야 하는 겁니까?"

노무헌의 눈빛이 매서워졌다.

김대준도 자세가 달라졌다.

"이 사람, 뭔가 단단히 오해하는 모양이군. 장 총괄한테 바치는 게 아니라 국가와 민족을 위해 말이오. 이미 다 가진 장 총괄이 우리에게 바랄 게 무에 있겠소?"

"크음…… 저는 국가와 민족을 위해 이 자리까지 왔습니다. 앞으로도 후회 없이 그 길로만 갈 겁니다. 답변이 되었습니까?"

"무엇이든 할 수 있다는 애기요?"

"예, 그렇습니다."

"그렇다는군. 나도 동의하는데. 장 총괄 이 정도면 되겠소?"

자연스레 바통을 넘긴다. 나도 자연스레 받았다.

"이 자리는 5천만을 위한 자리이기도 하지만 단 한 사람을 위한 자리이기도 하지요. 두 분께서 단 한 사람의 헛된 죽음

핫솔 마이라이프 15

도 용납하지 않으시겠다면 또 그걸 위해 모든 걸 버릴 의향이 있으시다면야 망설일 이유가 없겠죠."

"그렇군. 내가 괜한 것에 두려움을 품은 것이오?"

"무슨 말씀이십니까?"

노무헌이 끼어든다.

그런 노무헌을 김대준이 인자한 미소로 쳐다보았다.

"미국과 한번 대차게 붙어 볼 생각이오. 이번 여중생 살인 사건 말이오."

"그 건이야 당연히 항의해야지요. 이 일을 어떻게 그냥 넘어갈 수 있습니까?"

"아마도 이 일로 인해 상당한 소요가 일 것이오. 나는 주한 미군 철수까지 염두에 두고 있소."

"예?!"

그제야 노무헌도 사안의 심각성을 깨달은 표정이 되었다.

김대준이 그를 다독였다.

"그리 걱정 마시오."

"어찌 걱정이 안 됩니까? 사회적 파장이 엄청날 겁니다."

"두 아이가 죽은 건 괜찮고?"

"그야…… 그렇군요. 오늘 이 자리는 주한 미군과 두 여중생의 죽음을 저울질하는 자리였군요."

고개를 끄덕끄덕.

"또 있소. 이번 서해교전 아시오?"

"예, 압니다. 우왕좌왕했다더군요."

"미국은 아무것도 하지 않았소."

"예?! 그건 또 무슨 말씀입니까?"

"우리의 대응이 늦고 지휘 체계가 흔들린 건 전부 다 미국 때문이었소."

"그게 무슨 말씀……."

"이게 바로 우리가 전작권을 환수해야 할 이유이오. 난 이번 싸움을 통해 미국인이든 미군이든 우리 한국 땅에서 범죄를 일으킨다면 우리가 처벌하고 또 외세가 공격하는 순간 무제한으로 반격할 수 있는 권한을 가져올까 하오."

"무제한으로 말입니까?"

"그렇소."

"그럼 햇볕 정책은 어떻게 되는 겁니까?"

"공격당하는 순간이라고 하지 않았소."

"아……."

"날 도와주실 수 있겠소?"

"그야……. 당연히 도와 드려야 하는 게 마땅한데."

말꼬리를 흐린다. 거부보단 이 일을 판단해 보지 않았다는 것에 오는 불안감이었다.

김대준은 밀어붙였다.

"그럼 됐소. 나머지는 내가 알아서 하리다."

"대통령님은 미국이 두렵지 않으십니까?"

"두렵지 않소."

"아……."

"아! 이건 내 강단이 세다기보다는 여기 장 총괄 덕분이오. 장 총괄이 건재하는 한 미국은 우릴 못 건드오."

"예?"

노무헌이 놀라든 말든 김대준은 다음 날로 대국민 브리핑을 하였다.

골자는 이것이었다.

미국을 더는 못 믿겠다.

그 이유로 두 번의 서해교전을 들었고 어떤 지침도 내려 주지 않는 미국 때문에 우리 병사들만 상했다는 걸 강조했다. 또 주한 미군이 아무리 폭력에, 욕설, 살인 사건 등 온갖 패악질을 저질러도 우리가 처벌할 수 없다는 점을 들었다.

이에 대한 명확한 답변이 나오지 않는다면 더는 미국과 같이 가지 않겠다는 강경 발언에 엄청난 반향이 일었다.

맞다. 마땅히 그래야 한다고 찬성하는 쪽이 있나 하면 꼭 그래야 하겠느냐는 우려의 목소리가 동시에 나왔다.

야당은 반대쪽에 위치해 미국과의 갈등은 국익을 해치는 길이고 우리나라를 망조로 가게 만드는 특급열차를 타는 행위라 규정했다.

김대준도 이번엔 언론플레이를 적극 활용했다.

대한민국 국민이 죽었는데 아직도 국익 타령이냐며 도대체 얼마나 죽어 나가야 그 국익이라는 소리를 그만하겠냐고 호통을 쳤다. 너희 부모자식이 미군 장갑차에 깔려 죽어도 그런 헛소리를 하겠냐고 대응했고 노무헌도 한 팔 거들어 미군

대사관 앞에서 살인자를 내놓으라 시위했다.

현직 대통령에 대통령 후보까지 나서자 사안은 급변했고 언론마저 슬슬 돌아설 기미를 보였다.

그러자 미국도 사과하겠다는 말만이 아닌 즉시 콜린 파월을 한국에 파견했다.

다음 날로 전 언론의 1면에 이런 기사가 떴다.

【대노한 김대준 대통령. 주한 미군 추방을 외치다】

【쩔쩔매는 미 국무장관. 소리치는 우리 대통령】

【주한 미군이 꼭 필요한가? 근본적인 의문을 제시하다. 청와대 曰】

【주한 미군이 한국인과 한국 땅에 저지른 만행】

【어느 주한 미군과의 인터뷰. 너희는 우릴 못 건드려】

【미국, 여중생 살인자 본국으로 송환할 계획】

【공격당해도 일체의 교전을 허락하지 않는 미국. 우리는 매일 처맞기만 해야 하는 건가?】

【도대체 무엇을 위한 주한 미군인가? 부록, 미군 주둔지 환경 오염 실상】

【동두천, 평택 주민들에게 들었다. 미군은 어떤 이들인가?】

【안하무인, 사회 질서 파괴, 인종 차별…… 도저히 묵과할 수 없는 지경. 주한 미군 이대로 둬도 괜찮은가?】

주한 미군의 나쁜 점만 쏙쑥 빼내 서술하는 기사에 또 그

의도에 국민은 '세상에 이런 일이 있었어?'라며 분노했고 주한 미군의 필요성에 대해 다시 인식하는 계기를 가졌다.

물론 반격도 강력했다.

김대준이 안 되니 그 아들을 노렸다.

김홍언을 조세 포탈 및 수뢰 혐의로 검찰이 전격 구속 기소하였다.

정책을 주도하는 김대준의 이미지에 막대한 타격을 입히려 한 것.

이 일로 다시 고개를 든 야당은 '너나 잘하세요'란 멘트로 비아냥댔고 언론도 슬며시 발톱을 드러냈다.

하지만 현재 한국의 대통령은 김대준이었다.

죄과에 대해서는 나서서 정식으로 사과했고 다음 장면으로 넘어가서는 더 매몰차게 주한 미군 추방 검토가 아닌 아예 2년 후 모월 모시까지 '한국 땅에서 나가라'라고 선포해 버렸다.

실무 협상이고 뭐고 외교적 절차고 뭐고 싹 다 무시하고 우리 국민 죽이고 우리 국민의 재산에 피해 입히고 우리 국민을 무시하는 것들과는 이 땅에서 함께 살 수 없다며 아예 러시아를 불러 버렸다. 중국 대사를 불러 버렸다. 영국, 프랑스를 불러 버렸다.

이전에는 볼 수 없던 과격한 행보에 언론마저 이것만큼은 편들어 주기 힘들다는 듯 외면하며 국가적 위기를 논조에 실었고 야당도 죽음도 불사하겠다는 투쟁 노선을 걸었다. 그에 따르는 세력들이 하나둘 봉기해 광화문으로 달려왔다.

그러나 요지부동 김대준은 뒤가 없는 것처럼 밀어붙였다.

실제로 러시아와 미사일 기술 이전에 대한 협약을 번갯불에 콩 구워 먹듯 체결. 전투기 등 첨단 무기 구입도 프랑스, 영국 등으로 협상팀을 돌렸고 중국과는 아예 군사적 동맹을 맺을 것처럼 뉘앙스를 풍겼다. 미국과 완전히 척질 것처럼 움직였다.

결국 견디지 못한 미국은 조지 부시 대통령이 직접 한국으로 날아왔다.

마치 기다렸다는 듯 김대준은 그 자리에 나를 포함 대통령 후보 두 명을 동석시켰다.

이도 실로 큰 외교적 결례에 속하나 개의치 않았다.

"무슨 일로 오셨습니까?"

"요즘 한국과 우리 미국이 너무 소원한 것 같아 오해를 풀려고 왔습니다."

"오해랄 게 있나요? 우리 요구는 너무도 간단하지 않습니까?"

"갑자기 이러는 이유가 있습니까?"

"숨겨진 의도는 없습니다. 아니, 도리어 미국에 묻고 싶군요. 우리 한국이 아직도 당신네들이 주는 밀가루에 의존한다고 보십니까?"

"그럴 리가 있나요. 미국과 한국은 전통적으로 강력한 우방으로서……."

"그 우방의 개념이 궁금하군요. 영국과 프랑스에도 이런 식으로 합니까? 그 나라 국민과 그 나라 국토를 유린하세요?"

"무슨 그런 섭섭한 말씀을 하십니까? 우린 최선을 다해 한국의 안전과……."

"그만."

내가 나섰다.

김대준이 살짝 당황한 듯 보였지만 가만히 입을 다물었다.

조지는 당연히 조용해졌고 그 모습을 본 두 후보는 놀라움을 감추지 않았다.

"조지."

"왜?"

"살인자 두 놈 내놓는 게 그렇게 힘들어?"

"……"

"그 새끼들 재미로 밀어 버린 거 너도 알잖아. 사고가 아니란 거."

"……"

"이번 서해교전 때도 알고 있으면서 아무런 지침을 내리지 않았어. 우리 군은 너희 지침 기다리다 애꿎은 병사들만 죽었어. 도대체 언제까지 눈 가리고 아웅 할래?"

"너까지 날 적대시하는 거냐?"

"아니."

"그래, 그래야지. 너는 나서지 마. 나 안 그래도 머리 아파."

"아프겠지. 앞으로 아픈간 조지고 이라크 조지기 위해 북한까지 싸잡을 계획이잖아."

"어…… 어떻게 알았어?"

눈이 동글.

"내가 누군지 몰라?"

"쳇."

"우리가 원하는 건 두 가지뿐이야. 속지주의와 자의적 대응."

"너희 마음대로 하겠다는 거 아냐. 그럼 누가 한국에 파병 오겠냐?"

"그 이유 때문에 파병 안 오겠다는 놈들이 더 웃긴 거 아니야? 파병을 왜 오는데? 살인하러? 술 먹고 집기 때려 부수러? 아니잖아. 조지, 우리 좀 좋게 끝내자. 일 길어지면 네 복수에도 차질이 생길 거 아니야?"

"흠……."

"그러지 말고 말해 봐. 백악관 결론은 어떤데?"

"……."

말을 안 한다.

"반대구나."

"……."

"알았어. 내가 뭘 해 줬으면 좋겠냐? 원하는 걸 말해."

"……."

"나한테 원하는 게 있는 거 아냐?"

"……."

"말 안 하면 나도 화낸다."

"……사실 해 줬으면 하는 게 있긴 있지."

말을 질질 끄는 폼이…… 순간 콱 하고 느낌이 왔다.

"설마 너 다음 대를 말하는 건 아니겠지?"

"……맞아."

"안 돼."

"왜?!"

"리스크가 너무 커."

"해 줘."

"……."

"9.11 테러를 어떻게 처리하든 나와 공화당에 불리한 결과일 거란 분석이 나왔어. 우린 네 도움이 절실해."

"……."

"맞다. 전부 우리 일인 건 아는데. 네가 한 번만 더 도와줬으면 좋겠다."

"후우……."

"도와줄 거야?"

"사실 이 건은 네가 앞으로 어떻게 하느냐에 천차만별로 달라질 수 있어."

"그래?"

"적당히 때려 부수면 적당한 수준으로 괜찮겠지만, 이 이상 네오콘들에게 휘둘리면 넌 역대급으로 우둔한 대통령이 될 테니까. 그런 대통령을 낸 당에 다시 투표하라 얘기하는 건 못할 짓이라고."

"다음 대가 지는 이유가 모두 나 때문이라고? 말도 안 돼. 우린 공격당했다고!"

"우리도 공격당했어. 너흰 쳐들어가도 되고 우린 안 되는 이유가 뭔데?!"

"그건……."

"우리가 약해서라고 말하지 마라. 세계 누구도 한국이 북한과 싸워 질 거라 예상하는 국가는 없어. 우린 마음먹으면 북한 정도는 지금 당장에라도 하루 만에 점령할 수 있어. 너희가 방해만 안 하면."

"……."

불리한 건 입을 꾹.

하지만 상황은 나쁘지 않았다. 서로 원하는 건 확실해졌으니.

"어떻게 할 거야?"

"좋아. 좋다고. 근데 내가 적당히 싸우면 지지해 줄 거야?"

"적당히 옮아맨다면 한 번 정도는 더 밀어줄 수 있지."

"왜 한 번이야?"

"그 사람이 잘한다는 보장 있어?"

"그야…… 없네."

"순전히 널 보고 밀어줘야 하는 거잖아. 그 사람이 못하면 나한테도 치명적이라고."

"흠……."

자기 턱을 잡는다. 자주 보는 제스처였다.

마음에는 들었으나 곱게 대답해 주고 싶지 않을 때 나오는.

"뭘 더 고민하는 척이야? 얻을 거 얻었잖아. 테이블 엎어야 직성이 풀리겠어?"

"아니야. 됐어. 너한테 이 정도 양보받았으면 훌륭한 거지. 알았다. 알았어. 그렇게 가자."

"사과는 다른 사람 시키지 말고 네가 직접 해."

"엉? 내가?"

"네가 직접! 내일 우리 국민 앞에서! 유감을 표명해. 다시는 이런 일이 벌어지지 않길 원한다고. 연합사 사령관 새끼도 경질하고."

"……."

"그리고 웬만하면 고집 그만 피우고 콜린 파월의 조언을 새겨들어라. 너한테 도움 되는 말만 하는 사람이잖아."

"……젠장. 그건 또 어떻게 알았대. 알았어. 아휴~ 모르는 게 없어. 내가 너랑 아버지만 아니었어도 이 나라를 한판 뒤집어엎는 건데."

"사과 확실히 해. 그래야 봉합돼."

"알았다고. 아놔, 오랜만에 스타일 망가지겠네."

"미국 시민들은 오히려 널 좋게 볼걸. 공격당하면 반드시 되갚아 주지만 잘못한 건 쿨하게 인정하잖아. 이런 게 지도자의 모습이라고. 위대한 미국 몰라?"

"알았어. 알았어. 넌 어떻게 아버지랑 똑같은 얘기를 하냐."

"네 아버지랑 똑같다는 건 이게 너한테 최선이라는 얘기잖아."

"에이씨, 한마디도 안 져. 알았어. 근데 사과문은 네가 써 줄 거야?"

"오케이."

"너도 확실히 약속 지켜."

"내가 언제 약속 어기는 거 봤어?"

"하긴 페이트 보증은 아버지만큼 믿어도 되지."

슬쩍 김대준과 노무현, 이회찬을 바라보다 돌아온 조지였다.

"후처리는 너에게 맡기면 되지?"

"그럼."

"알았다. 난 이만 쉬러 간다."

"안 그래도 최고급으로 준비해 놨다. 가서 즐기기만 하면 돼."

"오케이, 그리고 이번에도 후원금 두둑하게 내 줄 거지?"

"아무렴. 누구 부탁인데."

"좋아. 협상팀 보낼게."

"역시 화끈해."

"네가 더 화끈해. 그럼 나 간다. 자자, 난 먼저 이제 돌아갑니다. 다들 고생하세요."

온 것처럼 갈 때도 슝.

한 번이라도 겪어 본 김대준은 만족스럽게 웃었고 노무현과 이회찬은 당황한 기색을 감추지 못하고 입을 꾹 다물었다.

나도 얼른 정리에 들어갔다. 더 있어 봤자 이득이 없는 자리다.

"들으셨다시피 일이 이렇게 됐습니다. 질문 있으신가요?"

"고맙소. 장 총괄이 큰일을 해 줬어요."

김대준이 치하한다.

"아닙니다."

"우린 하는 것도 없이 얻기만 하는군요."

"그것도 아닙니다. 대통령님의 결단이 없으셨다면 여기까지 오지도 못했죠."

"그래도 너무 장 총괄만 희생한 거 아닙니까."

"할 수 없죠. 미국은 제가 올 거란 걸 알고 있었고 제가 움직이지 않으면 결국 파탄 냈을 겁니다."

"미안하오."

"어쩔 수 없죠. 아직 국제 무대에서 한국은 '을'이니까요. 하루빨리 더 높은 곳으로 올라가야죠. 그전까진 계속 인내하셔야 합니다."

고개를 끄덕이는 김대준을 보다 노무헌 이회찬에게 시선을 돌렸다.

검지를 입에 댔다. 발설하지 말라고.

특히나 이회찬은 한마디 더 해 줬다.

"김영산이 지금 어떻게 사는지 보셨다면 허튼짓은 안 하리라 판단합니다. 집권하시든 집권에 실패하시든 향후 이 일이 알려진다면 전 당신을 제일 먼저 살필 겁니다."

"커흐음……."

"제 경고를 잊지……."

"아아, 그만해도 되오. 내가 그럴 리가 없잖소. 앞으로도 계속 도움받아야 할 것 같은데. 내가 집권하면 말이오. 나는 장 총괄처럼 미국과 싸울 힘이 없소."

"지혜로우시군요. 그럼 믿겠습니다."

다시 김대준을 보았다. 고개를 끄덕끄덕.

"그럼 저도 이만 사라지겠습니다. 부디 보중하시길."

다음 날로 조지는 나와의 약속을 지켰다.

머리를 조아리며 잘못을 시인하고 다시는 이런 일이 벌어지지 않게끔 대통령령으로서 단속하겠다고 한미 연합사 사령관을 경질시키고 주한 대사도 소환하는 성의를 보였다.

협상팀을 보냈고 요식적인 행위를 거쳐 속지주의와 공격에 대한 적극적이고 과감한 대응에 대한 논의도 끝마쳤다.

재판권도 이양받았다. 한국의 법정으로 들어서는…… 울먹이는 미군을 보며 국민은 환호했고 덤으로 밀가루와 달걀 세례도 마음껏 해 주었다.

안타깝게 죽은 여중생의 가족들은 미국과 한국 정부의 배상으로 작게나마 위로를 받으며 일단락되었다.

물론 전부 끝난 건 아니었다.

미국의 사주를 받아 움직인 검찰들. 대통령 아들 쑤신 놈들.

이놈들을 어떻게 때려잡나 고민하던 와중 검찰이 피의자를 심문하다 사망하는 일이 벌어졌다.

국과수마저 부검 결과를 구타로 인한 사망으로 확인해 주자 청와대 민정수석이 움직였다.

이튿날인가. 법무부 장관과 검찰총장이 서울지검 고문 치사 사건과 관련해 사표를 냈고 그 라인이 통째로 날아갔다. 대검 감찰부가 움직여 주임 검사를 구속하였고 이는 검찰 역사상 처음으로 현직 검사가 구속된 사례가 됐다.

그 와중 초반 이회창의 상대도 되지 않았던 지지율의 노무현이 상록수를 계기로 그 격차를 빠르게 좁히며 정몽중과의 후보 단일화까지 성사시켰다.

"⋯⋯."

그리고 난, 내가 요즘따라 생각이 많아졌음을 느낀다.

저 노무현이 제16대 대한민국 대통령이 되는 걸 안다.

집권 이후 어떤 일에 휘말리며 또 어떻게 죽게 되는지도 안다.

다음 정권의 BBK, 4대강 사업과 그다음 정권의 국정농단이라는 어처구니없는 사건들에, 코로나라는 팬데믹도 안다.

그래서 이 시점 나는 나에게 물을 수밖에 없었다.

-이렇게로 만족하나?

"⋯⋯."

대답을 못 하겠다.

내 안의 불만이 지향하는 점이 무엇인지 나 스스로가 너무나 잘 안다.

그러나 그렇다고 선뜻 나서기도 힘들었다.

나서서 어쩔 건데?

나선다고 얼마나 달라질까?

나선다는 생각 자체가 오만 아닐까?

며칠을⋯⋯ 아니, 이 화두로 근 한 달을 시달렸다.

애써 다른 일로 환기시키려 인수한 텍사스 레인저스에 팬히 한국형 응원 문화를 접목해 볼까 시도도 해 보고 채무 불이행을 선언한 아르헨티나에 진출해 유럽을 먹여 살리는 목

축업을 석권해 볼까 고민도 해 보고 좋아하는 음악에 더욱 매
달려 보기도 하였으나.

배고픔은 사라지지 않았다.

오히려 갈증만 더해 갔다.

"괴로워."

아무래도 선택의 시간이 다가오는 듯하다.

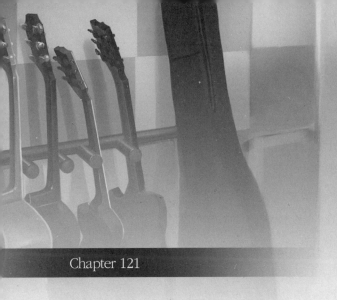

Chapter 121

"여긴 어디지?"

눈 떠 보니 생소한 공간에 서 있었다.

하지만 또 완전히 생소한 것은 아니었다.

언젠가 한 번 이런 공간을 겪어 본 적 있었다.

[짜식이, 그렇게 늦어서야 제대로 해 먹겠어?]

"어!"

관장님이었다.

목 짧고 상체 두툼한 전형적인 인파이터 몸매를 가진……
아주 오래전, 허망하게 죽은 나의 격투기 선생님이 아무것도
없던 공간에 나타났다.

[왜? 오랜만에 보니 감격스럽냐?]

"관장님!"

가서 덥석 안았다.

[하하하하하, 이 자식이 왜 이래? 간지럽게. 못 본 사이 너무 물러진 거 아냐?]

핀잔을 주면서도 내 등을 토닥토닥.

그 손이 참으로 따뜻하게 느껴진다.

"관장님…… 관장님……."

한참을 안았다.

반갑고 서럽고 아프고 기쁘고…… 그 마음이 가실 때까지 관장님은 나를 안아 주었다.

[그래, 대운아, 돌아가니 살 만하디?]

"그럼요. 공상만 하던 걸 다 이뤄 냈죠. 기어코 다 해냈어요."

[바꿨어?]

"예, 다 바꿨어요. 내 아픈 상처를 전부 없던 일로 만들었죠."

[잘했다. 애로사항은 없었고?]

"많았죠. 하지만 그 꼴을 겪는 것보단 못했어요."

[그래, 너라면 잘 해낼 줄 알았다. 그런 녀석이 왜 이렇게 망설여?]

"어! 제 고민을 아시는 거예요?"

[잔뜩 쫄아 있길래 찾아왔다. 내가 가르친 장대운이 이 정도밖에 되지 않나 해서.]

"……."

[대운아.]

"예."

[후회는 많이 겪어 봤잖아.]

"……예."

[그 길을 또 갈래?]

"아니죠."

[그래, 녀석아. 수틀리면 아구창부터 돌리는 게 내 제자, 완빤치 종합격투 아카데미 출신다운 일이지. 그런 게 원래 사나이 인생 아니겠냐. 단순하게 가. 앞을 가로막는 것들은 다 조져 버리고. 네가 무서울 게 뭐가 있어?]

"관장님……."

[이 정도 조언이면 충분하지 않겠냐?]

"……."

[자, 할 말도 다 했고 더 관여하는 것도 방해니깐 이쯤에서 난 이만 꺼지려고 하는데. 어때?]

"그래도……."

[잘살아라.]

진짜 갈 것처럼 쿨하게 몸을 돌린다. 얼른 가서 잡았다.

"이대로 가신다고요?"

[그럼 가야지 자식아. 내가 언제까지 네 보모 노릇이나 할까.]

"하지만……."

[하고 싶으면 그냥 해~이씨. 뭔 이유가 그렇게 많아.]

"……."

[그럼 잘살아라. 전처럼 후회하지 말고. 알았지?]

또 야속하게 몸을 돌리는 관장을 보다 번뜩하고 머릿속에 어떤 장면이 떠올랐다.

다시는 알 수 없을 거라 생각했던 그것.

"저, 저기 마지막이요."

[또 뭔데?]

"그때 주신 편지 말이에요."

[편지?]

"저한테 남겨 준 편지 있잖아요. 구슬이랑 같이. 장례식장에서."

[아아~ 그거?]

"구슬을 먼저 먹는 바람에 편지를 못 읽었어요. 뭐라 적으신 거예요?"

[뭐긴 뭐야. 자식아. 돌아가면 그냥 박 터지게 잘살아 보란 거지. 남자답게. 더 뭐가 필요해? 그렇게 잘살았으면 된 거아냐?]

"아…… 그거였어요?"

[뭐 대단한 비밀이라도 적어 놨다 생각했냐? 날 봐라. 나한테 그런 게 있겠냐?]

츄리닝.

해진 운동화.

목 짧은 운동선수.

"……없네요."

[너무 쉽게 인정하니까 또 기분 나쁘네.]

"죄송해요."

[대운아.]

"예."

[행복하게 살아라.]

"……예."

[난 간다. 이제 다시는 안 올 거야.]

"……."

진짜 가나 보다.

스르륵 몸을 돌리던 그가 멈칫, 갑자기 홱 돌아선다.

무슨 일인가 묻기도 전에 순식간에 다가와 내 이마에 딱밤을 먹였다.

딱.

"아야!"

그 순간 눈이 번쩍 떠졌다.

"여긴……!"

사무실이었다. 고민하다 깜빡 잠든 모양.

근데 왜 이렇게 이마가 깨질 듯 아픈지. '내가 순순히 갈 줄 알았냐. 이놈아?! 킬킬킬.' 쪼개는 관장이 보이는 것 같기도 하고.

"……."

나도 피식 웃음이 나왔다.

"어지간히 못나 보였나 봐요. 이렇게 찾아와서 가르침을 다 주시고."

홀홀 털고 일어났다.

뒤죽박죽이던 실타래가 차가운 계곡물에 풍덩 한 것처럼 명료해졌다.

"그래, 까면 까는 거지. 내가 언제 석죽어서 못한 일이 있었냐? 관장님 말씀대로 까불면 다 조져 버리면 돼."

◇ ◆ ◇

중대 발표가 있다고 하자마자 기자란 기자는 다 몰려왔다. 내신 외신 할 것 없이.

잔뜩 기대하는 그들을 앞에 두고 난 앞으로 개막될 제2의 인생을 어떻게 살아갈 것인지 당당히 선포하였다.

"지금까지의 삶이 제 개인의 안위를 위한 삶이었다면 남은 삶은 오직 국가와 민족, 세계 평화를 위해 살아갈 것을 다짐합니다. 제가 가진 모든 역량을 동원하여 새로운 세상을 만드는 데 일조할 것이며 그 출발은 모두를 위한 대의에서 벗어나지 않겠음을 엄숙한 마음으로 또 국민 여러분 앞에 선언합니다. 저는 이제 앞으로……."

화살을 쏘았다.

이 화살이 어디에까지 날아가 또 어디에 꽂히게 될지는 지금 알 수 없었다.

일은 벌어졌고, 되돌릴 수도 없다.

그런즉, 무조건 앞으로 나아가야만 했다. 내가 쏜 화살이 어디에 꽂혔는지 보기 위해서라도.

당연히 후회는 없었다.

돌아온 순간부터 알지 못하는 길을 걸어가는 인생, 이것이 바로 나의 삶이었으니.

It's My Life.

어디선가 본 조비의 노랫소리가 들리는 것 같기도 하고.

"진심을 다해 임할 것이며 21세기를 여는 이때 대한민국의 국력과 국격, 국민의 품격을 위해 이 한 몸 불사르겠다는 맹세를 합니다. 부디 이런 저를 어여삐 여겨 주시길 바라며……."

그랬다.

내 인생은 여전히 진행 중이다.

〈완결〉